WAC BUNKO

それでも、私はあきらめない

黒田福美

WAC

はじめに——新たなる出発《たびだち》のために

この本は私が韓国に『帰《き》郷《きょう》祈《き》願《がん》碑《ひ》』という石碑を建立してから、現在までに至る経緯を綴ったものです。

いまから二十七年前の一九九一年、不思議な夢をみたことから、太平洋戦争時下、多くの朝鮮人が日本軍兵士・軍属として犠牲になっている事実を知り、なんとか彼らを慰霊する石碑を故国に建立《こんりゅう》したいと奔走する経緯を書いたものです。

ここに書かれたことは、もちろんすべて「実話」です。書き手である私の視点から描かれるのは否めませんが、できるだけ客観的にありのままを書き残すことを旨としました。

この一連の出来事の中には、過去史の問題が内包されており、今も私たちの前に厳然と立ちはだかっている「日韓の壁」のなんたるかを浮き彫りにしていると思うのです。

そして当然のことながら、これからこの本を読む皆様は、この石碑建立に関わる登場人物に対して様々な感想を持ち、評価をなさることでしょう。

なかには私も含めた登場人物に対して、いえそもそも石碑建立自体に対しても批判的な気持ちを抱かれる場合もあるかもしれません。

そう考えると、どのように書くべきか、表現については慎重でなければならないと思いました。

この一連の出来事を書き残すことで誰かを傷つけたくはないと思うからです。たとえ石碑建立を阻害することになった人物であっても、その人の立場や考えも尊重すべきだと思います。

この本は決して誰かを非難するものではありません。しかし実際に行われたことは書きにくいことでもあえて書かねばならないと思うのです。

配慮のあまり事実を避けていては、どうしても「辻褄が合わない」部分が発生してしまうからです。

実際振り返ってみると、結局は人間のどろどろとした「欲」が入り乱れ、それらに翻弄《ほんろう》された部分があると思います。

「きれいごと」ばかりでは、到底済ませることができません。

事実をきちんと記録するのでなければこの本を書く意味もないと思います。

この本では人物名、日時、金銭の多寡《たか》などをことさら詳細に書いています。それは書かれた内容が事実と記録に基づいていること、石碑建立の資金が自己資金と有志からの寄付以外になかったことを明示するためでした。

そんななか、ある人物に限っては実名ではなく、一部仮名にするなどの配慮を施すべきかとも考えました。

ですが石碑建立の一連の事実はすでに日韓両国で大きく報じられ、ちょっと検索すればそれらは簡単に知ることができます。

さらに仮名にすれば事実上の混乱を招くと思いましたし、あえて仮名にするということは、その人物を否定しているようで、かえって失礼な所業《しょぎょう》になると思いました。

そのようなわけで、いろいろと考えた末、やはり全て実名表記をしようと決心しました。

率直に申せば、この件を書くことは舐《な》めた辛酸や傷を再確認するような作業でもあり、自分の傷も人の傷も再び暴《あば》くような苦々しいことでもありましたが、勇気をもって筆を執《と》った次第です。

この一件は「過去史とそれに繋がる今」が、これに関わった一人ひとりの行動や考え方の中に投影されていると思うのです。

この石碑建立のために奔走《ほんそう》しながら、いつも私の念頭にあったのは特攻基地のあった鹿児島県知覧《ちらん》で「特攻の母」と呼ばれた鳥濱《とりはま》トメさんのことでした。

出撃してゆく特攻兵士に精一杯の情愛をかけて送り出し、戦後は散華した若者たちを偲んで自ら粗末な棒杭を立て、毎日ひたすら彼らの冥福《めいふく》を祈り続けたという方です。

その跡地には平和祈念館が建ち、いまでは「棒杭」ではなく立派な観音堂が建立され、毎年特攻慰霊祭が行われています。

そしてトメさんの心情は多くの日本人に感銘と共感を与えているのです。

本来なら慰霊や追悼は静かに行うものです。大事にして世間の耳目《じもく》を集め、こうして本にするというのもいかがかと思わないではありませんでした。私も今はトメさんのように淡々と慰霊を続けてゆきたいという境地であります。

ですがやはり「あの夢」のことを考えると、亡くなってなお、「日本名ではなく、朝鮮人として死にたかった」と、縁もゆかりもない私の夢にまでできて語った青年を思うと、誰かがきちんと彼らの思いを伝えなくてはならないのではないかと思うのです。

たぶん「そうすることが私の使命ではないか」と感じ、勇気をもって筆を執りました。

不思議な夢に導かれてどうしても「慰霊碑」を建立しなければならないと思いつめたいきさ

つ、そして建立を果たして後、石碑が無残にも打ち砕かれてゆくその顚末《てんまつ》。
その過程でどのような人たちに助けられ、またどんな人たちの思惑に翻弄され、「今」に至ったのか。
この件に関わってくださった皆様に敬意の心を抱きつつ、力を振り絞って、ありのままを書きました。

二〇一八年（平成三〇年）
「終戦の日」が近づく、夏の日に……

黒田　福美

本書にかかわる主な地名

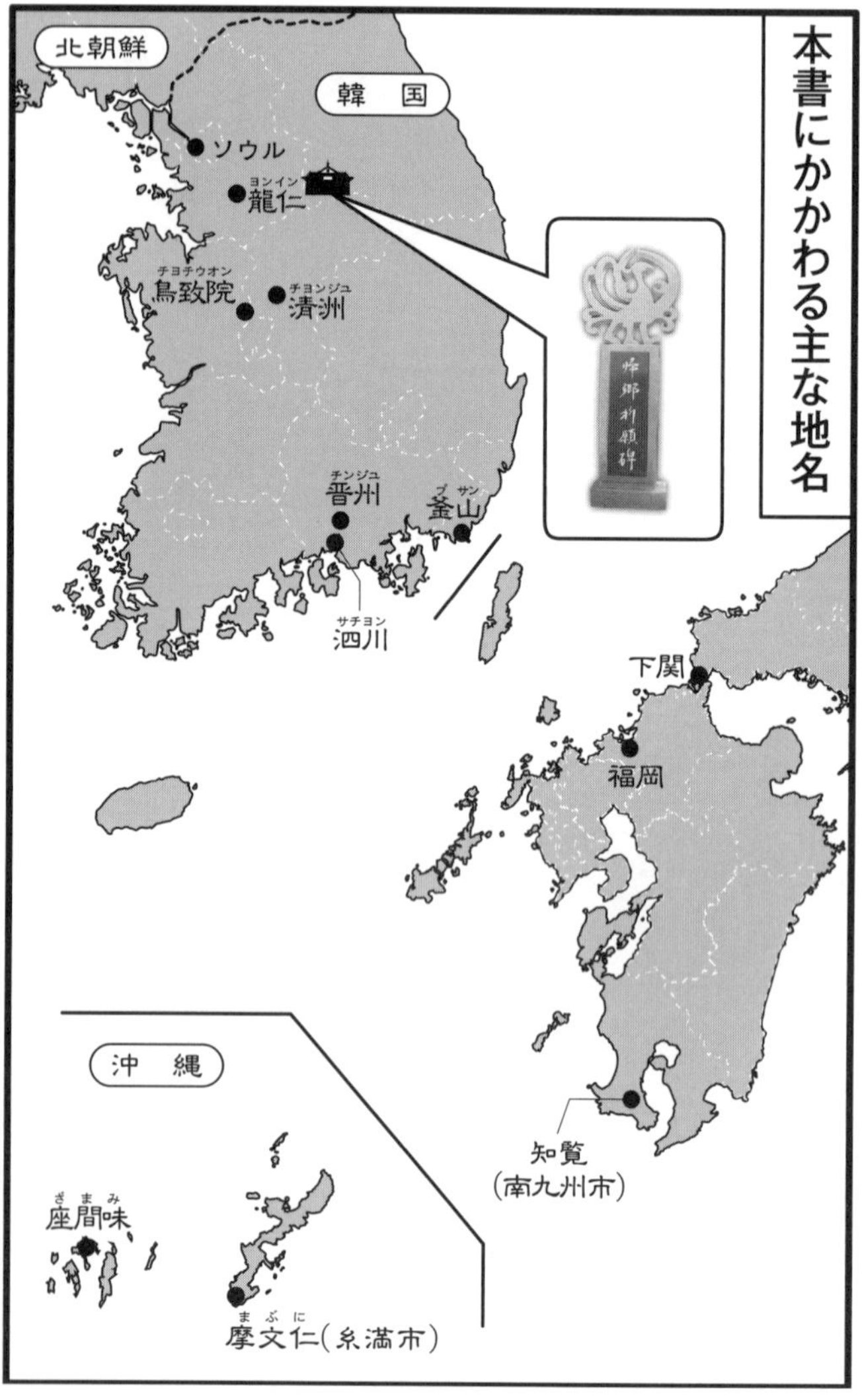

それでも、私はあきらめない

◉目次

文中写真／著者撮影・提供
装幀／須川貴弘（ＷＡＣ装幀室）

プロローグ――反日の標的にされた慰霊碑

朝鮮人兵士を思う

太平洋戦争時下、「日本兵」として亡くなった朝鮮人兵士・軍属は二万二千百八十二名。その数は戸籍などから追跡できた方々だけであり、実際にはもっと多くの朝鮮の方々が日本人として南方の国々や沖縄、サハリンなどで亡くなっていると思われる。

日本人は終戦の夏が近づくたびに、日本国の平和と発展を願って亡くなった英霊たちを振り返り、その志を称《たた》え、悲劇の数々を思い返しながら恒久平和を誓う。

けれど私たちの思いのその中に、果たして「日本人として散っていった朝鮮の方々」に対する感謝と哀悼の思いはどれほどあるだろうか。

日韓のはざまで長年、友好を願いながらも日韓の相克《そうこく》をみつめてきた私は、あることがきっかけで「彼ら」の存在に深く思いを致すようになる。そしてその御霊なりとも故郷への帰還を果たしてほしいと、韓国に慰霊碑を建立しようとした。

それが自ら碑名を刻んだ「帰郷祈願碑」である。

まさに彼ら御霊の「帰郷を祈願」するという思いを込めた碑であった。

しかし残念ながらその思いはいまも遂げられないままでいる。

日韓両国の歴史の間にあって、両国からともに忘れ去られた彼らの冥福を誰かが祈り、弔ってやらねばならないという一心であった。

政治も民族も宗教も越え、すべての朝鮮人戦争犠牲者を弔う碑として建立したのだが、この碑は、そういう観点から、「特攻兵の慰霊碑」というレッテルを貼られ、韓国の一部の反日団体から、反日と軍国主義礼賛の象徴であるかのような誹《そし》りを受けた。

反日勢力にとって「日本人が建立した朝鮮人犠牲者を弔う碑」では困るのだろう。

いずれにしても、この作業は私が全身全霊をかけて取り組んだ仕事であり、いまだ道半ばであるが、私がこの世に生をうけた使命はこの石碑建立にこそあったのだと思っている。

ではなぜ、「朝鮮人戦没者全てを弔う碑」が「特攻兵の慰霊碑」と矮小化されたのだろうか。

それはこの石碑建立の原点が不思議な出来事から始まったからだ。


夢……。

「睡眠の科学」はいまだ研究途上だそうだが、「夢にはまったく意味がない」というのが、いまのところの定説だそうだ。

「夢」は起きているときに見た映像を睡眠中に大脳が整理する段階で現れる意味のない画像にすぎないという。昼間に見た画像の断片を大脳が寝ている間に整理する過程で出てくる映像の羅列。

それらが偶然に作り上げる断片的な風景。それが夢なのだそうだ。

たとえどんなにくっきりとして物語性があったとしても、実は脳の整理段階で生じる偶然の産物で、まったく意味などないと脳科学者の先生はおっしゃる。


だとしたら「あれ」はなんだったのだろうか?

この二十七年、「あの夢」を完結させるために懸命に力を尽くしてきた。そしてたぶん、私の生涯のうちで一番大事な仕事かもしれないと思える「このこと」はみな、「あの夢」から始まったというのに……。

「あの夢にはまったく意味がない」なんて、とても思えない……。

こんな夢を見た

一九九一年七月末。私は滞在先のとあるホテルで不思議な夢を見た。

それはこんな夢だ……。

南の島とおぼしきだれもいない渚に私は一人佇《たたず》んでいる。空はまるでトルコ石のように透明感のない鮮やかな青色だ。

遠浅な長い海岸線には穏やかにさざ波が寄せていて、レースのように白く小さな波頭《なみがしら》が時折浜辺にたどりつく。

遠目にマングローブのような濃い緑が見え、小さな板橋が架かっている。そこが陸地から注ぐ小川の河口になっているのだろう。少し落差があるらしく水しぶきが立っている。その水辺をなにか黒いテンのような小動物が横切るのが見えた。

目を上げると向こうから一人の青年が静かに私に近づいてくる。半袖の開襟《かいきん》シャツにズボン姿。日焼けしたのではなく、そもそも地黒なのだと見える健康そうな肌色に白い歯が際立って見えた。強い日差しの太陽を背にし、私に人懐《ひとなつ》こい微笑みを浮かべながら歩み寄ると私の前で立ち止まった。

青年は私が見上げるほどに背が高い。年齢は二十七、八歳くらいに感じられた。

彼は快活に笑いながら私に言った。

「僕はね、ここで死んだんですよ。自衛隊の飛行機乗りだったんです。天皇陛下の御為に死んだことに悔いはないんですがね、ただ一つ残念なことがあるんです。それはね、僕は朝鮮人だというのに、日本人として『日本の名前』で死んだことなんですよ」と。

なんの屈託《くったく》もないように笑いながら私にそう言った。

そこで私は目が覚めた。

ずいぶんとはっきりとした夢を見たものだ。

私は思わず起き上がって「いったい今の夢はなんだったのだろう」としばし考えた。

なんだか妙に懐かしい人に出会ったような、あたたかい感じが胸に残っていた。しかしすぐに「単なる夢だ」と思って、深くも考えずにまた枕に頭をつけた。

妙な夢は続いていた

すると今度は私がまた夢の中に出てきた。

古い手紙が一杯に詰まった段ボール箱を前にして、いらないものは処分しようと仕分けをしているようだ。

私はその中から一通、封の切られていない封書を見つけた。ひどく古いものらしく全体的に茶色がかっていて四隅はさらに濃く変色している。表書きにはただ「黒田福美様」とだけ横書きしてあり、裏を見ても差出人の名前はなかった。

私はなんだろうと不思議に思いながら、きっちりと閉じられた封筒をためらいなく開封した。中から二つ折りになった一枚の便箋《びんせん》が出てきた。広げてみると横書きにたった二行だけしたためてある。一行目は私に対しての挨拶《あいさつ》で、あまり意味のないものだったせいかどんな文章だったのか思い出せない。

二行目にはこう書いてある。

「私は誠服《せいふく》でした」

と、ここでまた目が覚めた。

「『誠服』って何?」、と思った。

ただどういうわけか、私には先に見た夢の青年が私に宛てたメッセージなのだと感じられた。

「何やらよくわからないが、とにかく任務に対して『誠に服していた』、誠実であったと私に伝えているのだ」と感じた。

なぜそう思えたのかはよくわからないが、そう納得することができた。

「誠服」などという日本語が果たして実際にあるのかどうかはわからない。辞書を引いても載っていない。

でもそのときは、素直にその言葉を受け止めていた。

そして私は深く考えることもせず、「なんだか妙な夢ばかり見る夜だ」と思いながら再び目を閉じた。夜明けはまだ遠かった。

なぜ「自衛隊」と言ったのだろう……

翌日、私はさっそくこの妙な夢を友人に話してみた。なんの解釈も入れず、私は夢の内容をそのまま話した。

私にとって一番違和感があったのは、夢の中の青年が自らを「自衛隊」と名乗ったことだった。彼の言いようでは自らはどうも戦争の折に戦死したということのようだが、自衛隊は敗戦後の一九五四年の創設だから「自衛隊の飛行機乗り」ではどうも時代的に辻褄が合わない。

すると友人はその点をこう解釈した。

「それって、本当は『自衛隊』じゃなくて『特攻隊』だったんじゃないの?」

なるほどと思った。もしそうならばまことに辻褄が合う。

朝鮮半島は一九一〇年に日本国に併合される。当初朝鮮人は日本軍の兵卒になることはできなかった。ただ陸軍において軍属（軍人以外で軍に属する者）である「憲兵（軍警察）補助員」としては併合直後から多くの朝鮮人が採用されている。

太平洋戦争がはじまったのは一九四一年（昭和一六年）のこと。

朝鮮人が日本軍兵士になるのは一九三八年に「陸軍特別志願兵制度」、一九四三年に「海軍特別志願兵制度」ができてからのことだ。

それぞれ志願したのちに「士官学校」を卒業すれば日本軍兵士になることができた。

ちなみに日本と同じく「徴兵制」が朝鮮でも施行されるようになるのは、戦況も厳しくなる敗戦間際の一九四四年からのことだ。

太平洋戦争時下、日本軍人として亡くなった朝鮮人兵士は約六千百七十八人、軍属は一万六千四人、合わせて二万二千百八十二人の朝鮮人が日本軍人・軍属として没している。

このような歴史上の事実を考えれば、夢に現れた青年は日本兵として亡くなった朝鮮人兵士ということもありうる。

さらにその中に朝鮮人特攻兵という存在があったというのだろうか？

もし彼が特攻兵だったとしたら、彼はなぜ「特攻隊」と言うべきところを「自衛隊」という言葉に置き換えたのだろうか。

南の島の美しい景色の中、まぶしい太陽の下で、実に快活に笑顔さえ浮かべながら私に語りかけてきたのは、もしかすると自分が死者であるのを告げることで私が恐れないようにと配慮したのかもしれない、そう思えた。

「自衛隊」か「特攻隊」か、夢の中の人物がどう表現しようが結局私の記憶の中のことなのだから、こんな些末なことをくどくどと解析する必要もないかもしれない。

彼が「自衛隊の飛行機乗り」ではなく、「特攻隊の飛行機乗り」と言ったことにしてしまっても所詮は私の夢の中の話。誰にわかるわけでもない。

けれど、その夢が風景から言葉の微細な部分まであまりにも鮮明であるため、便宜上であったとしても偽りを書くことができないでいる。

それほどまでにくっきりとした夢だったのだ。

第一章　二つの名前——光山文博と卓庚鉉

「嫌韓」という言葉がお目見え……

ここで私が「韓国に関わった経緯」を簡単に述べておこう。

初めて訪韓したのは一九八四年のこと。

ひょんなことから日本の中にある在日や韓国・朝鮮に対する差別意識に強い反発と疑問を感じた。当時はほとんどのメディアにとって朝鮮半島に関する報道自体が「アンタッチャブル」なテーマだった。

本題から大きくそれるので話を端折《はしょ》るが、八〇年代当時の日本では、政治経済を除いては「メディアが触れない」ことで半島の情報、特に人々の生き生きとした暮らしぶりや文化のありようが日本に伝わらず、「隣国に対する無知」な状態が続いていた。無知こそが「差別意識を温存する遠因になっている」と感じた私は、もっと幅のある韓国報道の必要性を感じ、少しでも報道に関わってゆきたいと志していった。

とはいえ私も韓国に対する知識はまったくなく、自分をまず「人材」として鍛える必要があった。そのためにNHKのラジオ講座で韓国語を学び、訪韓を繰り返しながら、自らがまず無知から脱しなければと思うようになる。

そんなふうに訪韓を繰り返すうちに、「旅—人と人が触れ合うこと」がいかに互いを理解する上で大切なことかを実感し、以降今日に至るまで、ガイドブックを作ったり、ツアーを企画したりして、旅を通じた触れ合いを大切に思っている。

そんな私にとって「この夢を見た九一年」がどんな年であったかというと、まずソウルオリンピックが終わって「嫌韓《けんかん》」という言葉が初めて日本にお目見えした時期であった。

読者のみなさんにとっては昨今過熱する「慰安婦問題」や「歴史問題」を巡って「嫌韓本」といわれる書籍が氾濫するようになったことで、「嫌韓」という言葉が今日的な流行語のように感じられるかもしれない。

しかし三十有余年、韓国を見続けてきた私からすれば、ソウルオリンピックを頂点とする八六年〜八八年ごろが日本において初めての「韓流」であったように思われる。

それまでメディアが自主規制してきた韓国報道が、隣国のオリンピック開催を機に一気に燃え上がり、「韓国モノ」というような番組が一日に二、三本放送されることも珍しくなかった。

私はこれを「第一次韓流」と考えている。韓国報道はうなぎのぼりに増え、そのころの私は

「女優なのに韓国通」という不思議な存在として重宝され、リポーターなどとして活躍の場面をたくさんいただいた。

しかし激烈に増えていった韓国報道も、オリンピック終了とともに急激にしぼんでいった。振り切った振り子が自然と反対側に揺れかえすように、あふれた韓国報道に世間は食傷してゆく。そんな折、登場したのが「嫌韓ムード」という言葉であった。

このときの嫌韓は現在のように明確なファクターがあったわけではない。ただ過剰な韓国報道に世の中が疲れてしまったのだ。飽き飽きしたのだ。だから嫌韓ではなく、「嫌韓ムード」という言葉が多用されたのだろう。

一時は俳優の仕事を中断して韓国報道に奔走《ほんそう》していた私も、本来の俳優業に戻って「次の一手」を考えていた。それがこの夢を見た九一年という年であった。

世間の韓国に対する沈滞ムードの中で、次は何を提案するべきなのかをまさぐっていた。形骸化している韓国ガイドブックの難点に気づきはじめ、のちに「本当にソウルを知っている人が書いたソウルガイドが必要ではないか」と思うようになり、その結果、九四年に『ソウルの達人』という、いままでにない形式のガイドブックを制作するに至る。

つまり九一年という年は、韓国への関心が失われてしまった日本に次の起爆剤は何なのかを模索しながら、「旅」というコンセプトが私の中にちらつきはじめた時期である。軟派であった。それを旨としていた。

とかく日韓といえば堅苦しい話題が先行すること自体が問題だと思っていた。そんな私にはとうてい日韓の歴史問題、ことに「朝鮮人特攻兵」などという最高に難しい問題が視野に入ってくる余地などなかった、はずだった……。

平素このような話題に関心があったわけでも知識があったわけでもない。むしろ無知であった。その上、幽霊やＵＦＯにもまったく縁がなかった。「金縛り」など一度くらい体験してみたいものだと思うほど心霊の世界にも縁がない。そんなリアリストの私になぜこんなことが起きたのだろう。

ただ、この夢は普通ではないということははっきりと感じられた。

夢というより私にはすでに「事実」のように思えた。むしろこの夢を「裏どり」してゆけば、必ず何かの事実に突き当たるのではないかと思えた。

初めて訪れた靖國神社

それからしばらく、私はまたあの青年が夢の中に現れてくれないかと真剣に待ち続けた。

もっと詳しい話を聞いてみたいし、いったい私に何ができるのか問うてみたかった。

しかし残念ながら彼は二度と私の夢に現れてはくれなかった。

ただ「朝鮮人なのに日本の名前で死んだことが残念だ」という一言は私の胸に突き刺さっていた。一九四〇年（昭和十五年）の創氏改名で彼もまた朝鮮名から日本式の名前に改めたのだろうか。だとすれば軍人になり、戦場に散ったのちは日本人として日本名で靖國神社に祀《まつ》られているはずだ。

仮に彼が納得して志願し日本兵として亡くなったのだとしても、「死んでみたらやっぱり日本名ではなく朝鮮名で死にたかった」とあの世でしみじみ悔やんだのかもしれない。

私はもう一度彼に会って「その気持ちは確かに受け止めたよ」と伝えてやりたかった。なのにどんなに待っても彼は現れない。いったいどうしたものかと考えたとき、「そうだ秋夕《チュソク》に靖國神社に行ってみよう」と思った。

秋夕とは旧暦の八月十五日、日本でいえば「お盆」のようなもので、あの世から魂が親族のもとに帰ってくる日だ。韓国ではこの日には、亡くなった祖先を供養するための豪華なお膳が準備され、親族が集まって戻ってきた御霊《みたま》に充分にご馳走を召し上がってもらう意味の儀式が行なわれる。

もしも彼に会えるとすれば秋夕かもしれない。私はその年の八月十五日が新暦で九月二十一日であることを調べ、その日の来るのを待った。

ところが残念なことに当日は終日撮影があって動くことができない。しかし月齢を調べてみると本当に満月になるのはむしろ二十二日なのだと知って、なんとか自分をなだめ二十二日に靖國神社に行ってみることにした。

二十二日も銀座でロケがあったが十一時には終了したので、当時ソニービルの裏手にあった小さな花屋さんに行った。

はて、どんな花を選んだものかと迷った。韓国でも喪《も》のときには菊を飾るが、「日本の象徴のような菊は嫌かもしれないなあ」と思って他へ目を転じた。いまでは珍しくもないが、当時はあまり見かけない白いコスモスが揺れている。私はそれに決めた。コスモスも韓国人が切なく思いを寄せる花だったからだ。

店員さんに「白いリボンを掛けてほしい」と言うと、少しびっくりしたように「それはお悔み事のときの色ですよ」とおっしゃる。「ええ、そのようなものですから」と答え、私は花束を受け取るとタクシーで靖國神社へ向かった。

皇居を左手に見ながら、その周囲を巡ってゆく。家から靖國神社に直接向かえばこの景色に出合うはずはなかった。

彼は「天皇陛下の御為に死んだことに悔いはない」と言っていた。皇居のこんもりとした緑を見つめながら彼も私の目を通してこの景色を眺めているのだろうかと思った。

九月も半ばを過ぎているというのに、その日はよく晴れた真夏のように暑い日で、車を降りると一斉の蟬しぐれが私に降り注いだ。

境内に入るのは初めてのことだったし、本殿以外にどんな建物や展示物があるのかもまったく知らなかった。

私はある石碑を目指していた。

以前に「境内に朝鮮に関係した石碑があるらしい」と聞きかじっていた。それがきっと「朝鮮人兵士の慰霊碑に違いない」と思い込んでいた（実際にはこの石碑はのちに日本から韓国〜北朝鮮へと返還されることになる『北関大捷碑《ほっかんたいしょうひ》』という、日露戦争後、咸鏡道《ハムギョンド》から日本に持ち込まれた文化財である）。

私はとにかくその石碑を闇雲に目指していた。だがそのような石碑はどこにも見当たらないので通りがかった神職の方に聞いてみた。いったんは「さあ、わかりませんね」とお答えになったが、社務所で尋ねてくださって「それならこちらです」と案内されたのが、見るも無残な石碑だった。

現在の靖國神社は改築されて当時とは建物や展示物の配置が大きく異なってしまったが、当時あった「白鳩会館」という建物と、展示されている機関車の隙間、金網の張られた鳩小屋の後ろの草木生い茂ったところを潜るように入って行ったところに、その石碑はあった。

日も当たらず、風通しも悪く、塀と建物、機関車と鳩小屋に四方を囲まれた、じめじめとした一画に悄然《しょうぜん》としてその石碑は立っていた。

たぶん覆い隠してあったのだろう。石碑の根本にはビニールシートと紐がほどけてずり落ちたかのように取り巻かれてあるが、それもずいぶん長い間放置されていたようで泥に汚れている。見るも無残なその姿はまったく気の毒というよりほかない。

私は持参の白いコスモスの花束をそっと置いて手を合わせ、あの青年が忽然と現れてくれるのを待った。

けれど蚊柱《かばしら》が私の周りを舞うのみ、いつまで経っても当然ながらだれも現れなかった。

私はひたすら「あなたの気持ちはわかりましたからね」と心で念じ、その場を辞した。

「あの夢」を新聞に書く

それから四年後の一九九五年、読売新聞の日曜版に「女のしおり」というコーナーがあって、私はそこの随筆連載の依頼をいただいた。

戦後五十年の年だった。

三カ月間、日曜ごとの連載だから合計十三本だ。書いてみたいことはいろいろあったが、戦後五十年の年、どうしてもあの夢のことを書いてみたいと思った。

その後、私なりに調べるうちに、朝鮮人兵士の中に確かに朝鮮人特攻兵という存在があったということも確認しており、ますますこの夢に対しての思いを募らせてもいた。

しかし一話にまとめるのにはとうてい文字数が足りない。私は担当の方に相談した。「冒頭の三回にわたってこの夢の話を書かせてもらえないでしょうか。でも連載といっても読者が必ず連続して読むとは限りません。ですから、たとえどこから読んでもそれなりに成立するように書き方を工夫しますから」と。さらに私は〆切のだいぶ以前にこの三話を書き上げて可否を問うた。そしてありがたいことにその願いは叶えられた。

冒頭三回までに、「不思議な夢を見てから靖國神社を訪ねるまで」のいきさつを書かせていただいた。

三回目の末尾に私はこう書いている。

「奇しくも戦後五十年の今年、ようやくこの話を発表する機会を得たのは、何とも不思議な思いだ。そして私も、長年背負い続けた荷物を、今やっとおろせたような気がしている」と。

いま思えば、「荷をおろす」どころか、そこから「荷を担いだ長い旅」が始まることになるなどまったく想像していなかった。このときの私は彼からの伝言を広く世間に投げかけたことで一応の役目を果たしたと思っていたのだ。

その後の連載エッセイではこの話題から離れ、日頃の雑感やエピソードなどを書き連ねていった。

読者のみなさんからの反応もいろいろで、「いじめ」について触れた回などは賛否両論のご意見をいただいた。そのころはネット時代のいまと違って手紙なので「炎上」というほどのことはなかったが、いずれにしても自分の投げかけたことの反応が即座に、またダイレクトに返ってくることにやり甲斐を感じてもいた。

そんなある日、編集部から連絡があった。

「靖國神社の広報から連絡があり、記事を見たのだが一度おいで願いたい」という申し出があったという。靖國神社にも広報があるのかと思った。どういうお話なのだろうかといぶかりながらもうかがうことにした。

残暑の厳しい日だった。ひどい渋滞で約束の時間に遅れていた私の到着を、担当の方は白い着物に袴姿で社殿の前でじっと待っていてくれた。

私はまず「遊就館《ゆうしゅうかん》」という建物に案内された（改築以前なので現在の状況とは違っています）。一歩足を踏み入れた私は息を飲んだ。一階のエントランスには「彗星」という艦上爆撃機が展示され、うっすらと「同期の桜」が流れている。

続いて二階に通された。そこには特攻隊として散華した兵士の略歴と遺影、形見の品などが展示されていた。

「記事を拝見したとき、こちらでお祀りしている光山文博《みつやまふみひろ》さんがあなたを呼んだのかもしれないと思いました。こちらの手違いで目の前までいらしていないながらお目合わせすることができませんでした。こちらがそのお写真です。夢に出てきた方というのはこの方ではありませんでしたか」

光山文博命《みつやまふみひろのみこと》
朝鮮出身　本名　卓庚鉉《タクキヨンヒヨン》
陸軍特別操縦見習士官一期
大正9年11月5日生
昭和20年5月11日没
満24歳
陸軍大尉

昭和20年5月11日、特別攻撃隊「第五十一振武隊《しんぶ》」隊員として一式戦闘機「隼《はやぶさ》」に搭乗、知覧基地を出撃、沖縄飛行場西洋上にて戦死。

ガラスケースの中には戦闘服姿の凛々しい青年の写真が掲げられている。果たして夢に出てきたのはこの青年だったのだろうか。
私はしばし黙って遺影となったその写真と対峙した。
そうだと思えばそのようにも思える。またそうでないと思えば違うような気もする。正直いってわからない。むしろたった一度夢の中に出てきた青年の顔をはっきりと区別できるほうがおかしいのではないか。

その場のセンチメンタルな感情に流されたくないと思った。

「残念ですが、よくわかりません」。私は慎重にそう答えた。

ご案内くださった方も、少々落胆したようにも見えたが、またもっともだというような様子で気を取り直すと、他の隊員の方についても次々とご紹介くださった。

「○○の命《みこと》、○○の命《みこと》」

神道では亡くなればみな神様であり「何々の命」と呼ばれるようだ。その「命《みこと》」という言葉がとても耳に残った。

光山文博少尉の代表的写真。亡くなってのち二階級特進し「大尉」となる。

しかし解説の内容は申し訳ないことにひとつも私の耳に入ってこない。「光山文博」という人物とこのような形ででも出会ったこと、そして事の真偽を思う気持ちが心の中一杯に渦巻いていたのだと思う。

このことで私は大きなヒントを得たようにも思った。

夢に現れたのが「光山文博」その人だとすれば、彼がこの世に確かに存在した証を託したいと渇望した名前は、朝鮮名「卓庚鉉《タクキヨンヒヨン》」ということなのか。

その名前は私の心に深く刻まれた。


読売新聞の連載はまだ続いていた。戦後五十年の年に、連続十三本の初回三話をこのような「不思議な夢」を題材にしたことで靖國神社から連絡を受け、訪ねるに至った事柄を連載の中に入れようと思えば入れられる。むしろ私は書いてみたいという思いが募ったが、それを編集担当者がどう考えるだろうか。私は新聞社を訪ね、靖國神社での出来事を話して率直な意見をうかがおうとした。

すると彼は一通の封書を私に差し出した。

それは韓国から読売新聞社宛に届いたエアメールで、韓国の某新聞社で時事漫画を描いているという漫画家の方からのものだった。

実に達筆な日本語が几帳面な筆跡で書かれている。

私の連載記事を読んでくださったようだ。

冒頭に「貴方が如何様な因縁で韓国の事に就いてお知りになったかは判りませんが、今時その様な興味をお持ちとはちょっと珍しいですね」とあり、漢字の使い方も実に美しく、かつ古風で恐れ入った。

そしてこう続く。

「夢の事、面白く感じました。その様な若い韓国の若者達は探ればあまた発見される筈です。本に仕上げれば酬いもなくこ魂（著者注・御霊）として漂っている筈の彼らに鎮魂の慰めになる事でしょう。日本では散った若者達を讃礼する数多くの著述はありますが韓国出身の彼等には未だにその様なものがないのです」（原文ママ）

「斯く申す私は31年（昭・6）生れの者で数え年15歳の折に日本の少年特殊航空兵として参致し呉軍港で終戦を迎えました」とある。

末尾には「ソウルへお出の折は是非ご連絡ください。一度お逢いしたいですね」と結んでいる。

少年飛行兵とはいえ、場合によっては日本兵として命を落としたかもしれない。それを思うと、記事の青年を我がことのように思ったのかもしれない。

靖國での出来事を「書くべきか」という私の問いに、この手紙を差し出した編集者の思いは「書く」ことを私に示唆《しさ》しているように思えた。そして私は靖國での出来事を十一話目に記した。

光山文博こと卓庚鉉さんとは？

靖國神社の一件があってから、私はまず「光山文博（卓庚鉉）さん」について調べてみることにした。

そうたくさんではないが、特攻隊について書かれた本などに描かれた彼の痕跡を少しずつ集めていった。

本籍地は「朝鮮慶尚南道《キョンサンナムド》泗川郡《サチョングン》（現、泗川市）西浦面《ソポミョン》外鳩里《ウエグリ》四十六番地」。

幼いときに妹と両親の一家四人で故郷を離れ、京都に住まう。

立命館中学を卒業ののち、京都薬学専門学校に進学。卒業後に陸軍特別操縦士見習士官一期を経て終戦の年、昭和二十年五月十一日、知覧の飛行場から出撃して沖縄西洋上で没した。

ようやくこのようなアウトラインを拾うことができた。

知覧町（二〇〇七年の町村合併により現在は南九州市となる）は鹿児島県南部の町で、陸軍の、しかも日本最大の特攻基地があったことで知られている。

「特攻」とは一九四四年十月二十日に創設された「特別攻撃隊」の略称で、フィリピン戦や沖縄戦で実行された。なかでも海軍の特攻は「神風《しんぷう》特攻隊」と呼ばれたが、現在は陸軍の特攻を含めて「神風（カミカゼ）」と称されることも多い。

知覧の基地から沖縄に向け飛び立った特攻機は片道だけの燃料と二百五十キロの爆薬を積んで飛び立ち、自らも犠牲になることを覚悟の上で米国軍艦に体当たりで突っ込み、敵艦を沈没させる命を帯びていた。

米軍艦隊は思いもよらぬ攻撃に驚愕し恐れた。当初いくつかの艦船を撃沈しダメージを与えたが、米軍の武力の前にはとうてい及ばず、被弾して虚しくも次々と海に墜落していった特攻機。兵士たちの心情を思うとあまりにも哀しく、胸が締め付けられる。

知覧の特攻平和会館には一千三十六柱の隊員が祀られているが、その中に「わかっているだけで」十一人の朝鮮人兵士がいる。

当時朝鮮は日本に併合されており、彼らは日本人として日本名を名乗っていたが、戸籍謄本の本籍地として「朝鮮の住所」が書き込まれていることによって朝鮮籍の者だと区別がついた。しかし本籍まで日本の住所に移動していれば確認は難しいという。そしてこの知覧から出撃した特攻兵十一人の中に光山文博さんがいる。

特攻兵の中にはあまりにも悲劇的で切ない逸話があるために、よく取り上げられる人物がある。ある種ドラマチックなエピソードの持ち主だ。

その中でも光山文博こと卓庚鉉さんもいろいろな本の中で物語られている人だ。

特に「特攻の母」と呼ばれた鳥濱トメさん一家との交流を通して語られる出撃前夜の話はあまりにも切なく哀しい。

朝鮮人でありながら日本兵として翌未明には出撃するという彼は、その前夜にトメさん宅を訪ね、最期のひと時に「故郷の歌を歌ってもいいですか」と言うと「アリラン」を高らかに歌ったという。

目深《まぶか》にかぶった軍帽のかげから涙が流れ、平素出撃する兵士たちの前では決して涙を見せなかったトメさんも、子供たちと一緒に光山さんの膝元に取りすがって泣いたという。

このことはトメさんや娘さん、そしていまではお孫さんが語り継いでいる。そして多くの日本人の心を揺さぶってきた。

私もさまざまな本の中に描かれるこのエピソードに触れながら、彼の心情を思わずにはいられなかった。

あまりにも無念な彼の思いは時を超え、民族を超えて私に何かを訴えてくる。

彼は私を選んで夢の中に現れたのかもしれない。

日本人と韓国人の歴史的な軋轢《あつれき》が生む悲劇に心を痛め、いつもその解決の糸口を探し続けていた私。そんな私に白羽の矢を立てるようにして彼が夢の中に現れて「名前を失った民族の哀しみ」を訴えたのかもしれない。

いまだに無念な思いの中で彷徨《さまよ》っていることを伝え、安住の地、成仏できる場を探し求めていることを必死に訴えかけてきたのかも……。

特攻隊関係の本に登場する断片的な光山文博さんの描写をかき集めながら、彼の無念を思うと同時に、なんとかしてその思いをほどいてあげたいという気持ちに駆られていった。

そして光山文博、いや卓庚鉉は私にとって、もはやおぼろげな「夢の中の人物」ではなく、リアリティを持った一人の人格として生々しく感じられた。

切れ切れではあるが、光山さんについてのさまざまなことがわかってきた。

しかしどうやら家族縁の薄い方だったようで、出撃前に母は亡くなり、また父とたった一人の妹も終戦後次々に他界したようで、親類縁者を見つけることは難しいように思えた。

そうして数年の時が流れる。

「特攻の母」鳥濱トメさんのテレビ番組

旅番組のロケで福井県小浜市を訪れているときだった。撮影を終え、スタッフと夕食を済ませるとホテルの部屋へ戻った。

殺風景な部屋でとりあえずテレビをつけた。

偶然にも「特攻の母」といわれた鳥濱トメさんを取り上げている。すでに番組の途中ではあったが私は食い入るようにテレビに見入った。

番組ではそんなトメさんの生涯が紹介されていった。

鳥濱トメさんは特攻基地の近くで「富屋《とみや》食堂」を営んでいた。

特攻基地の近くには他に数軒の旅館もあり、面会に来た家族や縁者が宿泊する場になっていた。その中で機密を守るため、富屋食堂は軍の「指定食堂」となった。兵士たちにとっては、厳しい軍隊生活の中、唯一ホッと息のつける「たまり場」になっていった。

戦況は厳しくなり、どんどん物資が不足してゆく中、トメさんは採算などには目もくれず、明日はお国のために出撃し、命を散らすかもしれない若い兵士たちのために箪笥《たんす》の中の着物を一枚ずつ売り払っては、それを贅沢品だった卵に替え、砂糖に替えて兵士たちに振る舞った。代金もまともに取らなかったという。

兵士たちは任務遂行のために飛び立つ日が決定しても、その日程自体が軍事機密であるために家族に最期の別れを告げることもできなかった。ただ「お国のために」決然として任務に服してゆくのみ。

まだ幼な顔の二十歳そこそこの兵士たちは、死を目前にしてどんなにか母を恋しいと思ったことだろう。「お母さんと呼ばせて」、誰言うとなくトメさんは特攻兵みんなから母と慕われるようになっていった。

トメさんは自分の子供ほどの青年たちがそうやって命を散らしてゆくことが、さらにはそれをただ見守り励ますしかなかったことが、苦しかったに違いない。

明日出撃という日に挨拶にくる青年たちがどんな表情で、どんなことを語って散っていったのか、最期の様子をせめて親族に知らせようと手紙を書き続けた。

また兵士たちからは家族や恋人へ最期の別れを告げる手紙なども託され、隠れて送ってやることもあった。そのことがいつか憲兵に知れ、ある日突然連行されていったトメさんは傷だらけになって帰宅したこともあった。

どんな仕打ちをされようと、お国のために殉じてゆく青年たちのために何かをせずにはいられなかったのだ。

そして、戦争が終結すると野原に一本の棒杭を立て、それを兵士たちの菩提《ぼだい》を弔う「墓」に見立て、子供たちを連れて日々お参りを欠かさなかった。

その後、周囲の働きかけもあって一九五五年（昭和三十年）に「特攻平和観音堂」が設立され、以後はここに詣でることが日課になってゆく。

さらに一九七五年（昭和五十年）に「知覧特攻遺品館」を開設するも、反響が大きく来場者数も増えたために一九八五年（昭和六十年）から二年をかけて現在の「特攻平和会館」が建設された。

トメさんは一九九二年、八十九歳で生涯を閉じる。弔いのその日、トメさんを乗せた車は平和会館、観音堂を巡ったが、ちょうど観音堂を通り過ぎるころ、まるで最期に顧みるかのように正面を向いていたトメさんの顔が観音堂のほうを向いていたというのは有名なエピソードだ。


そんなトメさんが一番不憫《ふびん》がり、心にかけていたのが面会に来る人もいない光山文博こと卓庚鉉さんであったという。

知覧にある当時の富屋旅館を復元した「ホタル館」には光山さんの写真がいまも大きく展示されている。


番組も終わりになったころ、なんと光山さんの身内だという人が画面に現れてなにやら物語っている。それが従妹の卓貞愛《タクジョンエ》さんだった。

私はびっくりした。てっきり親類縁者はいないとばかり思っていたからだ。

なぜならトメさんは手許に残った光山さんの遺品をぜひ遺族に返したいと、ＮＨＫの人探しのラジオ番組に四回も投稿して呼びかけてもらっていたが、とうとう光山さんの身内は見つからなかったのだという。

それなのにこうして従妹さんがいるではないか。

「兄さんによくしてくれてありがとうございました」と涙をぬぐいながらトメさんへの感謝を語る卓貞愛さんの姿を見たとき、「ついに見つけた！」と思った。

番組最後のエンドロールを目で追いながら、私は問い合わせ先になる番組制作会社の名前と担当プロデューサーの名前をメモした。

「朝鮮人なのに日本の名前で死んだことが残念だ」。私の夢に出てきてそう語った光山文博さんこと卓庚鉉さんのこの言葉は、死してなお私に伝えられた「遺言」のようなものだ。遺族があるものなら「最後の最後」であるこの言葉をぜひ伝えなければならない。そう強烈に思っていた。

この番組が放送されたのは九九年五月三十日。これまで膠着《こうちゃく》していた卓さんの身元捜しは急展開することになる。

あの一九九一年の「不思議な夢」からすでに八年の時が経《た》とうとしていた。

釜山へ――卓さんの親戚と対面

いよいよ光山さんの従妹である卓貞愛さんに会おうと、貞愛さんの住む釜山へ渡るため玄界《げんかい》灘《なだ》を越えたのは二〇〇〇年二月上旬のことであった。

ちょうど山口県下関市に出向く仕事があったので、かねてより乗船してみたいと思っていた

「関釜《かんぷ》フェリー」に乗った。

関釜フェリーは一九〇五年に開設された「関釜連絡船」を起源とし、日韓が併合される以前から日本（下関）と朝鮮（釜山）を繋いできた百年を超える歴史ある航路なのだ。日本統治時代にはどれだけたくさんの人々がこの船で行き来をし、日韓の歴史を刻んできたのかと思うと感慨深い。

きっと卓さん一家もこの船に乗って玄界灘を越え、京都へ定着することになったのかと思うと感慨もひとしおである。

船は下関を午後六時に出港する。

二月の六時といえばもうすっかり日も暮れている。波の荒い玄界灘へ出る。窓を打つ風に小雪がまじりはじめた。私はなにか物悲しいような気持ちにさいなまれながら、ゆらゆらとした波のうねりのなかで眠りについていった。

人々が船内を行き来しはじめる気配で目を覚ますと、窓外からは明るい日差しが差し込んでおり、五六島《オリュクト》付近に停泊していた船がまさにエンジンを始動し、釜山港へと入港するところであった。

船はとうに釜山港に接近しているのだが、税関検査所の開く時間まで沖でしばらく待機し、翌朝八時に接岸する。

私はあわてて身支度を整えた。

釜山の「アリランホテル一階のティールーム」で卓貞愛さんとお会いする約束になっていた。

貞愛さんたちは先に到着して私を待っていてくれた。

貞愛さんの息子さん、卓庚鉉さんの従兄である卓南鉉《タクナミョン》さんとその妻李順男《イスンナム》さん、そして「1・20同志会　参戦学徒兵団体 副会長」という肩書の鄭琪永《チョンギヨン》さんという方を含めて五名で迎えてくださった。東京帝国大学を卒業したという鄭さんは、背の高く白髪の美しい方で、朝鮮人特攻兵の事情に詳しく、資料などをたくさん準備していてくださった。

私は何はさておき、卓庚鉉さんが私に伝えた「最後の遺言」である不思議な夢の話をした。

貞愛さんが言った。

「兄さんはね、自分の名前をとっても大切にする人だったんですよ。教科書の裏にでもなんでも、自分の名前を書くときはみんな卓庚鉉と朝鮮名で書いていました」

「実は文博の名前は『伊藤博文』からとったんです」と庚鉉さんより一つ年上の南鉉さんが言った。庚鉉さんが京都にいたとき、南鉉さんは当時大阪で鉄道に勤めていたという。齢の近い二人は日本では兄弟のように親しくしていたようだ。

当時の貴重な写真もたくさん見せてくださった。おそらく日本に学んでいた時代に写真館で撮影されたものであろう、学生服姿で二人で撮った写真に写る南鉉さんはわざわざ煙草をくわえ、学帽をちょっと斜めにかぶった軟派な優男。

庚鉉さんのほうは両の拳を膝にのせて実直な雰囲気を漂わせている。

それにしてもなぜ、よりによって韓国では「宿敵」と考えられている伊藤博文から名前をもらったのだろう。もし本当に伊藤公の名をもじったのだとしたら、「文博」と逆転させているのは反逆の意味がこめられていたというのだろうか。それとも畏れ多い尊崇の気持ちがこめられていたのか。

あの時なぜそのことを聞いておかなかったのかと、いまになって悔やまれる。当時満八十一歳だった南鉉さんはそれからまもなく他界なさった。

しかし光山さんが朝鮮名「卓庚鉉」に強いこだわりを持っていたらしいことは貞愛さんの言葉から窺《うかが》うことができた。


次に私は「ぜひ故郷の地に卓さんの本名を刻んだ石碑を、道祖神のようにささやかなものでよいからどこかに建てて差し上げたいのだ」と申し出た。

「夢にまで現れて訴えかけてくるというのはただ事ではない。彼は確かに朝鮮人卓庚鉉として生きたという証を求めているのだと思う。だからせめて彼の痕跡を故郷の地に刻んであげたい」と。

初めて会った私がどこまで本気なのか計りかねたことだろう。ただそこまで思い詰めている私の気持ちを汲んでか、みな静かに私の話を聞いてくださった。

かつてあった「卓庚鉉顕彰碑」建立の動き

私は光山さんの本籍地である泗川市西浦面にかつて「卓庚鉉顕彰碑」を建てようとした人物がいたという情報をさる本から拾っていた。

『日韓2000年の真実』（一九九七年、ジュピター出版）という本で名越二荒之助《なごしふたらのすけ》という元高千穂商科大学教授が編纂した本である。

編者はソ連抑留の経験があり、自らも戦禍をくぐってきた保守派の学者、評論家だ。この本はおよそ七百ページにも及ぶ分厚いものだ。日韓の建国神話から近現代史に至るありとあらゆる事柄に関して、名越氏を含めた十七人の研究者が筆を執っている。

名越氏は「日韓友好」を旨とし、動乱の中だからこそ生まれた、日本人と朝鮮人の民族を超越した美談を多く取り上げている。

この中に名越氏自らの筆による「朝鮮人特攻兵」に関するコラムがいくつかあり、どれにも朝鮮人特攻兵に対する深い思い入れが感じられる。

その中に「まぼろしに終わった光山文博大尉の顕彰碑」と題されたコラムがある。

当時トメさんが光山少尉の遺族を探しているということが新聞にも掲載された。

それに目を留めた長崎在住の光山稔さんという方が同姓であることに縁を感じ、日本人としてこの気の毒な朝鮮人青年を慰霊したいと、故郷の泗川市西浦面に顕彰碑を建てようと奔走する話である。昭和六十年（一九八五年）のことだ。

記事によると当時馬山に住んでいた特別操縦見習い士官三期生だった朴炳植《パクビョンシク》さんも地元で稔さんを助けながら、高さ2・5メートルの「故 卓庚鉉顕彰碑」を製作する。

碑文案は当初、以下のように考えた。

阿　阿　日本陸軍大尉アリラン、カミカゼ、パイロット、光山文博（卓庚鉉。TAK GYEONGHYEON）君よ。今、君の偉大な功績は日韓親善に燦然と輝いて、とはに消えない。君の熱烈な忠誠と尊い犠牲の上に築かれた両国の平和と繁栄をとこしえに、おみちびき下さい。

この地に生まれた君は、やはりこの地の森でお眠り下さい。光山　稔

ところがこれがマスコミに知られ、「碑文が特攻隊賛美に繋がる」として地元での反対運動が起こった。

そこで碑文を次のように改める。

嗚呼　卓庚鉉（光山文博）君

南海の黎明に空高く飛び立ち、勇姿再び帰らず。時に昭和二十年五月十一日。平和の礎を志せし、その姿荘なるも悲し。今君の名を呼び畏敬の念をもって星空の君に誓う。讃えん尊き平和。日韓友好の努力を。「故郷に帰りし御魂よ、母国に抱れ、故郷の香りに、安らかにお眠り下さい」

昭和六十年四月吉日

日本国　長崎　光山　稔

しかしそれでも反対は止まず、稔さんはこの石碑を持ち帰り、いっそ知覧に再建することも考えたがそれもならず、結局石碑は「石材」に戻され別の用途に転用されたのだという。

このコラムには石碑の写真も添付され、文末には名越氏自身がさらに新たな碑文案を改めて提案しているのだが、これもまた古典的な美文であり、この三つの案は正直大きく変わってはいないと感じる。

しかし、光山稔さんがまだ韓国旅行などメジャーではないその当時、日韓を奔走しながらなんとか卓庚鉉さんの痕跡を残してやりたいと願ったその思い、異国である日本国の未来と平和のために犠牲になった朝鮮人青年を悼む気持ちはこれらの碑文から痛いほど伝わってくる。

この件を取り上げ、自らも文案を提案している名越氏もまた同様である。

光山文博、卓庚鉉という人は、どうしてこうも日本人の心を揺さぶるのだろうか。

またこのコラムの中には稔さんが「西浦に光山さんが両親と共に眠る墓がある」と協力者の朴炳植さんから知らされて墓参りをしたという記述がある。沖縄の海で敵艦に突っ込んだはずの光山さんが「墓に眠っている」とはどういうことだろう。

もしもすでにそういう場所があるのなら私の真心もそこに添えるのがふさわしいのかもしれない。

卓さんの故郷を訪ねよう!

その話を卓貞愛さんたちにすると、だれもそのことを確かには知らないようで、「これから西浦に行って確かめてみよう」ということになった。

貞愛さんの息子さんの運転で、泗川市西浦を訪ねた。二時間あまり田舎道を揺られてゆく。当時はまだそのあたりの地理に不案内だったのだが、いまから思えばかなりの距離を移動している。

山道を越えて集落に入ると商店や家屋が連なりはじめる。ここに卓家の遠縁の方がおり、この件に関してわかるかもしれないというのでみなでその方を訪ねた。

彼は遠くに見える山の峰を指しながら、「私も子供のころのことで確かではないが、あの山中に墓があったが豪雨で流されて、いまはなくなっている」とおっしゃった。

その方に案内してもらいながら戸籍に本籍として記された所番地付近を訪ねた。

そこはまったくの片田舎。家々には小さな畑があり、黒山羊が飼育されているひなびた農村だ。束ねた髪をピニョ（朝鮮の簪《かんざし》）でひとまとめにした、いかにも「朝鮮のおばあさん」という面立ちの地元のお年寄りにいろいろと当時のことを聞いてみる。

「このあたりが卓家の跡地だったが、いまはもう変わっている。その人なら当時よく馬に乗ってこのあたりを巡っていた」と言う。

卓庚鉉さんは幼くして故郷を離れ、一家で日本へと移り住んだはず。そんな幼い少年が馬を乗り回していたということなのか、それとも卓さんの父親の話なのか。いったいその当時このような寒村で、乗り回すような馬がいたのだろうか。また馬に乗るような人というのはどんな身分だったのか。

よくはわからないが、とにかく意外なキーワード「馬」が出てきた。

故郷の地、泗川市西浦に行ってみても茫漠《ぼうばく》として雲をつかむよう。確かなことはわからないままだ。

けれど私は卓さんの故郷の地を踏むことができただけでも嬉しかった。

「ここに暮らしていたんだ」、そう思うと西浦は私にとっても大切なところだと思えた。

第二章　知覧・沖縄にあった朝鮮人特攻兵慰霊碑

赤羽礼子さんと語る①――夢の中の青年

釜山で二〇〇〇年二月卓家の人々と初めてお目にかかった旅から帰国すると、次に私は赤羽礼子さんを訪ねた。

礼子さんは鳥濱トメさんの次女である。

残念ながら長女の美阿子さんはすでに亡くなっており、当時のトメさんの特攻兵との交流や飛び立っていった兵士一人ひとりのご様子などを礼子さんが語りついでいる。

礼子さんは新宿三丁目、末広亭の前で「薩摩おごじょ」というお店を経営していらっしゃる。七十を超えていらしたがとても若々しく、お綺麗で元気な方だった。

光山少尉と思われる方が夢に現れたこと。彼の生きた証として故郷に、本名「卓庚鉉」の名を刻んだ石碑を建てて差し上げたいと思ったいきさつを話した。

夢から現実へと展開してゆく突拍子もない話なのに、礼子さんは何の違和感もないように受け止めてくださる。初めてお会いするのに不思議なほどに打ち解けてお話しすることができた。

礼子さんにお目にかかったら一番に聞いてみたいことがあった。それは果たして夢の中に出てきた青年が「本当に光山少尉だったのか」ということだ。

「夢に出てきた方にはいくつか特徴があるんです。まずとても背が高かったこと。向き合ったときに見上げるようでした。それから胸板の厚いがっちりした体格で、お顔の色が黒いんです。それも日に焼けて黒いというのではなくて、地黒というか、そもそも皮膚の色が黒い方っていう感じです。そしてとてもにこやかな笑顔で、笑うと白い歯が印象的に映るんです」

そこまで言うと礼子さんは両手で顔を覆って小さく叫ぶように言った。

「ああ、光山さんだわ」

やっぱりそうだったんだ、と思った。

光山さんは第五十一振武隊の所属だが、部隊は背の順に分けられており、光山さんの第五十一振武隊は当時もっとも背の高いグループだったそうだ。

それにしても身内の縁が薄い方と思っていたのに、どうやって従妹の卓貞愛さんと繋がったのだろう。

「うちの母もね、なんとか光山さんの遺品をご遺族に返したいと思って、身内の方をずいぶん探したんです。NHKラジオの『尋ね人』の番組で四回も手紙を出して呼びかけたんですけど、とうとうわからずじまいでした。

それが、いまから三年前ですが、韓国のMBC文化放送というところから『出撃前夜アリランを歌った特攻兵について聞きたい』と取材の申し込みがあったんですよ」

どうやら光山さんが、出撃前夜、最期の夜にアリランを歌って旅立ったという悲話は韓国にも聞こえていたようだ。

光山少尉の最期の様子を語って聞かせると、スタッフたちはみな男泣きに泣いて、涙を流しながらアリランを歌ったという。


その後、韓国でこの番組が放送されると光山少尉こと卓庚鉉さんの遺族であるという方が放送局に名乗り出た。それが卓貞愛さんだったのだ。

それを契機に礼子さんと貞愛さんら親族との交流が始まり、知覧で毎年五月三日に行われる「知覧特攻基地戦没者慰霊祭」に貞愛さんや従兄の南鉉さんも参列するようになる。

幼いときの断片的な記憶と貞愛さんから聞くさまざまな当時の事情。それらを突き合わせるとまた新しい事実が姿を見せはじめたと礼子さんは言う。

赤羽礼子さんと語る②――素顔の青年

光山さんは立命館中学卒業後、一九三九年（昭和十四年）四月、「京都薬学専門学校」（現、京都薬科大学）に入学し、一九四一年（昭和十六年）十二月に「戦時により繰り上げ卒業」となっている。

翌年、京都の「伍陽製薬」に入社。ちなみに伍陽製薬は一九四四年（昭和十九年）一月に「藤沢薬品」に吸収合併され、その京都工場となる会社である。

のちに同僚であった方の話によると、光山さんは半年ほど勤務した後、突然会社を辞職したという。その後一九四三年（昭和十八年）知覧にあった「大刀洗《たちあらい》陸軍飛行学校知覧分校」に入隊。「陸軍特別操縦士見習士官第一期（通称、特操一期）として飛行訓練を積む。

そしてこれを機に富屋食堂のトメさん家族との交流が始まる。

時に光山さんは二十二歳、礼子さんは知覧高女一年生、十三歳であった。

「光山さんはね、なにしろ元気。とっても明るい方でね。『礼ちゃん、川に行こう』なんておっしゃって、川のほとりからふざけて突き落とすまねなんかして私を驚かせたりして。

それからよく『パイロットとして自分ほど適性のある者はない』っていつも自信満々におっしゃっていたのよ」

私には幼い礼子さんと光山さんの川辺での楽しげな光景が目に浮かぶようだった。

韓国人は子供をたいへん可愛がる。

韓国に行き来しはじめたころ、子供をいつくしむ韓国人の様子に驚いたことがある。わが子への愛情は言うに及ばず、町ですれちがったような子供でも、男性女性を問わず、子供とみればだれもが頭を撫で回す。その上いろいろちょっかいを出しては子供の反応を相好を崩して見守る。親もまたまんざらではない。

日本人なら行きずりの子供にそこまではしない。韓国人の子供好きは桁違いだ。

そんな私の体験から考えても、光山さんは実に韓国人らしい情愛でトメさんの娘さんたちに接していたというのは、想像に難くない。

光山さんについて書かれた描写は「寂しそうな人であった」、「一人でいることが多かった」といった、孤独で影のある青年像ばかりが目立つ。光山さんは朝鮮人であることを隠してはいなかった。しかし当時の差別的な雰囲気の中で、周囲となじまなかったことがあったのかもしれない。

礼子さんからも「ときどき黙って食堂の天井を眺めていらしたことをよく覚えている」とうかがった。異国の地で軍人として生きてゆく心境はいかばかりか。

面会人もなく、淋しそうにしている光山さんをトメさんはことさら不憫《ふびん》に思い、家族のように接した。

朝鮮人でありながら、さまざまな葛藤《かっとう》を乗り越えて日本というお国のために尽くそうとするその心境を思うと、トメさんも不憫が増したに違いない。

家では風呂に入れて背中を流してやったりもしたという。長い間のそんな交流の中で光山さんも一家には心から打ち解けていった。

幼い姉妹たちと戯《たわむ》れる様子も、トメさんや姉妹だけに見せる「素顔」だったのかもしれない。

光山さんもトメさんを母のように慕《した》い、いつも傍にいて何くれとなくトメさんの仕事を手伝った。その姿は本当の親子のようだったと礼子さんは言う。

そんな生活の中で、光山さんは一家にとって気の置けない家族のような存在になってゆく。

半年ほどの訓練期間を終えると教育飛行隊に配属され、実戦機の訓練を積んだのちに実戦部隊に転属し、さらなる訓練、勤務を経て少尉となる。

光山さんもしばらくすると知覧から他の任務地へと移っていった。そして行く先々からトメさんのところに一家の安否を問い、近況を報告する葉書が届いたという。

赤羽礼子さんと語る③──最期の青年

戦況もいよいよ厳しくなった一九四五年（昭和二十年）の五月初旬、富屋食堂の引き戸ががらりと開き、光山さんがひょっこりと顔を見せた。

しかし明るい笑顔で迎えることはとうていできなかったという。この時期に知覧に舞い戻ってきたということは、特攻兵として出撃命令が下ったのだと瞬時に悟ったからだ。

「そのとき、母も私たちも言葉を失いましたよ。この時期に知覧に戻ってこられるというのは、特攻兵として出撃なさることになったのだとすぐにわかりましたからね。しばらくぶりにお会いした光山さんは、一年前に私たちと過ごした光山さんとは本当に別人のようでした。それはそうだと思います。これから特攻兵として出撃してゆくのですから」

幾枚かの写真を私も見せていただいたが、人間こうも面変わりするものかと思うほど出撃直前の光山さんは厳しい表情をしており、身体全体から緊張感がほとばしっている。


出撃前夜の五月十日、光山さんはトメさん一家を訪ねた。その夜も二階の部屋で気炎を上げる兵士たちのざわめきにあふれていた。

トメさんは普段はあまり人を入れない家族だけの居間に光山さんを招き入れ、姉妹とともに最期の時間を惜しみながら過ごした。

「最期に何も差し上げられるものがないけれど、これは朝鮮の布で織られたものです」

そう言って光山さんはずっと財布代わりに使っていたという小さな織の袋をトメさんに差し出した。これが唯一残っている光山さんの形見の品になった。

それから光山さんは「最期に国の歌を歌ってもいいですか」と言うと、ふすまに背をもたせ掛け、軍帽を目深《まぶか》にかぶるとアリランを歌った。トメさんも美阿子さんも、礼子さんも一緒に歌った。軍帽のかげから、涙が頬をつたっているのが窺えた。

「いまでもはっきり思い出すの。光山さんのふすまにもたれた肩の線。私たちがびっくりするような大きな声で歌われたのよ。

私たちも悲しくて悲しくて、光山さんに取りすがってわあわあ泣いてしまった。

そして母もね、光山さんの膝にすがって泣いていた。母はね、兵隊さんの前では決して涙を見せなかったの。そんな母があんなに泣くはずがないのよね。いま思うと、光山さんからいろいろなことを聞いていたんじゃないかと思うの」

光山さんが立ち去るとき、トメさんは「ちょっと待って」と引き留めると、胸のポケットに姉妹の写真を入れてやったという。

一人で逝くのではない、私たちはいつも一緒だと、せめてそう伝えたかったのだろう。

光山さんの遺族たちと出会ったことで、礼子さんはいままで知らなかった光山さんの背景を知ることになる。

「光山さんはお父さんとの葛藤があったのね。出撃する三年ほど前にお母様が亡くなって、その後ほどなく後妻さんを迎えたそうなんだけれど、光山さんはそんなお父さんが許せなかったみたい」

光山さんは父を許すことができず絶縁状態だった。しかしいよいよ出撃が決まると、自分の亡きあと、京都に残した父と五歳年下の妹徳只《トクジ》の行く末が気にかかった。「京都は危ない」と判断していた光山さんは、鉄道に勤めていた従兄の南鉉に関釜連絡船のチケットと二人のことを頼んだ。

妹は京都に恋人があったようで、故郷へ帰ることを拒んでいた。

父が釜山行きの船に乗る当日、その見送りに来ていた着の身着のままの妹を、父と従兄とで引きずりあげるようにして船に乗せ、無理やりに帰国させたという。

「母はそんな光山さんの苦しみを聞いていたんじゃないかしら。それであんなに……」

母への思慕、父との葛藤、妹の行く末、そんなことを一身に受けながら、自身は異国の軍人として明日は任務に殉じてゆかねばならない。

トメさんがひときわ光山さんを不憫がり、情をかけたのはそんな事情を知っていたからではないかと礼子さんは察している。それでなければ兵隊さんには決して涙を見せないと心に決めていたトメさんが、「あんなに泣くはずがない」と言い切る。

結局妹は終戦の年、二十歳の身空《みそら》で亡くなっている。また父の在植《ジエシク》（日本名、榮太郎）も終戦後三年ののちに没する。

出撃の朝、一家は未明に出撃する光山少尉を見送った。そして午前八時をもって、光山さんの乗った機が激突したことが告げられた。

光山少尉の残した辞世の句がある。

「たらちねの　母のみもとと偲ばるる　弥生の空の朝霞かな」

「出撃は五月なのに『弥生の空』とはどういう意味なのか」と礼子さんはいぶかる。

五月十一日。記録によるとこの日、日本軍が撃沈させた米国艦船はない。

その直前、どんな思いが光山さんの胸によぎっていたのであろうか。

慰霊祭と「なでしこ隊」

二〇〇〇年四月、靖國神社で毎年行われている「特攻隊合同慰霊祭」に参加した。

満開の桜の花びらが風に舞い踊っていた。

桜のように潔く散ることを望まれ、出撃のときは人々が桜の枝をかざしながら見送った特攻部隊。そして靖國神社の桜の下で、魂となって戦友たちと出会う約束をした彼ら。

遺族にとっては靖國に軍神として祀られることがせめてもの慰めだった。

その靖國神社の特攻慰霊祭に人々が集まってくる。子や孫の世代なのか、なかにはお若い方の姿もある。また軍帽をかぶった老人の姿もある。そこには礼子さんをはじめとする当時の「なでしこ隊」のみなさんがいらした。

「なでしこ隊」とは知覧高等女学校（通称「知覧高女」）の女学生からなる勤労奉仕に動員された生徒たちだ。知覧高女の校章が「撫子の花」だったことから、このように呼ばれた。

礼子さんの話によると、ある日学校の先生が「なでしこ隊」として特攻兵の身の回りのお世話をする役割を受け持つことになったと生徒らに話す。しかしこのことは「だれにも口外してはならない」と口止めをした。

「だけどね、十三、四の子供がどうしてそんなことを親にも内緒にして、自分ひとりの胸に抱えていられると思いますか。家に帰ってすぐ母に話しましたよ」

なでしこ隊は兵舎の掃除や食事の支度、洗濯や繕いものなどをして兵士らに仕えた。思春期の少女らにとって、見知らぬ青年と対峙することには恥じらいも感じたろうが、お国のために出撃してゆく兵士らを兄のように敬い、大切に思いながら献身的に尽くした。

数十年の時を経てそれぞれの生活を持ち、齢を重ね、みな七十代になっていた。東京方面に暮らす方々は、毎月第四土曜日に前田笙子《しょうこ》さんの住む浦和に集まり、当時を語り合ったという。

「結局ね、いつも同じ話なの。あのとき誰々軍曹がこんなふうにおっしゃったとか、誰々は最期にどんなご様子だったとかね。いっつも同じ話を懐かしがって繰り返しているだけなんだけれどね」

私はこの話を聞いたとき、年端もいかない少女らが背負うには、大変な心の重荷、もっと言ってしまえば「傷」を負ってしまったのだと思った。

当時のなでしこ隊の方々の日記によると「お兄様」という表現がしばしば出てくる。兄のように敬い、慕い、そして身の回りの世話をしてきた人たちが次々と特攻兵として出撃し、帰らぬ人となってゆく。それなのに涙を流して嘆き悲しむこともできず、「ご立派な最期」と讃えなければならない苦しさ。純真な少女たちは、そんな残酷な出来事に日々さらされ続けたのだ。

他の誰とも共有できない、自分たちにしかわからない「心の痛み」。その思いを毎月のように集っては、「繰り返し語り合う」ことで解放していたのかもしれない。

慰霊祭にはそんななでしこ隊の方々もおいでになり、また知覧町長も参列なさった。

靖國での慰霊祭が終了すると、「私学会館」のバンケットホールで行われる「(財)特攻隊戦没者慰霊平和祈念協会」主催の懇親会に席を移した。

会場一杯につめかけた人々が久しぶりの出会いにさざめいている。いくつもの丸テーブルがある中、「飛び入り」の私はなでしこ隊のみなさんが集まる席に入れていただいた。

来賓の挨拶などが済み、少し場がくだけたところで礼子さんが私をみなさんに紹介してくださった。その中に「荒木しげ子さん」がいらした。

光山さんが所属した「第五十一振武隊」は荒木春雄少尉を隊長とし、「荒木隊」とも呼ばれていた。その荒木隊長の未亡人を目の前にして、時空を一度に超えるような、妙な懐かしさを感じた。

礼子さんが、私と光山さんの、夢を介した不思議な繋がりをお話しくださると、

「まあ、また……」と言って、しげ子さんは改めて私をまじまじと見つめた。

その意外な言葉にわけを尋ねた。

「あなただけじゃないんですよ。以前にもそういう不思議なお話があったんです。光山さんには何かきっと、深く思い残すことがあったのかもしれませんね」

私だけではなかった〝夢〟の話

飯尾憲士《いいおけんし》氏の著作の中に『開聞岳《かいもんだけ》―爆音とアリランの歌が消えてゆく』という作品がある（一九八五年「すばる」に発表後、集英社から単行本として出版）。

開聞岳は薩摩半島の南端にある標高９２４ｍの火山で、ちょうど「甘食《あましょく》（菓子パンの一種）」を伏せたような、なだらかな円錐形が美しい山だ。その形の美しさから「薩摩富士」とも呼ば

れたが、特攻兵にとっては開聞岳の上空で南に旋回し、沖縄方面を目指す「目印」にもなった山である。

彼らが故郷を見納める最期の景色の中に開聞岳はつねにあったのだ。

『開聞岳』の著者、飯尾憲士氏は父を朝鮮人、母を日本人に持ち、自らも陸軍士官学校へ進んだバリバリの「軍国青年」であった。

そのような背景を持つ著者が何人かの朝鮮人特攻兵に的をしぼり、「なぜ特攻という道を選ぶに至ったか」、その胸中を解明してゆくという力作だ。

真実をもとめて関係者を丹念に訪ね歩くことで、次第に浮き彫りになってゆく兵士の人物像と心中。その徹底した取材ぶりからは、飯尾氏本人の執念と気迫が伝わってくる。


その作品の中で、光山少尉（卓庚鉉）の足跡を明らかにしたいと奔走する東京在住の「倉形桃代さん」のエピソードが語られてゆく。

彼女は高木俊朗氏の『知覧』に描かれる光山少尉のエピソードに胸打たれる。異国の地でしかも特攻兵として散っていった朝鮮人兵士光山少尉の淋しさに心を寄り添わせてゆく。

そして遺族を自分の手で捜し出そうと決心する。戸籍や学籍簿を取り寄せ、気象庁を訪ねて出撃当日の天候まで調べ上げている。

ついには光山さんが所属した第五十一振武隊、荒木隊長の未亡人であるしげ子さんへとたどり着く。そこで光山さんの写真を手に入れた彼女はそれを部屋に飾ろうとした。そのときのことである。

「光山少尉の御遺影を、私の部屋に飾る前のことです。私は、父には私の行動を知らせていませんでしたが、ある晩、父の夢の中に、一人の軍人が現れたのだそうです。その人は、海原から上半身を現しており、飛行服を着ていて、眼を大きく開いていた、ということです。すーっと消えたそうですが、ひと晩で二度同じ夢をみた父は、どうしてそんな人が夢の中にでてきたのかふしぎで、母に話し、母から私の行動をきかされたのでした。

光山少尉が私の家にこられた、と私は信じました。まちがいございません」

「戦争は、正しいことではないけれども、それに殉じた人たちの行動を、否定することはなりません。そして、アメリカも、日本も、旧軍人も民間人も、犠牲になった方々に、祈りを捧げるべきではないかと思います。二度と、あの恐ろしい出来事を、起こさないためにも」

こう飯尾氏への手紙に書きつづっている。

その後、倉形さんは調査を進める中で出会った自衛官パイロットと結ばれる。その男性は近親者も海軍パイロットとして亡くなっており、父親も飛行兵だったという。

きっと「光山少尉が結んだ縁」と感じたに違いない。

「光山文博という未知の朝鮮の方に、慕わしさを覚えていたといえます。でも、結婚の前に、光山少尉のお写真を仕舞わなければいけない、と思いました」

彼との結婚にあたって光山少尉とのことを整理し、嫁いでゆく。しかしその後の手紙にはこうある。

「先日、主人の机の中に、私が主人に複写してあげた光山少尉の写真がきちんと仕舞われているのを知り、たまらなく嬉しくなりました」と。

荒木春雄少尉の未亡人、しげ子さんが私を紹介されて思わず「またか」と驚いたのは、この倉形桃代さんのことがあったからに違いない。

彼女は結婚することで「けじめ」として一区切りをつけた。

しかし桃代さんの思いは、いつしか私へと受け継がれたのかもしれない。

毎年の「知覧特攻基地戦没者慰霊祭」

二〇〇〇年五月三日。

毎年、鹿児島県知覧で行われている「知覧特攻基地戦没者慰霊祭」に参加した。

鹿児島空港から知覧まではバスで約一時間十五分。終点知覧の停留所から平和観音までの二、三キロの道のりには寄贈された石灯籠がずらりと並んでいて圧巻だ。

現在その数は一千二百九十基だが、灯籠を寄贈したいという方が後をたたない。しかし残念ながらもはや設置場所がなく、受付をいったん停止している状況だという。

このこと一つをとっても、特攻隊の悲話がいまも人々に深い感銘を与え続けていることがわかる。

東京からも赤羽礼子さんをはじめ、「なでしこ隊」の面々が参加している。

東京でお会いしている方々は、知覧まで訪ねてきた私に「ご苦労さまです」と労《ねぎら》いの言葉をかけてくださる。地元知覧に残ったなでしこ隊のみなさんとも初めてお会いした。また釜山からは卓貞愛さんもおいでになった。

慰霊祭の始まる前、礼子さんは平和観音を案内してくださった。

平和観音への参道は桜並木になっている。すでに五月、桜の木々は美しい新緑の葉が萌えだしている。参道入り口には前年に建てられたという朝鮮人特攻兵を悼む石碑が建立されていた。石碑の碑文はこのようである。

アリランの　歌声とほく　母の国に
念ひ残して　散りし　花花

石碑のすぐ横に添えられた石柱にはこう刻まれている。

朝鮮半島出身の特攻勇士十一名のみ霊を
お慰めするために　この歌碑をたてました

また石碑の裏面にはこのようにある。

平成十一年十月二十三日
千葉県我孫子市
村山祥峰
江藤　勇　建之

朝鮮人特攻兵の慰霊碑はてっきり韓国の方が建てたものかと思っていた。しかしそうではなくこれもまた日本人の有志の方が建立したものだった。

「特攻平和観音堂」のすぐそばに「特攻英霊芳名」という石碑があり、ここに一千三十六人の兵士の名前が刻まれている。

知覧から飛び立った兵士は四百三十九名。

一千三十六名というのは沖縄戦で陸軍の特攻兵として亡くなった兵士の人数だ。

ちなみに隣接する「特攻平和会館」には一千三十六人全員の遺影や遺品が展示されている。

この中に、わかっているだけでも十一人の朝鮮人特攻兵がいる。彼らはみな日本名で祀られている。

私は「特攻英霊芳名」の碑に刻まれた名前の中から「光山文博」の文字をようやく探し当て、その跡を指でなぞりながら思った。

「でも、本名じゃないんだよね」

「特攻平和観音堂」の前のテントには、千人ほどのゆかりの方たちが集まって献花し、祈りを捧げた。晴天に恵まれた、暑い日であった。私はなでしこ隊のみなさんに交じってお席をいただいた。ほとんど「遺族」の気分だった。

来賓挨拶が済むと、全員で軍歌の合唱がある。万感の思いのこもった「同期の桜」の歌声が響きわたる。

少女たちの幻

ここでのセレモニーをひととおり終えると、なでしこ隊ほか数十人の人々が「三角兵舎」を目指して山道を登っていく。鬱蒼《うっそう》とした松林の中にそれは佇《たたず》んでいた。

「三角兵舎」とは特攻兵が出撃までの数日を過ごす半地下の兵舎で、地上には三角の屋根だけが姿を見せている。当時はその屋根の上にも木々を載せて覆い隠していたという。

建物の中を見ると、真ん中に通路があり、両側は一段高くなっている。ただそれだけしかない兵舎である。兵士たちはそこに体を横たえ眠れぬ夜を過ごしたのだ。

現在兵舎は見学用に復元されているが、礼子さんによると、当時はもっと小さいものだったという。

なんの設備もない、ただじっと出撃を待つだけの粗末な小屋。なでしこ隊の少女たちは、ここでも兵士たちの世話に懸命に働いた。

その三角兵舎跡地近くにも石碑があり、ここでも数人の方が挨拶の言葉を石碑にむかって語りかけた。

それが済むとなでしこ隊のみなさんが、準備しておいたお酒やお茶、さつま揚げなどを振舞う。

ビニールシートを用意し、ポットに入れたお湯で手際よくお茶をいれてはお酒を召し上がらない方に手渡し、男性陣には紙コップでお酒を配る。

そのかいがいしい働きぶりを見ていたら、なぜか涙が止まらなくなって困った。

なでしこ隊のみなさんが当時の少女たちの姿にだぶって見えた。きっとあのときも、こんなふうに懸命に立ち働いていたのだろうと思った。

毎年そうしてきたように、当たり前のように立ち働くその姿。ご自身では少しも気づいていないだろうが、私の目にはありありといじらしい少女たちの姿がそこにあるように思え、切なくてならなかった。

そしてなでしこ隊のみなさんにとっては観音堂での慰霊祭より、ここでの慰霊こそが「あのとき」をかみしめる時間なのだろうと思った。

沖縄へ①——一つ目の目的・平和の礎

その年の秋夕《チユソク》(旧暦八月十五日)を目指して沖縄に行ってみようと決心した。目的は二つ。

一つ目は、沖縄戦の終結地である糸満市、摩文仁《まぶに》の丘にある「平和祈念公園」を訪ねること。

沖縄戦最後の激戦地である沖縄最南端の地、摩文仁周辺は、当時の琉球政府により「沖縄戦跡政府立公園」に指定された(一九六五年・昭和四十年)。

さらに沖縄返還後、一九七二年(昭和四十七年)から本格的に整備が進められ、以後「平和祈念資料館」や「平和祈念堂」、「国立戦没者墓苑」などが広大な敷地に建設されてゆく。

そのなかに自身も少年兵であった体験をもつ大田昌秀氏が沖縄県知事であった一九九五年(平成七年)に、知事の肝いりで建設されたのが「平和の礎《いしじ》」だ。

「平和の礎」とは沖縄戦終結五十周年を記念して建設したもので、悲惨な戦争の教訓を風化させることなく、平和創造の理念を日本全土、そして世界に発信してゆこうという趣旨で造られたものだ。

「礎」とは元来、柱などの下に置く「石据え」のことであり、転じて「物事の基礎となるもの・根本」という意味である。

まさにこの石碑群「平和の礎」は平和の根本となるべく、犠牲者の御霊を弔うとともに、失われた命の膨大さを記憶に留めようと建設された施設なのだ。

「平和の礎」は「敵・味方、軍人・民間人」の区別なく、「沖縄戦で亡くなったすべての方々の名前を記す石碑群」であり、名前の表記は「母国語の表記に従う」というものである。

ここになら沖縄戦で亡くなった光山さんの本名が記されているはずだ。

広大な敷地に御影石でできた屏風のような形の石碑が果てしなく連なっている。全部で百十八基。

この石碑に沖縄戦で亡くなった約二十四万人の名前が一人ひとり刻まれているのだ。

ちなみに日本人では、沖縄県の方が約十五万名、県外では約八万名の方が記名されており、戦没者は全国四十七都道府県すべての地域に及んでいる。

また外国籍の方としては、米国一万四千九名、英国八十二名、台湾三十四名、朝鮮民主主義人民共和国八十二名、大韓民国三百八十名となっている（二〇一八年六月現在）。

九月、沖縄空港に着くと私は摩文仁の丘、「平和の礎」を目指した。あまりの広大さに茫然としてしまう。

石碑群はきちんと秩序だって区分けがされていた。都道府県別、国別とエリアが分かれている。

北海道はおろか、当時は日本国であった樺太からも兵士が派遣されていたことを石碑群を巡りながら改めて知る。

彼らにとって沖縄はほとんど「異国の地」であったろう。縁もゆかりもない最果ての地で野に倒れ、絶望の中で命を落としていくのはどんなに淋しかっただろう。どんなに故郷を、母を思ったことだろうと胸が痛む。

米英の方々の石碑は横文字で記されている。

そして台湾、北朝鮮、韓国の石碑群は漢字表記になっている。

朝鮮半島の二国については、表記は漢字でも「あいうえお」順にあたるハングル表記の「가《カ》나《ナ》다《ダ》라《ラ》」順になっていた。

「光山さんの本名が記されているとしたら、ここしかない」と思い、自分の目で確かめてみたかった。

焼けつく日差しの中、ようやく大韓民国の石碑を発見し、その中に「卓庚鉉」の名前を見つけ出した。「1998年刻銘」と記された一連の中にあった。

大韓民国の石碑に刻まれた名前は一度に刻銘されたものではなく、少しずつ刻まれているようだ。

遺族ならばだれもがするように、私は自然と「卓庚鉉」の文字を指でなぞっていた。彼が夢にまで出てきて「朝鮮の名前で死にたかった」と言っていたその「朝鮮名」がここには確かに残っている、と思った。

しかし、どうだろう。その文字をよく見ると漢字に間違いがあるではないか。「庚」の字には不必要な横棒が一本加わっており、「鉉」の字は「鉱」と取り違えてある。庚鉉であるべき二文字が「庚」「鉱」となっているのだ。

「ありゃ〜、何これ」と思った。

「気持ちはありがたいんだけれど、僕の名前、漢字が間違っているんだよね」とあの世で光山さんが苦笑いしているような気がした。

この石碑を管理している沖縄県庁の「平和推進課」（当時）をすぐさま訪ねた。

金城さんという担当の方が丁寧に対応してくださった。記録のために撮影していたビデオ画面を見せて説明すると、すぐに何冊かのファイルを出してきて確認しながら言った。

「なるほど、これは元帳から転記する際に当方の職員が誤って書き写していますね」

「そうすると、これはどうなるんですか」

「書き直します」

「そうは言っても、あんな大きな御影石に刻まれたものをどうやって書き直すんですか」

「大丈夫です。直せますから」

金城さんによると、大韓民国側の沖縄戦での犠牲者は厚生省（当時）から出た名簿によっているが、当時朝鮮半島は日本に併合されていたため、名簿はすべて日本名で作成されていたという。

平和の礎に刻銘するためにはなんとか「朝鮮名」を明らかにしなければならない。そこで「韓国のさる大学教授」に調査を依頼し、その方が厚生省の名簿に記載されている本籍地から韓国の戸籍をたどり、日本名から朝鮮名を探しだしている。さらには平和の礎に名前を記名することへの遺族の了解をとりつけた上で、毎年刻銘作業をしているという。

ちなみに事情は北朝鮮でも同じはずだが、

「日本側が呼びかけた時点で北朝鮮からは速やかに名簿が出てきました。まあお国柄ということでしょうか」

そう言って金城さんは微笑んだ。


しかし、韓国ではたいへん地道な調査が行われているようだ。

その元帳になったファイルを見せてもらうと、几帳面な手書きの文字が並んでいる。

日本名につづいて判明した朝鮮名、本人の本籍地、刻銘を承認した遺族の氏名と現住所、続柄などが書かれている。

この調査ファイルによれば、光山さんの刻銘を許諾したのは「孫」とあり、名前が「卓成龍《タクソンヨン》」となっている。初めて見る名前だった。

厚生省から出た大韓民国戦没者の名簿は約四百名だという。これを一人ひとり解明してゆくのは気の遠くなるような作業だろう。いったいどんな方が調査を担当しているのか興味が湧いた。

いずれ必ずお会いするときが来る、とそのとき思った。

その方は洪鍾佖《ホンジョンピル》教授、明知《ミヨンチ》大学史学科の教授であった。

私はその方の連絡先もうかがって沖縄県庁を後にした。

ちなみに数年後、平和の礎を再度訪れてみると、間違った名前の部分がくりぬかれ、正しい名前に書き換えられた石材がはめ込まれている。その気になってよく見なければ訂正されていることに気がつかないほど綺麗に直っていた。

沖縄へ②——二つ目の目的・白い珊瑚片

さらに私は泊港から船で慶良間《けらま》諸島の「座間味島《ざまみ》」に向かった。

初めて私が座間味を訪れたのは九六年ごろだろうか。

座間味島のある慶良間諸島は世界でも屈指のダイビングスポットだ。沖縄本島南端から見れば西方に位置する。

水中写真家の中村征夫《いくお》さんや、長野出身なのにすっかり沖縄に魅せられて、いまや沖縄に住まっている写真家の垂見健吾さんの紹介で、「船頭殿《センドーロン》」という民宿にお世話になった。以来、海だけでない座間味の自然の美しさと民宿のご主人の人柄に惚れ込んで、毎年のように夏になると座間味に通っていた。

いまになってみると、これも不思議な因縁としか言いようがない。

実は座間味島は一九四五年三月二十六日、沖縄戦において米軍が最初に上陸した島であり、ここでも悲惨な戦闘が繰り広げられた。

いよいよ追いつめられて島ではたくさんの方々が「自決」している。自決の現場になったところには慰霊塔が建立されており、そんな場所が島のいたるところにあるのだ。

島のお年寄りから、自決を試みたときの話をうかがった。なんと手榴弾一発を囲んで、みながそれを覗き込みスクラムを組むような格好になって、爆発するのを待ったという。致命傷を受けることができなければ長く苦しむ。それよりは楽に死のうと、みな必死で頭を手榴弾に向けて身体を寄せ合ったというのだ。

しかしそれは幸いにして不発に終わり、生きながらえることができたという。

狭い壕の中で大勢の人たちと息をひそめて隠れていたこと。夜中にまっ暗な山道を逃げ歩いたこと。

あまりにもすさまじく、悲しい話の数々であった。

座間味ではいまもときどき不発弾が見つかり、沖合で爆破処理がなされるという。

定宿の「船頭殿」から少しのところに、私がよく行く「古座間味ビーチ」まで循環するバスの乗り場がある。そのすぐ横に「米軍上陸地の碑」が立っている。

この碑は一九四五年三月二十六日、沖縄戦の足場としてまず上陸したのが座間味島のこの場所であったことを示している。

ビーチへ向かうたび、いつも何気なく見ていた「米軍上陸地の碑」。光山さんの足取りを調べはじめた途端にその意味の重さがだんだんと私に迫ってきた。

光山さんが墜落したのは「沖縄西洋上」と記録されている。

沖縄本島に迫ろうとする米軍はまずこの座間味島に三月二十六日、上陸した。

だとすれば、五月十一日に飛び立った光山機はきっとこの座間味島と沖縄南端とを結ぶ海域に没したのではないだろうか。私が好んで行く「古座間味ビーチ」には白い珊瑚片がたくさん打ち上げられる。おなじ座間味でもなぜか他のビーチではこのような珊瑚片はあまり見られない。そしてその白い珊瑚片はまるで遺骨のようでもある。

沖縄での二つ目の目的は、その珊瑚を拾うことだった。

特攻として海に沈んだ兵士たちに遺骨などあるはずがない。私はせめて最期に没した海の近くで、遺骨に見立てた珊瑚を拾おうと思った。

それには韓国で魂がこの世に帰ってくるとされる「秋夕」でなければならないと思っていた。

二〇〇〇年の旧暦八月十五日は、新暦で九月十二日。沖縄には大型の台風が接近しており、朝から木々は暴風雨に煽られていた。

それでも「どうしても骨を拾うのは秋夕でなければならない」と決めていた私はなんとかしてビーチに向かい、そこで白い珊瑚片をいくつかと綺麗な貝殻を拾い集め、濡れねずみで宿に戻った。


私はそれらを東京に持ち帰り、日々お水をあげてお祀りした。

第三章　韓国で遭遇した卓家一族の謎

ソウルに暮らす①――『ソウルの達人〜最新版』

世の中は日韓共同開催となった「2002年FIFAワールドカップ」への期待が高まっていた。

日韓にまつわる活動が評価されたのか、私はワールドカップ日本組織委員会の理事というお役を拝命した。

それを機に私はソウルに住まうことにした。長年韓国に携わっていながら、本格的に「居住した」経験がないのを残念に思っていたからだ。

「住んでみてこそ、初めてわかることがあるに違いない」、そう思った。

当時はいまほど韓国報道やそれに携わる人材も豊富ではなかったため、ワールドカップに向けて私への講演や韓国取材などの依頼も多くあった。

もっと韓国の実態を深く知って、精度の高いリポートやこれまでにない充実した本を作りたいと考えていた。しかし、韓国行きに関しては周囲の理解は得られなかった。「なにもそこまでする必要があるのか」というのが率直な思いだったろうし、もしいまの私が当時の私から相談をもちかけられたとしても、自信をもって背中を押せるかどうかわからない。ただ、周囲のだれもが私が「一度言い出したら聞かない」ことをよくわかっていたのだと思う。

二〇〇〇年後半からは、韓国滞在に向けて準備を進めた。

まずは「歯医者」に通って完璧に歯の治療をした。さらに、東京の家に郵便物がたまってはいけないと、ダイレクトメールなどが来るたびに差し止めをお願いした。一方、たびたびソウルを訪れて、友人らに依頼しておいた賃貸物件を下見し、契約するなど着々と準備を整えていった。

二〇〇一年一月からソウルは南山《ナムサン》に居を構え、まずは三カ月間、西江《ソガン》大学の「語学センター」に通うことになった。

それまで独学だった韓国語を少しでもブラッシュアップしたかった。飛び級でいきなり最高度の7級に入れていただいたが、読み書きの実力が劣る私は、なんとかクラスメイトに追いつこうと家でも必死で勉強をした。人生であんなに机にかじりついて勉強したことはない。

しかしいい大人になってから、自分のために勉強することがこんなに楽しいとは思わなかった。

二〇〇二年ワールドカップの全行程が終わるまで、正味一年半ソウルに暮らしたが、その間も月に一、二度は仕事のために日本に帰ってもいた。またときどきは韓国メディアに取り上げられることもあったが、私はそこに重点を置いていたわけではなかった。

私が一番重きを置いていたのが『ソウルの達人』というガイドブックの改訂版づくりだった（『ソウルの達人〜最新版』／二〇〇二年講談社）。

改訂とはいっても新しいコンセプトで全面リニューアルするため、三カ月の語学講座を卒業してからは、日々取材と原稿書きに追われていた。

実際に現場に出向いて関係者を取材すると、一見庶民の台所のような在来市場にも深い歴史や由来があることがわかる。表面的で娯楽的なものばかりではなく、「読めるガイドブック」を目指した。

著者が一年以上現地に滞在しながら、直接取材をし、写真を撮り、執筆に当たったガイドブックというのはかなり異色なはずだ。

結局この本は私にとっても「参考書」のような存在となり、いまでも何か失念したときにたびたびページを繰ることがある。

『ソウルの達人』ではいつも「読み物」のページを入れてきた。たとえば文化人類学教授による日韓文化比較、沈壽官《ちんじゅかん》（現十五代）さんが修業した甕器《オンギ》（キムチなどの甕）工房を訪ねる旅、「哀号の謎」と題して「アイゴー」という感嘆詞への日本人の誤解を解くエッセイなどなど。

そしてこのたびの改訂ではぜひとも「洪鍾佖《ホンジョンピル》教授」を取り上げたいと思っていた。沖縄戦で亡くなった朝鮮人戦没者の足どりを一人ひとりたどってゆく作業は、並大抵のことではないはずである。

いったいどういういきさつでこのような作業を手掛けることになったのか、またそのご苦労についてもうかがいたい。日韓併合の歴史と太平洋戦争の狭間で、私たち日本人が知らなければならない部分だと思った。

また先生は「光山文博（卓庚鉉）」についても遺族を訪ね、刻銘の許可を得ている。刻銘を許諾した「卓成龍《タクソンヨン》」という人物に私は心当たりがなかったので、個人的にはその点もぜひうかがいたいと思っていた。

他の記事はすでに全部書き上がっていた。

洪教授のインタビュー、これが『ソウルの達人～最新版』の最後の取材だった。

お電話を差し上げると、快く取材に応じてくださることになり、二〇〇二年二月、先生はたくさんの資料が詰まった旅行鞄を転がしながら私のソウルの家を訪ねてくださった。

ソウルに暮らす②――洪教授との出会い

先生が戦没者の調査に関わることになったのは、九四年にＫＢＳ（韓国国営放送）が『洪吉《ホンキル》童《ドン》』の番組を制作することになり、その下調べに沖縄を訪れたことがきっかけだった。洪吉童とは韓国人ならだれもが知っている小説の主人公で、「鼠小僧次郎吉」のように弱きを助け強きをくじく義賊である。

庶民にとっての英雄であった彼はその後、ある島に渡って身分差別のない「理想郷」を築いたという。子供たちにとっては「桃太郎」のように親しまれている童話のような話だ。

その洪吉童が理想郷とした島が「沖縄」だったのではないかという説もあり、それを番組化するにあたって「監修」のような役割を洪先生が担当したのだろう。

いわば番組の「シナリオハンティング」の折、一行はちょうど「平和の礎」を建設しているところに出くわしたようだ。

しかしそのとき、洪先生は韓国人犠牲者が刻銘されるべき石碑が空白になっていて、いまだ一つの刻銘もされていないことを目の当たりにして衝撃を受けたという。

厚生省から出た名簿が日本名で作成されており、朝鮮名がわからず、調査や刻銘作業を進めることができなかったのだ。

洪先生が「平和の礎」の現状を知ったことが縁になり、沖縄県から正式に調査依頼の要請があったという。

洪先生も慎重に検討し、基礎調査をした結果、とうてい困難なことと一度は断った。しかし再三の要請に根負けして、九五年から第一次調査を開始したのだそうだ。

この調査はだれでもできるというものではなかった。一番肝心なことは「漢字が読める」ということだ。日本の名簿や戸籍簿は言うに及ばず、韓国の当時の戸籍簿も、わずかに助詞をハングル表記してあるほかはすべて漢字で書かれている。

そのため、「日本語を理解できる」ことと「漢字を解読できること」が必須条件になってくる。現代の韓国では漢字を「日本文化の残滓《ざんし》である」としてすべてハングル表記にしてしまったために、漢字を読める人が限られている。そのため、たとえハングルを使っていても漢字交じりの資料となると、自国の資料でも読める人が少ないという決定的な問題が生じる。

実際、韓国では自身の名前すら漢字で書けない人たちも多い。

洪先生は幼少期に日本統治時代の教育を受け、さらに京都大学や東京大学の客員教授としての経歴もあったため、漢字が多用された韓国の古い戸籍簿なども問題なく読むことができた。

調査の手順は、まず日本の厚生省より提出された名簿から併合当時の「日本人としての戸籍簿」を調べ、そこに記載されている本籍地から「韓国の戸籍簿」を探り出し、それをもとにして遺族（直系長男を筋とする親族）を捜し出すのだという。

しかし韓国では引っ越しが激しく繰り返される上、朝鮮戦争の折に戸籍謄本を焼失していたりして遺族の追跡は困難を極める。

また当時徴兵などで動員がかかった場合、本人の代わりに「モスム」という下男を送ったりしたケースもあるそうだ。モスムのような使用人は元来戸籍がなかったりするので、そういう人の氏名を明らかにし、遺族を捜すのは容易ではないという。

また血筋を重んじる韓国では長男に徴兵の義務が課された場合でも、偽って次男を送ったりすることも頻発していたという。そんなわけで、実際の戦没者を特定することは至難の業であった。

場合によっては各地の役人や警察署、国会議員にまで頼み込んで協力を乞うそうだ。この作業のために先生は韓国全土はおろか、中国や日本にまで移住者を捜して訪ね歩いた。役所などで調べてもわからなければ、田畑で働く年配者や老人施設などを訪ねて、お年寄りから当時の話を聞き出してヒントを得たという。

しかしそんなにまでして遺族を捜し当てたとしても、「平和の礎」への刻銘となると遺族から拒絶されることもあった。

というのは、日本軍人として戦死したということは、韓国では日本国のために命を捧げた「親日派」とみなされるからだ。ひいては「売国奴」扱いされることにもなり、その証を石碑に刻むことなどとんでもないと考えるからである。

そんな遺族のところへはたびたび訪れて「未来の平和のためだ」と説得を繰り返すのだそうだ。

先生はおっしゃる。

「日本に連れて行かれた人たちは、本当に何も知らない貧しい人たちでした。金持ちはそんな目に遭わなかったのです。しかし彼らはある日突然理由もなく、どこへ行くかもわからないまま警察に連れて行かれたのです。そして一週間あまりの基礎訓練の後、船で日本に連れて行かれ、壕を掘るなどの仕事に就かされました。

こんなかわいそうな人生があるでしょうか。歴史というのは富める者によって作られるのではありません。名もないたくさんの庶民によって作られるのです。彼らの後ろ盾なしの歴史はあり得ません。彼らの調査をだれかがやらなければならないのに、だれもやろうとしません。

彼らについて、大韓民国は一九四八年八月十五日の独立以前のことだから調査しようとはしないし、日本ではサンフランシスコ条約によって日本国籍がないということになっている。いわば韓国と日本、両方から捨てられた人々なのです。この人たちを助けてくれる人がだれもいないというのはかわいそうじゃないですか。

また沖縄は反面教師的な生きた教育現場でもあります。二十四万人もの人が亡くなった悲劇を二度と繰り返さないよう訴えていくことが歴史家の使命ですし、現代に生きる人間の義務だと思うのです。ただ学問をするのではなく、どうやって国民に対して、こういうことがまた起こらないように呼びかけるか。韓日両国の平和、ひいてはアジアの平和、世界の平和に寄与し貢献するのが学者のすべきことだと思うのです」

このようなご苦労に対して、沖縄県からは年間約百二十万円が「委託金」として支払われているそうだが、先生によれば遺族一人を突き止めるのにだいたい十万円ほど経費がかかるという。とうてい委託金では賄えないところ、私財を投じて調査に当たっているのだという。先生はそのことについてこうおっしゃる。

「私はお金のためにやっているのではありません。お金をもらってやるというのはかえって心苦しい。しかし調査は早く進めなければ難しくなる一方なので、急がなければならないのです」

この時点で名簿の約七割は解決していたが、残る三割はそもそも名簿の記載に誤記や不備が多く、追跡困難なものが残っていた。

なんとかしてこれらも最後まで調査していきたいとのことだったが、一方で大田昌秀知事から稲嶺知事に替わったことで、沖縄県の「平和の礎」事業に対する関心が薄れてしまったと先生は嘆いた。

実際「平和推進課」自体をなくしてしまおうという動きがあり、二〇〇〇年度には予算計上さえされなかったが、NHKや朝日新聞の突き上げがあり「予備予算」で対応したという経緯があったという。

そして二〇一八年現在、かつての「平和推進課」は「子ども生活福祉部平和援護・男女参画課」の中の「平和推進班」の担当となっている。やはり縮小されていった感じは否めない。

結局、洪鍾佖先生への調査依頼は二〇〇三年（平成十五年）をもって打ち切られた。

平和推進班に問い合わせたところ、その後の刻銘手続きは「韓国側遺族からの申し出によっており、相当の裏付けがあると認められた場合に追加刻銘がなされる」ということであった。

しかし大韓民国の刻銘がここまで進んだことについては、当初洪先生の多大なご苦労があったことを私たちは心に留めておかねばならないと思う。

先生とのインタビューを文字に起こし、原稿を書き終えた。このコラムのタイトルはこれしかないと素直に思った。

「歴史家の良心にかけて」。

ソウルに暮らす③――肌で感じる韓国

三度目の改訂で全面リニューアルした『ソウルの達人～最新版』は、二〇〇二年六月に開催されるワールドカップに向けて大急ぎで製本され、二〇〇二年四月に出版された。

読者からはこのコラムに対する手紙も寄せられた。

その多くは「洪先生のご苦労に対して私たちはどう報いたらよいのか」という共感と称賛に満ちていた。

二〇〇一年一月からワールドカップ終了の二〇〇二年六月までの一年半は、まさに怒涛のような月日であった。

たった一年半の間に、家を借り、家財道具を揃え、はたまた学校へも通い、近所づきあいもした。さらに本も執筆し、俳優の仕事や講演もこなした。

短い間ではあったが、旅人ではなく、「生活者」として肌で感じたソウルは確かにこれまでとは違ったさまざまな顔を私に見せてくれた。

しかしいつまでもソウルに安閑としてはいられない。ワールドカップが終わったからには、さっさと東京へ帰って、その間の空白を取り戻さねばならないのだ。


着々とソウル行きの準備をしていったように、帰国するときもまた着々と準備を進めてゆく。

短いソウル生活だったが、未練が残った。

高台にある私の部屋からは四季折々の南山の景色が美しく見渡せた。ソウルの夜空は街の明かりを映して赤みを帯びているのが不思議だった。

生活を始めたその冬は記録的な寒さと暴雪に見舞われ、雪が降り続く山の景色はまるで水墨画のように美しかったが、学校へ通う道は凍りつき、転んで肋骨を折ったのも笑い話だ。

山一面に咲いた桜が春霞にかすむ様。夏の緑の美しさ。

変な日本人にいつも優しく声をかけてくれるマーケットの主人や警備のおじさん。「一人暮らしで淋しくないのか」、「秋夕なのに日本に帰らないのか」と私に尋ねてくれた。キムチをくれる近所のおばさん。ある日東京から帰ったら、白菜キムチと水キムチの大きなタッパーが冷蔵庫に入っていて驚いた。

高層マンションの暮らしにもやっぱり韓国人らしい人情があった。

せっかくあんなに望んだソウル暮らしだというのに、じっくりと味わうことも楽しむこともなく、ひたすら毎日駆け回っていた。

だけど「暮らす」というのは所詮そんなものかもしれない。

卓家の本家筋がソウルに

日本に戻った私は俳優の仕事をぽつぽつ始めながら、いよいよ光山さんの名前を刻んだ石碑建立に向けて「具体的に」動きはじめなければならないと思った。

そしてまた日本から韓国へと行き来する生活が始まった。

石碑を建立するにあたって、「光山文博（卓庚鉉）」なる人物の「裏どり」から始めようと思った。そのとき私の手許にあった卓庚鉉さんに関する履歴は何かの書籍に書かれているものか、だれかの証言から得たものばかりだ。それらの情報にだいたい齟齬《そご》はなかったが、わずかに食い違いのあるものもある。

まずは卓庚鉉さんの経歴について戸籍や学籍簿などを確認し、揺るぎのない「確証」を持ちたいと思った。

そのためにはまず「卓庚鉉」の名を「平和の礎」に刻銘をするにあたって、洪先生が許諾を得たという「卓成龍《タクソンヨン》」という人物について知らねばならないと思った。

しかし、それまでに私が知り合っていた従兄妹の卓貞愛さんや、すでに他界なさった卓南鉉さんの奥様の李順男さんに「卓成龍」なる人物についてたずねてもまったく心当たりがないという。

いったいこの「卓成龍」という人はどういう係累なのだろうか。

洪先生は、刻銘の許諾を受けるにあたって、必ず直系長男の筋をたどったという。

卓庚鉉さんの周辺人物ではなく、卓家の戸籍を調べて卓家の直系長男を代々たどっていき、その末裔にあたる人物にお会いして許諾を得ているというのだ。それが「卓成龍」という人だという。日本式に言うならば「本家筋」ということになるのだろう。

そういう方がいるならば、石碑を建てるからにはお目にかかって私も了解を得ねばならないと思った。私は洪先生にお願いして卓成龍さんに連絡を取っていただき、お宅にお伺いすることになった。

卓成龍さんはソウル市江東区《カンドンク》高徳洞《コドクドン》にお住まいで、内装工事関係の仕事に従事していると聞いた。

卓成龍さんとの対面

二〇〇三年九月。

あの不思議な夢を見てからすでに十年を超える歳月が過ぎていた。

海をまたぎ、国境をへだてた作業はなかなか思うように進まない。

しかし急ぐことよりも、ゆっくりでも手堅く進めていこうと心に決めていた。

慎重に「裏どり」を進めながら、私はしばしば『開聞岳』に登場した「倉形桃代」さんのことを思い出していた。光山さん出撃当日の天候を気象庁で調べ、第五十一振武隊荒木隊長の奥様を訪ねる。丁寧にその足取りを調べていった気持ちがよくわかる。

少しもいい加減なことをしたくなかった。一人の人間の生きた証を追跡するのに、安直なやり方はできなかった。

沖縄で「遺骨」に見立てた珊瑚を拾い、ささやかながらも家でお祀りするようになってから、パソコンのデスクトップにも卓庚鉉さんの写真を貼り付け、石碑建立が叶う日を願っていた。

そして今、長い年月の末、卓家の直系の方にお会いすることになって私の胸はときめいた。

卓成龍さんのお宅を訪ねるにあたって洪先生も同行してくださった。

アパートの入り口で成龍さんと奥様が私たちを待っていてくださった。成龍さんは物柔らか

左から次男在寛、四男在植（父）、徳只（妹）、南鉉（従兄）、三男在讃、卓庚鉉（本人）。

な感じのしっかりした体格の方だった。

　卓庚鉉さんに似ていた。「一族の顔」だと思った。なにかひどく懐かしい気持ちがした。

　成龍さんは戸籍謄本まで準備してくださっており、近所に住む実母、崔亭姫《チェジョンヒ》さんも同席してくださった。

　戸籍を見ると成龍さんは卓家の直系末裔ではあるが、「次男」であり、実際の直系長男は「成《ソン》洙《ス》」さんという方である。しかし諸事情があり、長男に代わって成龍さんが刻銘承認の責任者になったようだ。

　まずは長い時間をかけて戸籍謄本と照らし合わせながら、「家系図」の解明をした。これには崔亭姫さんの証言が大いに役立った。

　成龍さんの家系は直系長男の流れであったが、卓庚鉉さんの父の代では直系長男の後に、次男、三男、四男、とあり庚鉉さんは四男、在《ジェ》植氏《シク》の長男であることがわかった。

卓庚鉉さんの従兄、南鉉さんの家には、一枚の家族写真が残されていた。卓庚鉉さんの父、在植氏《ジエシク》は四兄弟のうちの四男である。

前頁の写真は庚鉉さんの父の代、次男、三男、四男と卓庚鉉さん、妹の徳只さんらが写った、写真館で撮ったと思われる家族写真である。写っている人々はみな洗練された背広姿で、裕福であった家庭の雰囲気が窺われる。

ただ、この写真にはなぜか「長男」である「興錞《フンスン》」氏が写っていない。

また次男、三男、四男の名前がそれぞれ「在寛《ジエクアン》」、「在讃《ジエチャン》」、「在植」で、「在」の文字を共有しているのに長男はその別である。

また三兄弟だけの家族写真だということをとってみても、長男の系列家族と次男以下の係累の間には何かの理由で大きな断絶があるように思える。

成龍さんの代になると、釜山の貞愛さんや南鉉さんはまったく知らない身内ということだが、お母さまの崔亭姫さんの話から、当時は近隣に住まってお互いの存在を認識していたし、親戚づきあいをしていたこともわかった。

それよりも衝撃的だったのは、崔亭姫さんが十九歳で卓家に嫁いだころの話だ。

夜ごと戦闘帽をかぶった兵士が家の周りを歩いている夢を見るので、家族に尋ねたところ、親類の中に年若くして亡くなった兵士がいるという。それが分家筋の卓庚鉉とわかり、その方の祭祀（法事）も続けていたというのだ。

話を聞いていた成龍さんが、崔亭姫さんの話を受けて続けた。

「そういえば祭祀のときに不思議なご飯のお供物があったんです。普通は夫婦並べて一対にして供養するのですが、その方のお供物は一つだけなので、あるとき母に聞きました。するとこの方は若くして結婚もせずに亡くなった。さぞ空腹であったろうから、せめてご飯をたくさんよそってあげるんだ、って。家も貧しかったので、どうしてそんなにたくさんのご飯をよそってあげるのかと不思議な気持ちでした」

またもや「夢」か、と思った。

石碑建立の場所を発見？

韓国では一族の墓というものがある。本家筋ならば「卓家一族」の墓地が必ずあるはずだ。もしも私が慰霊のために石碑を建立するならば、まさしく卓家代々の墓地の一角に建てさせていただくのがふさわしいと思った。

そんなことをお許しいただけるものかと尋ねてみると、崔亭姫さんも「ああ、いいとも。そこに建てなさい」と鷹揚《おうよう》に許してくださった。

しかしそうなるとこれまで行き来をしていた釜山の貞愛さんたちがどう思われるだろう。特に庚鉉さんと親しかった従兄の南鉉さんの奥様からは、南鉉さんが眠る梁山《ヤンサン》の共同墓地の一角、南鉉さんの墓の隣に石碑を建てることの了解をいただいていたのだ。

それをいまになって、「本家がわかりましたので、そちらの墓所のほうに建立します」ではお気を悪くされるのではないか。いったいどうすべきかと迷った。

すると洪先生がおっしゃった。

「韓国の風習では本家の墓地があるならば、そこを尊重するのが常識です。韓国人ならばだれでもそれは理解するところですから、心配はいりません。そうするのが正しいと思いますよ」

その言葉に力を得て、とにかくこれまでにわかったことを報告しようと釜山に貞愛さん、順男さんを訪ね、本家筋の卓成龍さんにお目にかかったことをお伝えした。

二人とも成龍さんの存在をまったく知らなかった。だが自分たちのほかに本家筋があったことは違和感なく受け止めたようだった。

「本家のお墓があるのならば、そちらに建てるのが筋というものですよ。そうなさい」

順男さんが「当然だ」というようにおっしゃった。

私の心配は杞憂に終わり、ホッとした。

私はその場で成龍さんに電話をかけ、釜山のみなさんが石碑を本家の墓所に建立することを快く認めてくださったことを伝えた。貞愛さんも順男さんも、代わる代わる電話に出て挨拶を交わしながら、初めて知る本家筋の新しい親戚の存在を喜んだ。

釜山のご親戚の気持ちを損なわずに済み、安堵してソウルに戻ると、洪先生、卓成龍さんを招いて一席設けた。

成龍さんは「私も卓家の血筋で、お酒はあまりいただけない」と言う。そういえば卓庚鉉さんもお酒は飲まなかったと赤羽礼子さんもおっしゃっていた。

そんなところにも光山さんの面影を感じることができて、私はなんとなく嬉しかった。

第四章　学籍簿で発見した、もう一つの名前「高田賢守」

二千万Wの土地代!?

いよいよ光山さんの日本での足取りを追跡していこうと思った。

まずは卒業した小学校、立命館中学校、京都薬学専門学校にそれぞれ光山さんが在籍したという証を得るために、学籍簿を確認していこう。

各所に問い合わせると、第三者である私が個人の学籍簿を閲覧するには、親族の委任状が必要だという。

私はすぐに「光山文博（卓庚鉉）の学籍簿公開に関する委任状」なる書面を作って、卓成龍さんに署名押印して私に送り返してくださるように東京から書類を送った。

返信用の封筒や韓国の切手まで添え、署名押印して同封の封筒に入れて投函すればよいばかりにして送った。

それなのにまったく返信がない。間をあけて都合三回送り、電話でもお願いしたが返信がない。事務的なことが苦手なのかもしれない。

こうなったらもう一度お会いして直接署名押印いただくほかない。私はソウルへ出かけた。お宅近くのホテルラウンジで待ち合わせ、ようやく署名と印をいただくことができたが、その後で突然、このようなことを切り出された。

「実は卓家の墓所は現在売り払ってしまい、もう自分たちのものではない。しかし生家の西浦に友人が持っている土地がある。そこを二千万W《ウォン》で買って、碑を建立してはどうか」、というお話だ。

すっかり卓家の墓所に建立するつもりでいた私は困惑した。日本円に直すなら当時約二百万円ほどである。

私はまずはお話をうかがっただけで、そこを引き取った。


翌日洪先生にこのことを相談した。

「それはやめたほうがいいですよ。第一あんな田舎の土地がそんなに高いはずがない。小さな石碑を建てるのなら畳二畳もあればいいんです。そのような話に乗ってはいけない。故郷西浦の役場の庭の片隅に建てさせてもらったっていいじゃありませんか」

金銭の多寡の問題ではなく、私もなんとなくすっきりしない話だと感じていた。

「今度西浦の役場を訪ねてみましょう。よいことをしようとしているのだから、きっと協力を得られると思いますよ」

一度近づいていたものが、再び遠のくような心細さを感じていたが、洪先生の言葉に励まされ、ゆっくりでも着実に準備を進めてゆくしかないと思い直した。

立命館中学時代——第三の名前

「委任状」を手に入れたのは、すでに二〇〇四年も夏の終わりごろになっていた。

そこから各学校の担当の方宛てに事前にお手紙を差し上げておいてから、お訪ねする段取りをとりつけた。

ありがたいことにちょうどそのとき、二〇〇四年九月から始まるNHK朝の連続テレビ小説『わかば』の収録が始まり、約半年間、NHK大阪局に通うことになった。

大阪から京都は目と鼻の先だ。大阪を足場に、撮影の合間に光山さんが過ごした京都の住まい周辺や立命館、京都薬科大学を訪ねられる。

旧制「立命館中學校」の卒業者資料が保管されている伏見区深草の「立命館高等学校・中学校」のキャンパスを訪ねた（現在深草キャンパスは廃止になり、二〇一四年九月に長岡京キャンパスへ移転している）。

京都といえば古都のきらびやかなイメージばかりだったが、深草キャンパスはだらだら坂を登った山深いところに位置していた。「京都にもこんな静かなところがあるのか」と意外に思った。

校長・副校長先生、事務長の方々が丁寧に対応をしてくださった。

「第一巻」の名簿には、明治三十九年の学校創立当時の一期生から、昭和十五年までの卒業生の氏名が記録されており、昭和十四年三月卒業の卓庚鉉さんはこの名簿の２９５４番の学生として記載されていた。

また立命館の「R」のマークの入った分厚い革張りの卒業アルバムまで準備されていた。ちょうど翌年の二〇〇五年に創立百周年を迎えるにあたって、アルバムなども整理しており、たまたま卓庚鉉さんの卒業年度のものが出してあったという。

表紙の下方には「２５９９」の文字も入っている。「皇紀二五九九年」を記したものだ。

その風格ある表紙をそっと開いてみると、全校をあげての行事の写真がいくつか続いてゆく。そのどれもが軍事教練のような様子で、写っているのが学生とは思えないような緊迫感である。

「国防一色」であった当時の世相が窺われた。

そして事前に付箋を貼っておいてくださったページを開けてみる。そこには卒業生が名前を寄せ書きした色紙が写っている。

日本名の並ぶ中、ただ一つ朝鮮名の「卓庚鉉」の文字があった。

十八歳で卒業するこのときは、まだ朝鮮名を使っていたのだ。その文字は綺麗にまとまっていて、温和な感じが伝わってくるなかなかよい筆跡だった。

「この名前にこだわったんだね」と思った。

ページを繰ってゆく。クラブ活動のページが続く。馬術倶楽部の写真の中に馬に寄り添う卓庚鉉さんの姿があった。

そういえば初めて故郷の西浦を訪ねたとき、地元のお年寄りが「卓家の人がよく馬を乗り回していた」と語っていたが、やはりそうだったのかと思った。子供のころから馬に慣れ親しんだ卓さんは、立命館でも馬術部で活躍していたのだ。

他に二十人くらいの学生が並んで写った写真もあった。一目見て私が「あ、この方ですね」と卓さんを指差したのを見て、校長先生が驚かれた。そして私も我ながらびっくりしていた。

彼の姿を追い続け、たくさんの写真を見ていたので、立ち姿の癖などで知らないうちに卓さんの姿は一目で見分けられるようになっていた。

次に学籍簿を拝見した。

ここに卒業した小学校名が記載されていた。「京都市小川小学校」。卒業小学校については諸説あったので、ここで明らかになって助かった。

ただ不思議だったのは、氏名の欄には「卓庚鉉」とあるが、添え書きには「光山文博」ではなく「通称　高田賢守《ヒヨンス》」としてある。この名前はいままでどの文献にも登場していない。どうやら「光山文博」は立命館中学卒業後から使った通称名のようだ。

父である「在植」の職業は「下宿業」となっている。

しかし何より興味深いのは、学籍簿から窺える卓庚鉉さんの人物像だ。

在籍した一年生から五年生までの人物評価が記されている。

「性質」の項目では、真面目／温良快活／温順などの文字が並ぶ。

「品行」については、甲／正とある。

「才幹」という言葉はいまでは死語だが、「知恵や能力」という意味らしい。これについては五年通して「有り」の評価だ。

「思想」という項目があるのも興味深い。これについては、穏／健である。

「言語及び動作」という項目には「明瞭活発」ということで、明るくはきはきとした人物であったことだろう。

「勤惰」では、五年を通して「勤」という評価が連なる。怠けることなく、真面目に努める人であったのだろう。

卒業する五年生時（十八歳）の体格は身長168・7。体重57・5。胸囲89・7。当時としてはなんとも立派な体格だ。学業成績もすこぶる良く、漢文、英語、歴史、理科は特に優秀だ。

理科系も文科系もこなす素晴らしい成績といえる。遅刻や欠席もなく、実に「円満この上ない人物」だったことが偲ばれた。

立命館の資料によって、光山さんの人物像が一層鮮明に見えてきた。

世の中に出回っている「アリラン特攻兵　光山文博」の写真から窺える、悲しく、厳しい面立ちとはまったく違った像が結ばれてきた。

それは赤羽礼子さんから聞いた、小川のほとりで幼い礼子さんを相手に冗談を言ったりふざけたりしている光山さんの姿を彷彿とさせる、優しく、温かな青年のイメージである。

そしてそれは私の夢の中に出てきたあの青年の雰囲気でもあった。

なんだかひどく嬉しかった。ようやく光山さんの実態に近づけた気がした。

そして私は『開聞岳』の倉形桃代さんを思っていた。あなたが懸命に追跡したその光山さんは、やっぱりこんなに素敵な方でしたよ、と教えてあげたかった。

校長先生は「うちの学校にこういう方がいらしたとは」と、感慨深げにおっしゃった。

学籍簿のコピーを頂戴し、親切な対応に心から感謝して私は立命館高校を辞した。

京都薬学専門学校時代——繰り上げ卒業

次に郵便で届いたのが「京都薬科大学」からの学籍簿であった。成績表などは添付されていない簡単なものだった。

氏名の欄には卓庚鉉とあるところを「卓庚鉉」と二本線で打ち消して「光山文博」としてある。

さらに「朝鮮氏姓制度設置ニ付　昭和十五年八月　改姓名届出」と小さく添え書きがしてある。まさに朝鮮で創氏改名が施行された時期（一九四〇年〈昭和十五年〉二月から八月まで）に当たる。

同様に保証人の欄には父の名前があるが、職業は「乾物商」となっており、これも「卓在植」の名前を二本線で打ち消して「光山榮太郎」とある。

朝鮮名と創氏改名した名前が「併記」されるのではなく、朝鮮名のほうはこうして無残にも二本線で打ち消されているのを見ると、創氏改名以降は朝鮮名よりも通称名を「本名」とみなしたということだろう。

立命館の学籍簿には「卓庚鉉　通称高田賢守」としてあった。おそらく日本へ来てから立命館中学までは「高田賢守」であり、朝鮮で創氏改名が行われた折に通称を「光山文博」に改めたのだ。

以前従兄の南鉉さんは「文博の名前は、伊藤博文にちなんで付けた名前」だったとおっしゃっていた。伊藤博文は韓国では「韓国を植民地支配した大悪人」として、いまもなお目の敵にされている。しかし自らの名前を「嫌悪する人物にちなむ」というのは考えにくい。

日清戦争に勝利した日本は、清国との講和条約を締結するにあたって、清国から朝鮮の解放を求め、「朝鮮独立」への道をつけた。いわゆる「下関条約」（一八九五年）である。締結の際、日本側の全権を担ったのが伊藤博文、時の内閣総理大臣だ。この講和条約は十一条からなっている。ちなみに条約の筆頭、「第一条」に掲げられた内容がこれである。

「清国は朝鮮国が完全無欠なる独立自主の国であることを確認し、独立自主を損害するような朝鮮国から清国に対する貢・献上・典礼等は永遠に廃止する」

伊藤公は朝鮮を清国から完全に独立させることを一番に求めたのだ。

光山さんは朝鮮独立の道を開いた伊藤博文に尊崇の念を抱いていたのではないだろうか。だからこそ、創氏改名にあたって伊藤公の名前をいただき、「文博」と名付けたのではなかったろうか。しかし名前をそのままいただくのは畏れ多いと、「博文」を「文博」と入れ替えたのではないか。

ソウルの西大門区に「独立門」という門がある。フランスはパリの凱旋門を模して造られた美しい石門である。

「独立」という言葉の響きから、現代の韓国人は「日本からの独立を記念して造られた門」と勘違いしている人が多い。しかしそれは大きな間違いである。実際は日本の講和条約によって「清国からの独立」を記念して造られたものだ。

それまではこの場所に歴代の朝鮮王が清国からの使者を出迎える施設があり、そこに造られていたのが「迎恩門」だった。

清国から独立したことを機に「迎恩門」を取り壊し、その跡地に「清国からの独立解放の象徴」として建立されたのが「独立門」なのである（一八九六年定礎、一八九七年に完成）。


たとえ成績表やその他の詳細なものがなくとも、たった一枚の手書きの学籍簿から読み取れるものは少なくないと思った。

この学籍簿では入学年度が昭和十四年四月一日であるのに、卒業年度は昭和十六年十二月二十七日ということになっている。本来ならば、翌年春「三月」が卒業月となるはずであろう。

これに関して、同封の学生課からの手紙にこのようにあった。

「同年は戦争の影響で繰り上げ卒業が行われました」


瀬戸内寂聴さんが昭和十六年という年を振り返って、どこかにこんなことを書いていた。

「現在は昭和16年頃の感じ。軍靴の音がドッドドッドッと聞こえてくる恐怖感があります。（中略）私たちの時代には東洋平和のために、日本国民のために、天皇陛下のために、そんなふうに教えられたのです」

立命館の卒業アルバムにもあった学び舎とは思えない一糸乱れぬ教練の様子。

その二年後の昭和十六年は、まさに「軍靴の音が聞こえる」というような緊張感の中、光山さんの通う薬学専門学校も「繰り上げ卒業」が行われるほど、緊迫した時代へと突入していったようだ。

光山さん一家が暮らした京都を歩く

ところで京都薬学専門学校の学籍簿には父の職業として「乾物商」と記載されている。立命館の学籍簿には「下宿業」とあった。もしかしたら兼業していたのかもしれない。光山さん一家が暮らしたのはどんなところだろうか。

光山さんの当時の住所は「左京区田中玄京町《たなかげんきょうちょう》二十一番」だが、その場所は区画整理のために現在の「田中玄京町二十九番」に当たることを役所で調べ、地図を頼りに行ってみた。

京都はまだ残暑が厳しかった。

「田中玄京町」、このあたりは民家の並ぶ静かな住宅街だ。

ビデオカメラを片手に二十九番地を訪ねて右往左往していると、突然頭の上から声が掛かった。

「何してはるんですか?」

二階のベランダで洗濯物を干していた若い主婦が、カメラを片手にうろついている私を不審に思って見咎めたのだ。

慌てた。不審に思われても当然と思った。

「あの～、卓さんという方のお住まいを探しているんです。昭和二十年くらいまでこのあたりにいらした方なんですが」、おろおろしながら私は答えた。

「卓さん？」

主婦が二階から降りてきたので、私は必死で怪しい者ではないと訴え、簡単に事情を話した。

「そうなんですか。このあたりね、近頃下見をした上で空き巣に入るって事件が続いててね。それで何かなと思って」

まったくもっともな話だ。町の安全はこのような人たちの声掛けで守られている。

彼女は私の話に納得すると、親切にもお子さんを乳母車に乗せて、一緒に巡ってくださった。

「昔ね、このあたりに光山さんという朝鮮の方が住んでたの知りません？」などと私に代わって近所の方に尋ねてくださった。

「このあたり韓国の人とか多いんですよ。ちょっと行くとキムチ屋さんがあるから、あそこに行ってみましょう」

なるほど、そのあたりは掛かっている表札を見ても、在日の方が多く住まっているのがわかった。「昔、下宿屋のような家もあったかもしれない」、そんな声もあったが、果たしてどうだろうか。

しかし私はその真偽よりも、こうして光山さんの暮らしたあたりを、そぞろ歩いてみることができただけで満足だった。そして親切にも私を案内してくださった主婦の方に感謝した。乳母車に乗っていたあの子も、もう立派な青年になっていることだろう。

心に染みるメール

立命館の学籍簿にあった記載から小学校は「小川小学校」卒業とわかったが、これまでの二校に比べて、個人情報の管理に厳しい公立の小学校の学籍簿の確認が一番手間取った。学校に直接あたることはできず、まずは「京都市教育委員会　調査課」に問い合わせなければならない。

私は他校にしたのと同様に、事情を説明する手紙に、委任状・当時の卓庚鉉さんの戸籍謄本などを添えて、調査課の担当の方に送った。

しばらくすると電子化されたデータをプリントアウトした書類と「ご照会に対する回答」という題目の事務的な手紙が届いた。

これによると、氏名は「卓庚鉉（高田賢守）」とある。また「入学前の経歴」は「養正小学校五年在学」とあり、十一歳まではこちらの小学校で過ごしている。また「養正小学校には在籍の記録が残っていない」とあることから、おそらく韓国から日本へ来て、いったんは養正小学校へ入学し、のちに五年生で転校し、「高田賢守」として「小川尋常小学校」を卒業したということだろう。

卓さん一家がいつ日本にやってきたのかは定かではないが「十歳くらいの時」という説もあ

る。もしそうだとすると、私たちがよく知っている「光山文博」の名前で過ごしたのは京都薬学専門学校入学後の昭和十五年から没年昭和二十年までの五年間だけということになる。

　つまり日本に来てから立命館中学卒業まで「高田賢守」として過ごした時間のほうが倍くらい長いのだ。これは大きな発見であった。

　夢の中の言葉ではあるが、「朝鮮人なのに日本の名前で死んだことが残念だ」というのもわかるような気がする。

　高田賢守として約十年を過ごした。次には自ら命名した「光山文博」という名前を名乗った。しかもそれはたった五年のことだ。

「光山文博」という名前に空虚さを感じていたのか。

「俺は高田賢守でも光山文博でもない。朝鮮人卓庚鉉なのだ！」、そんな気持ちが心のどこかにあっても当然かもしれない。

　その後小川小学校の資料を送っていただいた担当の方にお礼のファクスを差し上げると、このような心に染みるメールが返ってきた。

　私信ではあるがご了解を得たので、ここに全文を紹介したい。

黒田福美　様

ファクスいただきました。ご丁寧にありがとうございます。

卓さんのことは、私も鹿児島県知覧を訪れた際にバスガイドさんから聞いた話と、すぐには結びつかなかったのですが、非常に悲しい話であったので、沖縄のひめゆりの塔を訪れた時の記憶とともに、残っていたのです。

今回この案件で戸籍をお送りいただきましたが、それが漢字で書かれていることに、私は衝撃を受けました。韓国には戸籍制度があるということも、日本が支配下においていたということも、当然知識として知っていたのですが、日本語で、私でも読める形で書かれているという戸籍の現物を見て、支配下においていたということが、現実のものとして感じられました。

こういったことは、極めて個人的な感想ですし、公文書には残せる性質のものではありません。

ただ、もし機会があれば、ご遺族の方に、戦争をしらない世代である一公務員がそういう衝撃を受けたということ、今後そういうことがないよう、卓さんが安らかに眠り続けられる世の中であるよう、願っていることをご遺族の方にお伝えいただければ、なお幸いです。

第五章　石碑の碑文をめぐる葛藤

石碑建立の地所を求めての行脚

飛行兵となってからの光山さんの像は赤羽礼子さんから詳しくうかがっていたし、書籍などにもなっている。

それ以前のことはあまり明らかにはなっていなかったが、こうして学籍簿を丹念にたどったことで、「知覧へ来る前」の光山さんの足どりと経歴、そして人物像が鮮やかになってきた。

次はいよいよ具体的な作業だ。

碑文を考え、また石碑建立の「場所」を確保しなければならない。

二〇〇五年八月。残暑の厳しい夏も過ぎようとしていた。

洪先生とともに光山さんの故郷、慶尚南道《キョンサンナムド》西浦《ソポ》へ出かけた。ソウルの高速バスターミナルから四時間かけて晋州《チンジュ》へ。そこからまた一時間ほど市外バスに揺られ、終点の「西浦役場前」で降りる。私たちはひなびた田舎のバス停に降り立ち、バスは乾いた土埃を巻き上げながら遠ざかっていった。三階建てくらいの小さな役場の建物。「もしかしたら、この役場の庭にでも」、そんな気持ちで思わず敷地内を見回した。

パナマ帽をかぶりスーツにきちんとネクタイを締めた先生と私の姿は、その町にはいかにも「場違い」な感じだった。

役場の受付で先生がまず何事かを告げると、飾り気のない事務机が置かれた一隅に通された。応対した職員たちは「ソウルの大学教授」と「日本の女優」と名乗る二人が、いきなり訪ねてきたことに面食らった様子だった。

まずは持参の資料を渡し、日韓併合時代のことから話を始める。

「ここ泗川市西浦面外鳩里を本籍とする卓庚鉉という方が太平洋戦争時、日本軍の特攻隊員として沖縄西洋上で戦死し……」

もはや六十年前の遠い昔の話。役場の職員だれもが生まれる前の話だ。

思いもよらない突然の歴史話を、みなさんはあまりピンとこないといった面持ちで聞いている。

「出撃前夜アリランを歌って飛び立った特攻兵、卓庚鉉こと光山文博」の逸話は日本ではある程度知られているが、役場の方々にとっては初めて聞く話だったのだろう。

それどころか平素は併合時代のことなど思いもせずに日々の暮らしを送ってきたに違いない。

私たちは少々の徒労感を感じながらも、まずはここから始めるしかなかった。

これまでの経緯を話し、彼の御霊を慰霊するために、役場の庭の片隅でもよいから、石碑を建立できる地所を提供してほしい旨お願いをした。

役場を退出しながら、私は先生に言った。

「また近いうちにもう一度訪ねないとダメそうですね。一度話しただけではとても理解していただけたとは思えないし、私たちが本気だということも伝わっていないと思います。何度か訪ねて初めて、ちゃんと検討してもらえるのかもしれませんね」

一時間に一本しかない晋州ゆきのバスが来るまで、私たちは少し時間をつぶさねばならない。役場の目の前に「다방《タバン》（茶房）」という看板が出ていたので時間を過ごそうと入ってみた。いわゆる喫茶店だろうと思ったが、室内はコンクリートが打ちっぱなしになった床にスチールの丸テーブルがいくつか置かれた殺風景なつくりだ。三十代くらいの女性が五〜六人手持ち無沙汰な様子でこちらを見ている。

行きがかり上、席について飲み物を注文する。彼女たちはいかにも「よそ者」といった私たちを不思議そうに眺めていた。

まるで一昔前の映画に出てくるような茶房であった。

長い道のりをソウルへと折り返した。

『ソウルの達人』のインタビューが縁になったとはいえ、その後も根気よく私に付き合ってくださる洪先生には、言葉では言い尽くせない感謝の気持ちで一杯だった。

肩を並べてバスに揺られながら私たちはいろいろな話をした。

「正直言って、私ははじめ、この女性はいったいどういうつもりなんだろうと思いました。夢に特攻兵が現れたからといって、なんでここまでやるのだろうって。何の得があってこんなことをしているのかと疑いました。だって『개꿈《ケクム》（犬夢）』でしょう。韓国では取るに足らない馬鹿馬鹿しい夢のことをそう言います。

そんな夢を見たからといって、こんなにまでするのは理解ができなかった。ですが何度も会って、話を聞くうちに本気だということがわかりました。

私は遺族の調査を長くやってきました。すぐに身元がわからない場合は、お年寄りに話を聞くのですが、なかにはいろいろな人がいます。遺族の認定を受けるとお金がもらえるのかと思って嘘をつく人もいる。だから私はたいてい人を疑ってかかります。私は経験上、同じ人に時を違えて三度同じ質問をすることにしています。それも考える間を与えずに唐突に切り出すのです。

もし嘘をついているなら三度同じようには語れません。しかし、三度とも同じ話をしたら、これは本当だと確信するのです。あなたの話も、何度聞いてみてもまったく同じでした。だから本当のことなのだと理解しました」

それは私も同じだった。

なんで洪先生はなんの得もないことに、こんな遠方に足を延ばしてまで熱心に付き合ってくれるのだろうと思っていた。そしてそれはきっと、私と同じように「人としての良心」なのに違いないと信じた。

「親日派」と受け止められないように

ソウルに着くと準備した碑文の草稿を先生にお見せした。

碑文については以前に光山稔さんが建立しようとして失敗した同じ轍を踏まぬようにと、慎重に考えた。

韓国では「日本軍人」であったことは「親日派」と受け取られる。そして戦後の反日教育の中で、「親日派」は「反民族行為者」であり、ほとんど「売国奴」のように扱われてきた。ましてや特攻兵は「神風自殺特攻隊」と言われ、極端な親日派とみなされる。戦後「大韓民国」として独立したのち、遺族は身内にそのような人物がいたことを周囲にひた隠しにして生活しなければならなかった。

そんな事情を考えると、碑文は「軍国日本」や「特攻兵」を賛美したようなものはとうてい受け入れられないし、賛美と誤解されるような文言が毫《ごう》ほどもあってはならない。あくまで「時代の犠牲者」であった人を「人として悼む」ものであるべきだ。

堅苦しい美文よりは、平易でやさしい文面がよいと思った。私は碑文を次のように作った。

帰郷祈念碑
この平和な西浦に生まれ
異郷の地 沖縄の海に散った卓庚鉉さん
その御霊なりとも懐かしき故郷の山河に帰り
安らかな永久の眠りにつかれますように

귀향기원비
평화스러운 서포에서 태어나
낯선 땅 오키나와에서 생을 마친 탁경현
영혼이나마 그리던 고향 땅 산하로 돌아와
평안하게 잠드소서

「自分の名前」にこだわった光山さんのために、「卓庚鉉」の名前は碑文の中に必ず刻んであげたいと思っていた。

そしてなにより、いまも冷たい海の底に散っているであろうその身は故国へ帰ることができなくとも、「せめて魂だけでも懐かしいふるさとに戻り、父母の御胸《みむね》に抱かれてほしい」と願った。その想いを「帰郷祈念」の言葉に託した。

私の素朴な気持ちを飾らずに、ありのまま書いた。多くを書けば逆に突っ込みどころも出てくる。ひたすら沖縄戦で亡くなった卓庚鉉さんの死を悼み、人として冥福を祈る、ただそれだけのシンプルなものにしようと作成した草案であった。それを洪先生が翻訳してくださった。

このように草稿を作ってはみたものの不安だった。だれも顧みることもないようなところに建てられるささやかな碑であったとしても、果たしてこれで大丈夫なのだろうか。一度は石碑建立に失敗している。何度も確かめ、慎重に考えねばならない。なにしろ私にとって石碑建立など初めてのことだ。

まずこの文章が反日を国是とする韓国人の視点から見たとき、反感を買うものになってはならないと気を配った。また「石碑」の文言は、意図してそのように作ったとはいえ、あまりに平易で格調はない。果たしてこれでいいのかと心細かった。

どなたかに意見を求めたいと思った。

私は洪鍾佖先生とも親交が深く、洪先生に「平和の礎」の刻銘調査を直接依頼した方であり、自らも沖縄学徒兵として戦争体験のある大田昌秀参議院議員（当時）のご意見をうかがおうと思った。大田昌秀さんは「平和の礎」のほかにも沖縄戦の悲劇を記憶に留めるため、各地の戦跡にこれまで多くの石碑を建立なさった。

私は参議院会館に大田議員を訪ねた。以前にも洪先生とともに何度かお目にかかっており、私の今回の石碑建立についてもよくご存知だった。

大田議員は碑文草案をご覧になって、こうおっしゃった。

「よろしいんじゃないでしょうか。碑文というのは心がこもっていることが一番大切なのです。素直でやさしい文言ではありませんか。私はこれでいいと思いますよ」

その言葉を聞いて私は安心した。

引き継がれる礼子さんの想い

そんなさなかのこと。

二〇〇五年当時、私はテレビ朝日の昼のワイドショー『ワイドスクランブル』という番組にコメンテーターとして出演していた。

番組の最後に、大下容子アナウンサーが喫緊《きっきん》のニュース原稿を読み上げる。

「特攻の母として知られた鳥濱トメさんの次女、赤羽礼子さんが昨日十月十六日未明、腎臓がんのためお亡くなりになりました。享年七十五歳でいらっしゃいました」

まったく予期していなかったニュースに私は愕然とした。何も知らなかった。

あんなに可愛らしく、お元気だったのに。

実際には私とは親子ほどの齢の差があったが、そんな意識はまるでなかった。むしろ私たちは光山さんを通して繋がれた「姉妹」のような親しさを感じていた。

もう少し建立が早ければ、「卓庚鉉」の名前が刻まれた石碑をお見せできたのにと悔やまれた。

思い返せば二年前、「私も齢だからいつどんなことがあるかわからないでしょう。だから子供たちに昔のことをちゃんとわかるように引き継いであるの」とおっしゃっていた。もしかしたらご自身の病気のことを知っていらしたのかもしれない。その夜、私はお通夜に駆けつけた。

そのとき、ご家族からこのようなことをうかがった。

「母は生前『映画はなんだか嫌なの』、と言っていました」

礼子さんはそのころ準備が進んでいた二〇〇七年公開の『俺は、君のためにこそ死ににいく』や、高倉健さん主演の二〇〇一年『ホタル』のような特攻兵を題材にした映画の製作に協力を惜しまなかった。

特攻兵とトメさんの織りなした物語については礼子さんをおいてほかに語れる人はいないからだ。

「映画は嫌だ」という言葉は私にも充分に理解ができる。

「おばちゃん、俺、ホタルになってここに帰ってくるからね」とトメさんに言い残して飛び立った特攻兵がいた。彼が出撃したその夜、富屋食堂に一匹の大きなホタルが迷い込んでくる。そのとき「あの方が本当にホタルになって帰ってきた」と言って、トメさんと居合わせた兵士たちは「同期の桜」を歌って弔ったという。このエピソードは、若干二十歳で飛び立っていった「宮川三郎軍曹」の話だ。宮川三郎軍曹の遺影はまだ幼さをたたえた美青年だ。こんな純粋な青年を見送らねばならなかったトメさんの心情を思うと本当にたまらない。

そしてアリランを歌って異国の空に出撃していったのは光山文博少尉である。

しかし映画では二人の異なるエピソードが「いいとこ取り」で継ぎはぎにされ、「アリランを歌って出撃していった兵士がホタルになって帰ってくる」と脚色される。

だが礼子さんにとって、宮川三郎さんも光山文博さんも、確固として存在し、心に深く刻まれた一個の人間なのだ。

しかし「映画化」にあたっては、「物語をよりドラマチックに演出する」ために、一個人を解体し、貼り絵のように切り刻んで、物語が再構成される。

きっと忍びないものがあったに違いない。

いや、もっとはっきり言えば、大切な方々を「冒瀆する行為」と感じていたかもしれない。「映画によって特攻兵の苦悩を広く知ってもらう」ことを理性では充分に理解していたからこそ協力を惜しまなかったのだろう。

けれど、幼い身で兵士たちのお世話をしてきた「なでしこ隊」のみなさんにとっては、それぞれの「かけがえのない人生」が「映画」という「興行」のために切り売りされることには耐えがたいものを感じていたのではないだろうか。

だからこそ毎月集まって、思い出を語り合っていたのだ。

「〇〇さんがあのとき、ああだったわね、こうだったわね、っていつも同じ話なのよ」

痛みを共有した幼馴染と語り合うことで、ようやく心の痛みを癒していたのだ。

時代や立場こそ違え、私とて同じ心情であった。

頭ではわかっている。映画は虚構なのだと自分に言い聞かせる。

しかし特攻兵士一人ひとりの人生の物語を知れば知るほど、スクリーンの上でパズルのように組み替えられた物語に、やりきれなさと、チクチクと胸を刺す痛みを感じずにはおれないのだ。

「子供たちに引き継いである」と礼子さんがおっしゃったとおり、いま知覧には当時の場所に忠実に「富屋食堂」の建物が再現されており、「ホタル館」として特攻隊員ゆかりの品や写真が展示された資料館になっている。そしてトメさんのお孫さんである鳥濱明久さんが、館長としてここを守ってくださっている。

トメさんや礼子さんがそうしてきたように、いまは明久さんが特攻兵一人ひとりの人生を語り継いでいるのだ。

提供された小さな土地を前にして

「このあたりは韓国でももっとも交通の不便なところです」という洪先生の言葉どおり、西浦《ソポ》は遠かった。ことに仕事の合間を縫いながら、国境を越えて行く私にとって、西浦を目指すのは容易なことではない。一年かかってもほんの数歩ずつしか前進できないもどかしさ。

しかし「放棄しなければいつか道は開ける」と信じて、焦らずにコツコツと解決していくよりほかなかった。

ようやく西浦の地所を具体的に提示してもらえたのは、二〇〇六年六月のことであった。

小さな土地だが、私有地ではない地所を探して提供してくださるということで、西浦役場からも図面をいただいた。

西浦は行政区としては面《ミョン》（区）にあたり、さらに細分化された外鴇里《ウエグリ》（村）が卓さんの本籍地である。外鴇里の里長（村長に当たる）であるイ・ヨンヒさんが石碑建立のために提供される地所を案内してくださった。

のどかな田畑が広がる農道の一角であった。六月の田園風景は濡れたような緑が美しい。清澄な風に緑の稲がそよいでいる。稲田の向こうにはこんもりとした山が見える。静かで平和な農村の風景だ。

その山を指差しながら、里長が言った。

「昔も一度、卓庚鉉さんの石碑を建てるという話があったんです。そのときはあの山の中腹に石碑を建立することになって、当時ブルドーザーで地ならしをしたのがこの私でした。結局あのときは途中で頓挫してしまいましたがね」

かつて光山稔さんが石碑を建立しようとした一件に違いない。思わぬ話が飛び出して私は驚いた。そこは卓さんの本籍地でもある片田舎。そんな偶然の出会いもあるのかと思った。


「ここです」

里長は舗装された道路を挟んで、片側には民家があり、反対側は水田になっている一角を指し示した。

そこは道路から水田側に外れたほんの小さな土地で、電柱が立ち、ゴミ置き場のようにドラム缶が二つばかり放置されていた。

もしここに石碑を設置しても、豪雨にでもなれば石碑など容易に田圃側に流されてしまいそうな、いかにも不安定な感じのする地所である。

それでも私は「ありがたい」と思った。

そもそも地面は「畳二畳もあれば充分」と思っていた。雨に流されたならば、またそのときに修繕すればよい。光山さんの故郷に建立できるならば申し分ないと私は満足し、感謝した。

私が現場写真を撮っている横で、里長と洪先生が浮かない面持ちでなにやら話し込んでいる。何事かと尋ねると、役場で提案したこの土地の、前の家の住人から「家にも太平洋戦争で犠牲になった者がある。どうして卓庚鉉だけが手厚くされるのか」という不服が出たというのだ。聞けば、この小さな西浦の町からも当時二百五十人ほど、泗川市全体では一千三百人ほどの戦争犠牲者が出ているそうだ。

自分の家にも戦争犠牲者があるというのに、卓さんだけを祀った石碑が自分の家の前に建つのは面白くないという気持ちは充分に理解できる。多くの犠牲者のことを考えれば慰霊碑は卓庚鉉さん一人の冥福を祈るものでは不充分かもしれない。

私は泗川市全体の犠牲者を弔う碑文を裏面に書き加えてはどうかと考えはじめた。

次々に見えてくる石碑の課題

ともかく場所の見当がついたところで、具体的にどのような形の石碑にするのかを決めなければならない。

翌日ソウルへ戻ると、私たちは地下鉄3号線「旧把撥《クパバル》」を訪ねた。洪先生によると、ソウル市恩平《ウンピョン》区も北の外れになるこのあたりは墓地が多いという。そこに行けば参考になる石碑の形態を探すことができるのではないかというのだ。

墓地の中を先生とともにそぞろ歩いた。日本の墓石は一様に「○○家代々之墓」などと書かれた縦長の墓石が基壇に載っている形が定番だが、韓国では個性的で洒落たデザインのものがたくさんある。

その中に一つ、こぢんまりとした石碑があった。花崗岩の基壇に横長の黒い御影石が載っている。どうも故人は「詩作」を好んだらしく、墓石とは別に、その方の遺された詩文が彫られている。

あの地所に置くにはピッタリだと思い、いざ石材店に依頼するときはこれを参考にできるようにと写真を撮った。

東京に帰ってくると、私はまた慎重に裏面に刻む碑文を考えた。
太平洋戦争時
泗川でも多くの方々が犠牲になりました
戦禍によって尊い命を失った
全てのみなさまのご冥福を祈るとともに
その御霊が安らかな眠りにつかれますよう
お祈りいたします
태평양전쟁 때
사천에서도 많은 이들이 희생되다
전쟁 때문에 소중한 목숨을 잃은
모든 이들의 명복을 비노니
영혼이나마 영원히
평안하게 잠드소서
（洪訳）

だった。


二〇〇六年十一月。

裏面に刻む碑文を準備して、またも西浦へと向かう。

そのころになると、小さな田舎町の西浦では私たちを知らない人はいないかのような感じだった。

この碑文ならよかろうということになり、やっと石碑の制作に取り掛かる段になった。

こうして西浦面役場に日参するうち、私は役場近くに「西浦石材」という石材店があるのを見かけ目星をつけていた。

私は石碑を作って、設置さえすればそれでよいものと思っていたが、韓国では石碑のお披露目にあたって儀式などがあり、それに伴う会食の席なども準備するようで、洪先生は役場の方ともそのような相談をしている。いったいそれはどういう規模のものになるのか。

どうも私の想像していたように簡単には進まない。

正直、何度訪問してもなかなか決着がつかず、その都度新しい課題が発生することに不安を感じはじめてはいたが、それがこちらのしきたりなら、そのことに責任を持ち、従うほかない。

内心どの程度の「振る舞い」をしなければならないのかと懐具合を心配しつつも、洪先生がこうして水先案内をしてくださっているのだから、先生を信じて進むしかないと思った。

その後西浦石材を訪れ、役所から指定された地所に建立する石碑のイメージ写真と碑文を見せて、見積もりをお願いした。

韓国でよく使われる、日本人から見ると「ギクシャクした韓国独特の日本語フォント」だけは避けたかったので、その点は念を押した。

何度も石碑建立に携わったという洪先生は「印刷した紙一枚あれば大丈夫なのだ」とおっしゃるが、なにしろ初めてのことで私は安心できなかった。

西浦石材の主人はこのような小さな石碑なら二百五十万W《ウォン》（約二十五万円相当）で引き受けてくださるという。設置の手間までを入れるとそれにいくらか加算されるのだろうが、本体がこの価格なのだから、べらぼうなことにはなるまい。

日本の墓石の値段から想像すると、もっと高額になるかと覚悟していたので、正直ホッとした。

私は碑文を主人に渡し、周辺の事情が整った暁にはぜひとも作成をお願いする旨を伝え、二十万Wを手付けとしてお渡しした。

ソウルに向かうバスに揺られながら、洪先生はこうおっしゃった。

「あの場所では石碑を守ってくれる方があまりいないように思います。私は近くの小学校などに頼んでひとつの歴史教育の場にしたらよいのではないかと思います。たとえば年に一度学校を訪問して歴史の話などを子供たちにしてあげるのもいいと思うのです。そうすれば子供たちもあの石碑を大切に守ってくれるのではないでしょうか」

なるほど、それは悪い考えではないかもしれないが、そうなるといったい私はどこでこのことに区切りをつければよいのだろうか。

私は当初から小さな道祖神《どうそじん》のようなものというイメージを持っていた。道行く人が見ようが見まいが、それが重要なことではないと思っていた。

枯葉が積もろうと、雨が降ろうと「ただひたすらにそこに立っている」。そのことが麗しく、重要なのだと思っていた。

情緒として、日本人の私と韓国人の洪先生の間には少し違いがあったかもしれない。

帳簿代わりの銀行口座開設

このころ洪先生は、沖縄をはじめとした「離島研究」をしていた関係で、韓国主導の対馬リゾート開発にも関わっているということだった。

詳しいことは知らないが、対馬に韓国の資本を導入し、ホテルやゴルフ場などを建設し、リゾート地として対馬を開発する計画の橋渡しのような役割をしているらしく、洪先生はたびたび対馬に行かれ、対馬の有力者の方々とのお付き合いがあった。

そんな折、先生も自ら対馬の友人たちに呼びかけて、この石碑に対する寄付金を集めてくださった。

Oさんから十万円、Nさんから三万円、Kさんから五万円、合計十八万円を対馬有志の方からいただき、洪先生から預かった。

こうして寄付金をいただいたからには、もはや「公金」だと思った。あだやおろそかにするわけにはいかない。私はお三方に感謝の手紙を書くとともに、いつでも公明正大に収支を報告できるよう、帳簿代わりの口座を作り、これからのお金の出入りを明らかにしておくべきだと思った。

二〇〇一年に私が韓国に居住したときは、外国人が銀行口座を作るのは難しいことではなかった。

しかしこのころには困難になっており、ましてや個人口座ではなく、「帰郷祈願碑建立実行委員会」というような名義で口座を開設するとなるとたいへん面倒な手続きが必要だった（石碑の名称が〝祈念〟と〝祈願〟の二通りある理由については第九章に記す）。

洪先生によると、このような団体名義の口座を作る場合、一定数の「賛同者」の同意書が必要なのだという。洪先生は友人知人に賛同を呼びかけて定員の名簿を確保してくださった。

先生によれば賛同者は二百名ほど必要だという。たいへんな面倒をおかけすることになるが、先生は快く引き受けてくださった。先生や賛同してくださった方たちに深く感謝した。

実際の口座開設までには長い時間を要した（二〇〇八年四月十四日　於　ウリ銀行）。

口座名は団体の形だが、代表者は洪先生に務めていただいた。印鑑には「光山」という名のものを日本から準備した。

日本での評価

ところで、私がこのような活動をしていることを周囲の人たちはどう見ていたのだろうか。

ご縁があって、「夢の話」をした出版関係の方は、かなり初期の時点から興味を示してくださった。

「あの夢」と「特攻兵」というファクターは、かなりドラマチックな話だ。商業的に考えればそうそう売れる本になるとも思えないが、きっと人を魅了する物語があったのかもしれない。

だが、この話は「夢」だけではとうてい一冊にならない。

たとえ「夢」が出発点であったとしても、それがどう展開してゆき、どんな結末に帰結するのか、その一連の話がなくてはならないと思った。

道のりはまだまだ遠そうに思えた。

けれど、周囲の反応は私をつねに力づけてくれた。

「やっぱりそうなんだ。この話に魅力を感じ、結末がどこに着地するのかそれを見守ろうという方がいてくれるのだ」

それはこの長い旅路を歩む中で、いつも私の大きな支えになっていた。

「いつか一冊にする日が来る」と信じられた。そして筆を執るその日のために足跡（資料）を確かに残し続けてきた。こうして書き始める「その日」に備え続けてきたのだ。

放送業界の人たちの中にも関心を持ってくれる人がいた。

その間、何人かのディレクターが興味を持ち、実際に私の韓国行きや知覧での慰霊祭などに同行して番組の企画書をあげた例もいくつかあった。

ある制作会社のプロデューサーはＮＨＫのドキュメンタリ番組にならないかと奔走したが、結局「夢から始まったことというのはいかがか。一女優を主軸に取り上げるのも問題。十一人の朝鮮人特攻兵の存在に的を絞るべき」という意見だったという。要するに普遍的な番組作りを求められたということだろう。

しかしそのような内容なら、すでに鹿児島の南日本放送が『11人の墓標』と題した素晴らしい番組を一九八五年に発表し、ギャラクシー賞をはじめ数々の賞を受賞している。

当事者や往時を知る多くの方々が亡くなった今、これを超えるドキュメントができるとも思えない。後世に残る名作だ。


私自身も過去に、この取り組みを番組にできないかと奔走したことがあった。

最初は二〇〇〇年ごろ。

当時はワールドカップの日韓共催が決定し、隣国との融和ムードが高まり、映画なども日韓合作が両国競って制作されていた。

そんな気運の中、「太平洋戦争時下の朝鮮人兵士慰霊碑の建立」を日韓両国の放送局がそれぞれの立場や視点で追ってゆく番組を作ってはどうかと考えた。

朝鮮人兵士やその慰霊碑に対する日韓両国の見方について、それぞれの歴史観があらわになることで、両国の見解が浮き彫りになるだろうと考えたのだ。

その上でお互いに「戦争犠牲者を悼む」気持ちの中で石碑の建立が叶えば、番組を通して、互いの理解と友好に繋がりはしないかと思った。

ただ、これは結末が見えていないだけにかなりリスクがあるとは思った。途中で大きな問題が起きたり、決裂するようなことがあるかもしれない。

「危うさ」を含んだ企画だ。

そういうことも含めて、日韓の問題を顕在化させる「覚悟と気概」がなければできない。

私自身何度か企画書を書いて持って回ったが、残念ながらどれも実現はしなかった。

また、この企画書が人々の間を巡り巡って思わぬところから「話を聞きたい」と問い合わせがあることもあったが、この題材にはもう一つの「難しさ」があった。

それは「日韓の歴史」という「縦の時間軸」と、日韓の軋轢《あつれき》の中で当時を生きた人々の心情という「横の広がり」を基本的に理解していなければならないということだ。

これまでのストーリーを話すだけでも二時間はかかった。

その内容をただ目を丸くして聞いているようでは、スタートラインに着くのも難しい。

そういう方はたいてい自ら白旗を揚げて退散していった。

学生時代の後輩が、さる民放のお偉方に収まっている。ドラマ畑でキャリアを積んできた彼にこの話を相談してみた。

「それって、原作があるといいんだけどね」

まさにそのとおり、と思った。

彼の言うとおり、すべてが済んで、しかも「原作」という構成台本があり、「落としどころ」が決まらなければ巨費を投じて番組にするに値するかどうかの検討さえ難しいということだ。しかし、それでは重要な場面を逃してしまう。それがドラマ制作と、ドキュメンタリの違いというものだ。

しかし彼の言葉は実に明快で腑に落ちた。そして残念だが、このことを残していけるのは自分以外にはないと諦めがついた。

第六章　あまりにも話が巨大化してゆく韓国版「平和の礎」

「帰郷祈念碑」ツアーの決定

「潮目《しおめ》が変わる」という言葉がある。良くも悪くも使われる言葉で、状況が大きく変わってゆく転換点を指す。

思い返せば「潮目が変わった」事の始まりは、あの「朝日新聞の記事」からだったように思う。

私が海を越えて朝鮮人兵士慰霊のための石碑を建てようとしていることは、一部の人たちの知るところになり、伝え聞いた朝日新聞の川端俊一社会部記者が取材を申し込んできた。ちょうど洪先生も東京にお見えだったので、一緒に取材を受けた。

夏になると太平洋戦争時のことが話題になる。記事は二〇〇七年八月十九日の朝刊、社会面に掲載された。

「朝鮮人特攻兵　故郷に眠れ」という大見出しで、「追悼の石碑韓国に」、「女優・黒田さん、実現に奔走」などの小見出しとともに、卓庚鉉さんの飛行服姿の写真や私の顔写真も入り、なかなか大きく掲載していただいた。

内容はこれまでのアウトラインをコンパクトにまとめたもので、記事の最後に、「黒田さんは『日本から訪ねてくれる人がいたらうれしい』。洪さんは『日韓の過去の歴史を学ぶ場になったらいい』と語る」

と結ばれている。

洪先生の言葉はまさに歴史の先生らしい発言だと思う。

そして私の言葉はこの作業の道のりの中で、「卓さんへの追悼の思い」を抱えた日本人もたくさんいると、肌身に感じてきたことが思わず表出した一言だったように思う（ちなみにこの記事を受けて翌二十日付の韓国紙「ソウル新聞」でも同内容の要約記事が掲載された）。

この記事が掲載されると、朝日新聞社宛に私に渡してほしいという「寄付」が数件寄せられた。

その後も、このことが他で記事になったり、講演などでお話をさせていただくたびに、「お花でも供えてあげてください」とご寄付をいただくことがあった。それは決してご年配の方ばかりではない。

「日本人としての良心」が人を動かさずにはいられないのだと感じた。

私の耳に残っている赤羽礼子さんの言葉がある。

「光山さんのお知り合いで、光山さんのお墓があると聞いているけど、もし場所がわかればぜひ訪ねたいっておっしゃる方がいるのよ」

礼子さんの言葉からは、その方が墓参をしたいと願っている切実な思いが伝わってきた。


朝日新聞の記事が掲載されてからしばらく後、私のところに『三進トラベル』という旅行会社の立木《たちき》健康《たけやす》社長から連絡があった。

「うちの旅行社は韓国を専門に扱ってきました。かねてから会社として、日韓友好のため社会貢献をしたいと思っていたのですが、先日の朝日新聞の記事を見て、石碑の除幕式に参加するツアーを作ってはどうかと思ったのです。釜山や慶州《キヨンジユ》あたりなら、自力で行ける方もいると思いますが、泗川となるとなかなか個人旅行では難しい。でもきっと、こういう意義のある場に参加してみたいと思う日本の方もたくさんいらっしゃると思うのです。ぜひやらせてください」

こんなに嬉しい申し出があるだろうか。

日本兵として犠牲になった朝鮮人兵士たちはいまの世の中では日韓両国から見捨てられた「棄民《きみん》」に等しい。その無念な気持ちをせめて心ある人たちが慰めてあげなくて、どうして安らかに眠ることができるだろうか。そんな思いで洪先生と二人きりで頑張ってきたものが、だんだんと周囲に広がり、賛同者が増えてくるのを心から嬉しく思った。

ある意味このツアーは「レジャーとしての旅行」とはかけ離れたものになるかもしれない。だからこそ「帰郷祈念碑」ツアーにご参加くださる方のために、全力を傾けて準備をし、泗川市の観光地としての魅力も盛り込んだ「実りある旅」になるよう力を尽くそうと思った。

泗川市長の登場

こんなありがたい申し出に拍車をかけるように、洪先生からさらに嬉しい知らせが届いた。

「イ・ヨンヒ里長がせっかくよいことをするのだから、もっとよい土地に石碑を建てたらどうかと言って、泗川市の市長にお願いしてくれたようなのです。市が応援してくれることになればもっといい場所に建てられるかもしれませんよ。できるだけ早くこちらに来てください」

二〇〇七年九月五日。

私たちは泗川へと向かった。

バスターミナルで洪先生から一人のお坊さん（許慧浄《ホヘジョン》僧侶）を紹介された。

「このお坊さんは、韓国仏教界の有力者です。きっと力になってくれます」

いきなりのことで洪先生とお坊さんがどういうお知り合いで、洪先生にどんな意図があるのかはわからなかったが、とにかくお力添えいただけるのはありがたいことだ。

私は丁重に挨拶をして、三人で泗川を目指した。

洪先生の話では、京都にある「耳塚」に祀られた朝鮮兵士の魂を故国に戻そうと、泗川市が新しく「耳塚」を建設し、二〇〇七年十月一日、京都の耳塚から泗川の「新耳塚」に魂を呼び寄せる儀式（薦度齋《チヨンドジエ》）をするという。そのときに数人の僧侶が儀式を行う。このお坊さんもその中のお一人だそうだ。

「耳塚《みみづか》」とは豊臣秀吉が朝鮮出兵の折、武勲の証として朝鮮兵士の耳や鼻を切り落とし、塩漬けにして持ち帰ったという「遺骸の塚」である。敵方兵士といえどもお国のために戦った方々であるとして、日本でも手厚く供養された。

洪先生はこのお坊さんが「耳塚」に象徴されるような「異国の地に葬られた兵士の御霊を呼び寄せる」泗川市の儀式に尽力しており、泗川市長とも面識があることから「助力が得られる」と考えたのかもしれない。

しかしそのようなことは後になって徐々にわかってきたことで、その日の私は「どうしてこのお坊さんが同行してくださるのか」はさっぱり理解していなかった。

泗川市は地方の小都市にすぎない。

しかし航空産業の盛んな市の財政は潤沢《じゆんたく》なのだそうだ。市庁舎は山間に忽然《こつぜん》と聳《そび》え立つ近代的な塔のようで、その立派なことに圧倒される。

私たちは高層階の市長室に通された。

ガラス張りの市長室は明るい日差しがあふれ、山の緑が一望できる素晴らしい眺めだ。金守英《キムスヨン》市長はひっきりなしにかかってくる電話をようやくひと段落させると、にこやかにお坊さんや洪先生と挨拶を交わした。

さて、いよいよ私が口火を切る段になった。

これまでもそうだったが、事情を説明する場合は必ず私から話を切り出すのが常だった。この件の責任者は私なのだから、つたなくともまずは自分の言葉できちんと思いを伝えなければならない。

表現に困ったときや、私の意図がなかなか伝わらない場合、また先方のおっしゃる意味を私が理解できないときは洪先生が助けてくださるというやり方でやってきた。

私は緊張しながらも韓国語で市長にこれまで石碑建立に奔走した経緯を説明した。

ところで、泗川市というところは韓国南海岸線のちょうど真ん中あたりにある。

耳塚の一件でもわかるように、秀吉軍との合戦があり、朝鮮軍の李舜臣《イスンシン》将軍が初めて亀甲船を用いて戦ったという「泗川海戦」の戦跡地でもある。

また泗川には「船津里城《ソンジンリソン》」という島津軍が上陸し築城した城跡もある。

日本併合時代は日本との繋がりも深かった。泗川には旧日本軍の航空基地があり、大韓民国成立後はその跡地がそのまま韓国空軍の基地となった。

その経緯から小都市であるにもかかわらず、現在泗川には空軍基地に併設された国内線の空港があり、「航空宇宙博物館」などが隣接している。

現在は「晋州空港」という名称だが、この時期までは「泗川空港」と呼ばれていた。併合時代には釜山と下関を結ぶ船の定期航路があった。それが現在の「関釜フェリー」の前身、「関釜連絡船」である。

一方、泗川市には日本人も多く居住しており、三千浦《サムチヨンポ》の港からは日本へ渡る「密航船」が多く発着した。

そして、朝鮮戦争の折には戦禍の激しかったところでもある。

泗川の歴史を振り返ると「対日感情」は決してよいとはいえない土地柄だ。いや「対日感情はもっとも厳しい土地柄」といってもいいだろう。

だからこそ、そんな泗川市がこのたび、この石碑建立を応援するとなれば、単に敷地を提供する以上に意義深いことになる。

もっとも対日感情のよくない地域が、「過去の因襲」を乗り越え、未来志向で「共に戦争犠牲者を弔う」とするならば一地域のことだけでなく国家間を繋ぐ「麗しい話」として日韓の未来を牽引してゆけるかもしれないと思った。

実際このころの韓国は盧武鉉《ノムヒヨン》大統領の「反日法」(併合時代に親日派として財を築いた者などを「反民族行為者」として子孫の財産没収などを行った。正式には「親日反民族行為者財産の国家帰属に関する特別法」という）に代表されるような際立った反日的政策のため、対日感情には閉塞感が漲り、出口を見つけることができなかった。

そこへ李明博《イミョンバク》氏が、「経済に明るい人物」として鮮烈なイメージで大統領選に打って出る。しかも「未来志向的韓日関係」を大きく旗印に掲げた。その結果、二〇〇七年十二月の大統領選では高い得票率で大統領の座を勝ち取る。

そんな気運の中で、石碑建立に泗川市が協力するとなれば、まさに過去の歴史を乗り越えて未来を切り開く日韓関係にいち早く手を挙げることになる。

しかし、そんなことを私が力説するまでもなく、すでに市長の腹は決まっていたのだろう。

その日のうちに私たちは泗川市側が石碑建立地として準備していた「花の丘公園」の敷地に案内された。一番懸念していたのが地元住民の感情だったが、市側の話では「よいこと」として「理解を示している」と聞き大いに安心した。

道路沿いの緑地公園として広がる敷地の中の二百坪を提供していただけるという。あの雨が降れば流れそうな田圃の畦道と比べれば立派な場所だ。

私は思いもよらぬ展開に喜びにあふれたが、それと同時に、「事が大きくなった」ことで、またもやゴールが遠のいてゆくような予感にも見舞われていた。

卓さんのご遺族も老齢である。除幕式に参加いただくことを考えれば、今年中、なるべく寒くならないうちに建立を果たしたい。

また当日お越しくださった方々に配布できるよう、この石碑の由来を説明したパンフレットも作りたい。

時間が足りない、急がねば、と思った。

韓国メディアの好意的な報道

帰国していくらもしないうちに、洪先生からの連絡でまたもソウルに飛んだ。

洪先生が知り合いである東亜日報の李光杓《イガンピョ》記者に働きかけたところ、ぜひ私に取材をしたいというのだそうだ。

朝日新聞と東亜日報は友好関係にある。

そんなわけでまずこの件が朝日新聞に大きく取り上げられたことは、東亜日報もこれに同調して記事にする動機づけになったかもしれない。

東亜日報の記事は朝日の倍くらいの、さらに大きな記事になった。

大見出しは、「夢に見た神風朝鮮兵士　16年間目にやきつく」。

「特攻隊員卓庚鉉追悼碑を建立する知韓派　日本人女優黒田氏」、「日本名で死んだことが恨めしい、その言葉を忘れられず見も知らぬ青年を探すために尽力、泗川市 用地提供約束」といった小見出しが続く。

記事の冒頭は表面になる碑文の全文紹介から始まり、夢に兵士が現れたことを契機に、沖縄の「平和の礎」に貢献した洪鍾佖教授と二人三脚で努力を重ね、このたび泗川市での石碑建立にこぎつけたことが伝えられた。記事の論調に批判的な要素はまったくなく、むしろ「好意的」な内容だと感じた。

記事は二〇〇七年九月二十七日に掲載された。

この記事は韓国国内で新たな波紋を広げてゆく。

石碑デザインは権威ある彫刻家の手に

それからまもなくして、洪先生から連絡があった。

この石碑建立の話を洪先生の友人である弘益《ホンイク》大学史学科教授の朴先生に話したところ、「歴史的にも大変意義のあること」と評価してくださり、朴先生の助力で弘益大学造形学部の教授を務めることになった高承観《コスングアン》教授に石碑のデザインを頼むことになったという。

弘益大学といえば美術大学として韓国最高峰の大学である。その造形学科の教授がデザインをしてくださるのは大変ありがたいが、まず心にかかったのは製作費のことだった。私個人の力ではとうていそんな偉い先生に相応のお支払いができるわけがない。

ところが、これは意義のあることだから「石材の代金だけで引き受けてくださるそうだ」と洪先生からうかがってホッとした。

高承観教授は、そのとき清州《チョンジュ》で開催されていた「清州国際工芸ビエンナーレ」の運営委員長を務めているというので、洪先生、朴先生とともに清州の会場を訪ねた。

挨拶もそこそこに、地方紙の記者四人が私を待ち構えていて突然の記者会見となる。

韓国では私程度の者でも、地方都市を訪問すると地方紙の記者が招集され、事前に本人の了解を得ることもなく記者会見が始まるのが常である。

「広報に利用される」のだ。日本ではありえないことだが、私はもう慣れっこになっていた。

その日のうちに高先生の運転で泗川へ向かった。市長や緑地課の人たちに挨拶をし、さっそく現場を見たいという高先生と、建立予定地の公園を視察した。

私はそのまま数日泗川に残って、ツアーの下見やパンフレットに使う写真などの撮影に時間を費やすことにしたが、先生たちは一足先にソウルへ戻っていった。

泗川で数日を過ごすと、私はまた清州ビエンナーレの会場へと高先生を訪ねた。

「後日、一人で来るように」と言われていたのだ。

少し妙な気もしたが、先日はビエンナーレの様子をじっくり拝見できなかったので、私を案内してくださるという配慮なのかとも思った。

会場内に展示されたオブジェや工芸品を見て回る。スタッフが数人お供についてくるが、高先生はちょっと彼らから遠ざかるとおっしゃった。

石碑のデザインについて解説する高承観先生(左)、著者(中央)、見守る洪鍾佖先生(右)。

「今度の企画(石碑建立の件)には『主人』がいない。あなたがなるか、泗川市がなるかしなければならない」

普段は何でも直截的に話をする韓国人にしては、あまりにも抽象的な言い方で、何の話かよくわからなかったが、つまりはやはり二千万W(約二百万円)ほどのギャランティが必要で、それを私が支払うか泗川市が支払うかしなければならないというお話だった。私にはとてもそんな支払いをする余裕はない。ましてそれを泗川市にお願いすることなど毛頭考えられない。ソウルに帰ると私は洪先生にこのことを報告し、残念だが今回は高先生にお願いするのは諦めることにした。

ところが後日、このいきさつを洪先生が朴先生に伝えたらしく、当初の条件でもう一度高先生が引き受けることになったと言ってきた。

二〇〇七年十月二十九日。朴先生のお宅に高先生と洪先生、私が集まった。

高先生は朴先生から厳しく叱られたのか、終始口数も少なく控えめにしていらした。

高先生は石碑の模型をすでに造ってくださっていた。小さな石碑の模型がテーブルの上にそっと置かれた。

碑文を刻む縦長の本体。その上に八咫烏《やたがらす》の彫像が載っているという美しいデザインだった。

なぜ八咫烏のデザインにしたのかうかがった。

「八咫烏は太陽神であり、いわば不死身のフェニックスです。卓庚鉉は日本に暮らし、沖縄で亡くなった。パイロットでもあった彼の魂が故郷の山河に帰ってくるならば鳥の姿になって戻ってくる、そんなイメージでデザインしたのです」

さすがに芸術家は違うなと思った。

そしてその場で、今回の件についてどれくらいのお支払いをしたらよいかという話になった。

実費の石材代金ということなら四百万W（約四十万円）というお話であった。

「福美さん、それでいいですね」と洪先生がみんなの前で私に念を押した。

「西浦石材なら二十五万円なんだけどな～」という考えが瞬間頭をよぎったが、ここまできてケチっても仕方がない。後世に残るものだし、この素晴らしいデザインを見たあとでは、とても「墓石」に後戻りできない。

「よろしくお願いします」と私は答えて頭を下げた。

石碑建立もいよいよ「佳境」に入ってきた。

またどんどんと話が大きくなり、各方面を巻き込んで複雑になってゆく中、私の課題も増えてゆく。

こうして始終打ち合わせのために俳優の仕事の合間を縫いながら頻々《ひんぴん》と日韓を往来することは正直、経済的にも時間的にも、そして精神的にも負担になってきていた。

しかし「あともう少しの辛抱だ」とこらえて踏ん張った。

本来なら高齢になったご遺族のために、少しでも早く完成にこぎつけたいと願っていたが、高先生にデザインを頼むことが決まった時点で年内の除幕はとても無理だと思った。

厳しい冬の時期を避け、いっそ麗しい季節、五月にしては、とも思う。

卓庚鉉さんの命日は五月十一日。韓国では「祭祀（法事）」は命日の前日に行うものだし、五月十日は泗川市にとって「市民の日」でもある。それにその日は土曜日なので、ツアー客や近隣の方も集まりやすいだろう。

除幕式の日程を五月十日に変更することを考えざるを得ない。

しかし私は油断なく、こちらで進められることは着々と準備していった。

まずは除幕式にお越しくださる方に配布するパンフレットを作りたい。

それから石碑の除幕にツアーで参加してくださるお客様が、少しでも泗川観光を楽しめるようなコース取りも考えたい。

そのためにはまず、泗川という土地柄を詳しく知る必要がある。

その後私は何度も泗川を訪れながら、泗川の歴史や産業、文化やグルメなどを調べていった。

知覧と泗川の不思議な因縁

泗川のあちこちを観光課の方に案内してもらいながらくまなく歩いた。

これからは石碑を通じて私と泗川とは「生涯の縁」を結ぶことになると思うと、愛おしくもあり、観光地としてもっと発展して注目を浴びてほしいという気持ちだった。


韓国南海岸の泗川には豊かな自然が残っている。そのため山海の幸には事欠かず、グルメも充実している。

そのうえ泗川には特筆すべき「歴史と産業」があった。

李舜臣が初めて亀甲船《きっこうせん》で海戦をした「泗川海戦」の戦跡や、島津軍上陸の際に造られた日本式城跡などは、歴史好きには魅力のある地域だ。

「航空宇宙博物館」に行ってみると、その広い敷地内に米国製のB29やグラマンなどの戦闘機、エアフォースといった輸送機、また日本人にはめずらしい韓国製の大統領専用機や爆撃機、偵察機やヘリコプターなどが多数展示されていて、航空ファンなら垂涎ものだ。

B29の展示。泗川の航空宇宙博物館。

私は「B29」をここで初めて見た。「これが日本を苦しめたあのB29か」と思った。

博物館内の一角では、朝鮮戦争当時の映像がモニターで流されている。息子を戦場に送る母の姿、戦禍を逃れて避難する人々の様子は、同族同士が争った戦争の悲惨さを伝えている。

私たち日本人にとっても見るべきたいへん貴重な映像だと思う。できれば「各国語字幕」が付いていたらと思った。その他、歴史を感じることのできる古刹《こさつ》「多《タ》率寺《ソルサ》」や朝鮮時代の学問所であった「郷校《ヒャンギョ》」や「書院《ソウオン》」なども残っており、韓国の仏教、儒教の文化に触れる旧跡にも事欠かない。

さらには韓国童話「ウサギとカメ」の「発祥の地」でもある。物語に登場するウサギやカメになぞらえた島があり、物語の面白さを味わいながら島々と海の景色を楽しむのも一興だ。

春は桜の名所があり、沈む夕日が島影を濃く彩る美しい景勝地もある。

代表的なものを挙げただけでもこれだけあり、見どころのたくさんある泗川が、これまで観光地になりえなかったことのほうが不思議なくらいだ。これだけの資源があれば、観光地としてもっと発展してもよさそうに思えた。


泗川は半島の南端に位置する。

そして沖縄へ向かう特攻基地があった知覧も、九州最南端の鹿児島にあった。

戦禍が激しくなってくると、次第に日本本土での戦闘機の操縦練習が難しくなり、満洲での訓練が敢行された。訓練を終えると鹿児島の知覧まで行く間、この泗川の基地にいったん着陸して燃料を補給してから、再び知覧へと向かったそうだ。

もしや光山さんも満洲での訓練ののち、故郷泗川で補給することもあっただろうか。


知覧の南には薩摩富士と呼ばれる円錐形の美しい山、「開聞岳」がある。

そしてここ泗川には、開聞岳よりはずっと低いが、なだらかに三角形の裾野を広げる「金五《クモ》山《サン》」があることを発見した。光山さんが知覧の飛行場を発着しながら見た開聞岳に、故郷の金五山を重ねていたかもしれないと、ふと思った。

知覧も泗川も、共にお茶どころとして知られている。

韓国のお茶どころといえば全羅南道の「宝城《ポソン》」が有名だ。宝城は日本統治時代に静岡茶の品種が大規模に栽培されていて、現在もお茶どころといえば宝城とすぐに浮かぶほどだ。ところがここ泗川市昆明面《コンミョン》にも、見渡すかぎりの大規模な茶畑があって驚いた。工場内も見学させていただいたが、日本の機械や技術が入っており、ここも日本時代に開拓された茶畑と思われた。

知覧もまた茶どころであり、「知覧茶」は日本全国に知られたブランドである。泗川を知れば知るほど、知覧との相似性を感じずにはいられない。もっといえば、不思議な因縁すら感じられた。

パンフレットも準備万端

こうして泗川各地を巡りながら得た情報は三進トラベルに提供し、ツアーの参考にしてもらった。また随所で撮った写真は帰郷祈念碑のパンフレットに盛り込んだ。

泗川は観光地としても優れていると確信できた。これからこの帰郷祈念碑建立を機に、日本の方もたくさん訪れてくださったらありがたいと思った。

幸いなことに高校時代の友人、白井裕子がグラフィックデザイナーをしている。彼女にパンフレット作りを手伝ってもらうことにした。

まずはさまざまなパンフレットを入手して、その形態を見比べて、蛇腹《じゃばら》に「折り」をいれた手になじみやすい形にすることに決めた。

言語は日韓両国語併記にする。

日韓両国の方にこの碑の由来を解説し、理解を得て、泗川とともに石碑を愛してほしいと願った。

表紙はなだらかな金五山を見渡す田園風景の空に卓庚鉉さんの写真が半分霞んだように、小さく浮かんだデザインにした。虚空をさまよった御霊が、故郷の山河の空に安住の地を見つけた、というようなイメージである。

トップページには「石碑建立の経緯」、続いて韓国側を代表し「金守英泗川市長の挨拶文」、日本側を代表してお世話になった「大田昌秀前沖縄県知事の挨拶文」、さらに石碑に刻まれる「碑文紹介」、映画『ホタル』に代表される「日本での卓庚鉉の紹介」、そして最後に洪先生と私の短い挨拶文。最後のページには石碑への「アクセス情報」や「問い合わせ先」として泗川市観光課の連絡先などを載せた。そこには島影の浮かぶ夕景の写真を配置した。表紙の晴れやかさから始まって、暮れてゆく海の夕景へとしっとりとした時の流れを演出した。

挨拶文の原稿や顔写真もそれぞれにお願いし、韓国語訳は友人に頼み、日本語訳は私が担当した。

こんな小さなものに、よくもこれだけ盛り込めたと思うほどで、必要十分なものになった。

映画『ホタル』の紹介のページでは東映に著作権料五万円を支払って、ポスターの写真を掲載させていただいた。小さくしか使えないが、この一枚の写真があるとないとでは重みが違う。

卓庚鉉さんを題材にした『ホタル』は映画のパンフレットにも書かれているように、日本を代表する俳優、高倉健さんの肝いりで実現した作品だ。このことはむしろ韓国のみなさんにとって大きな意味があるだろう。

裕子さんには友人のよしみでタダ同然の値段でデザインを頼んだ。けれどデザインは一流だった。

「建立の経緯」の文面の背景には高先生デザインの八咫烏が、金市長のコメントの背景には泗川のハングル表記「사천」の文字が、大田昌秀氏のコメントの背景には「沖縄」の文字が薄くレイアウトされている。共に平和を願う二つの都市が祈念碑を縁にして寄り添っているようだ。

表紙やカットの写真もすべて「故郷の山河」をイメージして私が撮影してきたものだ。

いま見ても本当によくできた綺麗なパンフレットだと思う。

印刷はできるだけ安価にお願いできる業者さんを裕子さんに選んでもらった。

版下はすっかり完成させておいた。

しかし万一、今後変更が生じた場合に備え、いくらでも訂正できるようにと印刷はギリギリまで待って発注をかけることにした。

趣旨が趣旨だけに、みなが協力してくれる。

とりあえず七千部を製作することにした。今後、必要があれば増刷して泗川市に提供してゆこうと思った。予算が潤沢でない中、なんとか約十七万円の印刷代で収めることができた。

あとは無事に石碑が完成するのを待つばかり、のはずであった。

石碑に思いを寄せる韓国の元軍人たち

二〇〇七年の秋も深まろうとしていた。

九月二十七日の東亜日報にこの石碑の件が報道されて以来、韓国内で否定的な記事や批判は何一つない。むしろこのことを話すと韓国人のだれもが口ぐちにこう言った。

「本来なら私たち韓国人がすべきことを日本人のあなたがしてくださって申し訳ない。韓国人として感謝する」と。

東亜日報の記事を見て、洪先生に連絡をくださった方たちもいた。

学徒兵として徴兵され、あの雨の神宮球場で行進した経験を持つ、郭秉乙《カクビヨンウル》さんと辛溶珉《シンヨンミン》さんのお二人だった。記事を見て感銘を受けたので、ぜひともお食事をということでお目にかかった。

ソウル市内にある学徒兵の名を刻んだ石碑を案内していただいた後、立派な韓式食堂でお食事をいただきながら、お話しした。

郭さんは中央大学法学部で学んでいたさなかの徴兵だったそうで、将来は弁護士を目指していたが、その夢はついえたのだという。

辛さんは満洲に一年ほど歩兵として送られていたそうだ。

「さぞかし日本を恨んでいらしたでしょうね」と私が尋ねると、「いやもう、恨むも何もありませんでしたよ。ただ茫然として諦めるだけでした」とおっしゃる。

その言葉はとても額面どおりとは思えなかった。人間、あまりに悲しすぎて泣くことさえできないことがあるように、「恨む」心の余裕さえない境地だったのではないだろうか。

お二人はこのたびの石碑建立を感謝してくださり、別れ際にはご寄付までくださった。白い封筒に震える文字で「寸志」と日本式に書いてある。私はなんともすまない気持ちで一杯だった。

また「パイロット協会」の方からも「何か私たちにできることがあったら協力したい」と洪先生のところに連絡があり、お目にかかった。裵相浩《ベサンホ》さん、金東洽《キムドンハプ》さんのお二人だ。韓国の軍隊で裵さんは将軍、金さんは大佐まで務めたという。

パイロット協会と一口に言っても、「空軍戦友会」や「6・25参戦勇士会」などいくつかの団体があるようで、お会いしたお二人も朝鮮戦争時パイロットとして任務に就いていた。裵将軍がおっしゃった。

「これを日韓両国のパイロットOBが応援してはどうか。日本には『つばさ会』(のちに調べたところ、「航空自衛隊退職者の団体」とわかる)というのがあるはずだ。両国のパイロットOBがこの碑の建立を盛り立ててゆくのが望ましい。私たちも同じ飛行機乗りとしてこのような動きを黙って見ているわけにはいかない」

裵将軍は流暢《りゅうちょう》な日本語をお話しになるが、当時の軍隊の階級や用語(たとえば「陸軍参謀長」とか)になるとその部分だけ際立って正確な日本語の発音をなさるのが印象的だった。韓国空軍の前は日本軍のパイロットであったのかもしれない。

話が進むうちになにかの拍子に洪先生が「戦争は悪いことだ」とおっしゃった。すると裵将軍は厳しい口調で制した。

「あなたは戦争に行っていないだろう。経験がないからそういうことを言うんだ。戦争に良いも悪いもない。飛行機乗りには飛行機乗りにしかわからないことがある」

七十代の洪先生も、裵将軍の語気に気おされて押し黙った。

思いもよらない人たちが、それぞれの立場でこの石碑に思いを寄せてくださるのを知って嬉しかった。

洪先生の大風呂敷

二〇〇七年十一月二十日。

新しくモニュメントを作成するとなれば、とても年内の除幕は難しいという高承観教授の意見で、除幕式の日程を変更するよりなくなった。二〇〇八年五月十日に除幕式を変更させていただきたいと、お詫びに金守英市長を訪ねた。

権威ある彫刻家の登場に、市長としても延期に異存はなかった。そもそも除幕式の日程を公表していたわけでもなく、「年内の完成」を目指したのも、高齢になった遺族を慮って「寒さが厳しくならないうちに、一刻も早く」と願った私の気持ちからであった。

このころから私は石碑が泗川市の支援を受けて建立されることになり、日韓友好の象徴になりつつある展開と経過を、在韓の特派員や日本の知り合いの記者たちにメールで配信していた。もしもこの件が多くの方々に知られるとともに、日韓両国の理解と祝福を得ることができれば、日韓友好に貢献できるのではないかと思ったからだ。

日本のマスコミ各社の反応は予想以上で、除幕式には取材にうかがうという反応が多くあった。

現にこの日も、某TV局特派員が泗川市を訪れる私たちに同行した。除幕を待たずして、その過程から取材しようとするメディアも現れたわけだ。

これは韓国メディアの方から聞いた話だが「泗川は地方の小都市で、これまで全国区の話題に上ったことなどなかった。この件を機に注目を浴びることは泗川市にとっても画期的なことだ」という。

実際、こうしてあれよあれよという間に、事は大きくなってゆく。日本では除幕式のツアーも組まれ、日本のメディアも注目している。さらには「航空産業都市・泗川」が、日韓のパイロットたちの声援を受けることになるやもしれない展開に、市長の期待感も高まったことだろう。


年内の除幕は延期して、翌五月に変更したいという申し出に、市長は特に異存はなかった。

私は準備してきたパンフレットの試し刷りを市長に見せた。あとは印刷をするばかりに完成していたものだ。事前にお見せして、なにか不備があったり、翻訳などで気になるところがあったら指摘していただくためにとお渡しした。

市長もメガネをかけてペンを持ち、熱心に文面をチェックしながらも、だんだんと形になってゆくことを実感しているようだった。

すると横から洪先生が市長を煽るように言った。

「とにかくこの石碑が建立されれば、黒田さんが観光客をたくさん連れてきますし、黒田さんの力で日本のテレビが来て、泗川を宣伝する番組をどんどん作ってくれますよ」

私は慌てて口を挟んだ。

「いえ、そんな力は私にはありません」

すると先生はある書類を市長に提出しながら、なにやら熱心に話し込んでいる。四、五枚に綴じられた書類の表紙には「평화의 초석（平和之礎石）건립시안（建立試案）」と書いてある。何なのだろうと思った。先生は一部を私にもくれた。

泗川からソウルへ帰るバスの中で、私は先生に苦情を言った。

「先生、困ります。無責任にあんなことを市長におっしゃっては。私は一介の俳優に過ぎません。泗川の番組を作る力なんて私にはないんです」

「いいんですよ。あのくらいに言っておかないと韓国人は動かないんですから」

「平和の礎　建立試案」とは？

先ほど先生が市長に渡していた書類を広げてみて驚いた。

それは太平洋戦争で犠牲になった朝鮮人兵士の名前を刻んだ、沖縄の「平和の礎」のような施設を泗川市に造ることを提案するものだった。

提案者は洪先生ということであろうが、洪先生の名前はどこにも書かれていない。

「日帝強占期に多くの韓国民が日本へ強制連行され、『皇軍』として犠牲になった」というようなことが前置きとして書かれた後、続く「建立主旨」として以下のようにある。

「泗川市が太平洋戦争犠牲者たちの御霊を追悼するための『帰郷祈願碑』を建立することを契機に、これを拡大発展させ、二〇〇九年大韓民国独立六十周年を記念して平和の礎を泗川市に建立しようとするものである。

この場に毎年五月十一日、すべての犠牲者家族が集まり、合同慰霊祭を催すことで平和の心をより広く伝え、世界平和を祈願する平和の発信基地とする」

また「基本理念」としては次のようにある。

〈1〉犠牲者追悼と平和祈願
……日帝強占期に「皇軍」という名で戦場に駆り出され犠牲になったすべての者を追悼し、御霊なりともいまや独立した故国に帰り、安らかに休むようにするとともに、何があっても戦争を引き起こしてはならないことを強調し、平和の大切さを確認し……。

〈2〉戦争の教訓と継承
韓国が36年間日帝に支配された間、日帝自身のために「大東亜共栄圏」構築のための食物連鎖になったのが、植民地下の朝鮮だった。そのために祖国は甚だしい人的、物的被害を被り、その後遺症はいまだ韓民族の心に刻まれ治癒されずにいる。このように残酷な戦争の悲惨さを大切な教訓として後世に正しく残すこととする。

その他、「刻銘対象」や「刻銘方法」などについての記載が続き、このために必要と思われる面積としては「一万五千坪」と想定されている。

しかし、私がもっとも驚きおののいたことは「予算調達及び行程」という欄だ。

ここにはその総予算として三十億W（約三億円）が見込まれているが、内訳として、「国費十八億W」、「慶尚南道　六億W」、「泗川市　五億七千万W」、最後に「黒田福美　三千万W」となっている。

これに続いて「工事工程」として細かい作業日程までが記載されている。

ここに書かれた理念は洪先生自身の歴史観なのかもしれないが、今回私が建立する帰郷祈念碑は、ひたすら「人道的に犠牲者を悼むもの」であり、政治的な行いであると誤解を受けないように注意深くやってきた。

それなのに、このような歴史解釈の文言が述べられているものに、私の名前を勝手に連ねられてはたまらない。

私の名前が記されているというのに、この書類のどこにも洪鍾佖先生の名前がないこともおかしな話ではないか。

私は先生に「これは何ですか」と問いただした。すると先生はこうおっしゃった。

「これは形式的なものです。実際に国からお金が出れば、福美さんはお金を出さなくてもいいようになるのです。いままで私は自分のお金はびた一文使わずに、文化庁などの予算を引っぱっていろいろなことをしてきました。こういうことには長《た》けているから心配しなくても大丈夫です」

「でも、私に無断でこんなことをされては困ります」

これは単に金銭の問題ではない。

第一、石碑建立と先生のお考えになっている「平和の礎」はまったく次元の違う話だ。釈然としない気持ちだった。腹立たしくもあった。

だが、この件は先生のお考えであり、このことが進展しているわけでもない今、ここで洪先生と言い争っても仕方がないと思った。それに洪先生にへそを曲げられたら、五月の除幕式まで私一人の力でこぎつけられる自信もない。

私はぐっとこらえた。


翌日、私は洪先生とともに忠清南道の鳥致院《チョチウォン》に高承観教授の自宅を訪ねた。弘益大学の造形学部のキャンパスはここ鳥致院にあり、高先生もこちらにお住まいだった。

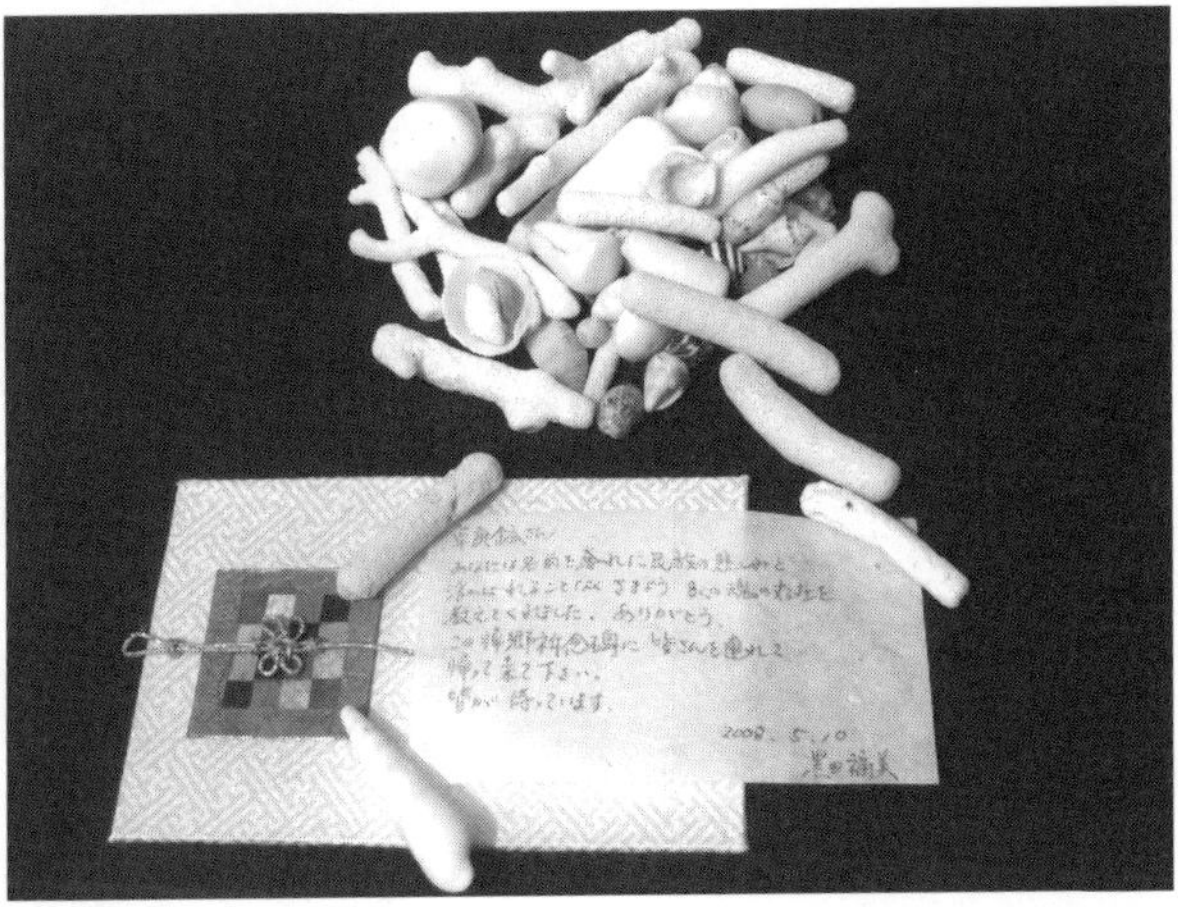

遺骨に見立てた珊瑚片は、「皆さんを連れて帰って」という手紙とともにカプセルに収めた。

どうも当初のもめごと以来、感情が拗《こじ》れてしまったのか、洪先生は高先生にたいへん不信感を抱いているようで、石碑制作の進捗状況を疑ってもいるようだった。

　私はこのときの訪韓に際し、いつもは東京の家に祀ってあるお骨に見立てた「珊瑚と貝殻」を持参していた。故郷西浦の石碑建立現場にお連れして、これから安住する場所を見せてあげた。

　そしてこの日も高先生のお宅に持っていった。紫縮緬の小さな風呂敷を開くと、そこに散った真っ白な珊瑚や貝殻を高先生はじっと見つめた。その様子は感に堪えないという風情であった。しばらく黙ってそれを見ていたが、おもむろに口を開いた。

「デザインした石碑の本体の中に、タイムカプセルを収める空間を作りましょう。そこにこれを入れるのです」

どういうことになるのか、想像もつかなかった。腹籠《はらごも》りの仏像のように、石碑本体の中に収めるのだろうか。

なにやらとても素晴らしいことになりそうだと思った。

先生は自宅のアトリエ周辺を案内してくださった。自らが積んだという小石を積み上げた石塔がいくつも聳《そび》えている。

「人にできることは何一つない。だができないことも何一つない」

そう言いながら、早くもうっすらと雪の積もった山道を上がってゆく後ろ姿は仙人のようでもあった。

第七章　「日韓友好の懸け橋」に漂い始めた暗雲

二百坪から三千坪、そして……

私はこの石碑の除幕式を「私の想いを叶え、遺族が慰められる」だけのものにはしたくなかった。

できれば日韓両国の、いや今回はそこまで手を広げなくとも、せめて泗川市の市民と日本からの訪問団とが「平和を願う」心で「手を繋ぎ合える催し」、「理解の場」にしたいと切実に思っていた。

そのためにはシンポジウムなども行えればよい。ちょうど三千浦には市が運営する「泗川市文化芸術会館」があり、そこの小劇場が二百席ほどのキャパシティで使い勝手がよさそうだ。

シンポジウムを開催するには、やはり地元を代表する立場から専門家の参加が望ましいという洪先生のお考えで、慶尚《キョンサン》大学の朴鍾玄《パクジョンヒョン》教授がお越しくださることになった。他に金守英市長、洪鍾佖教授、そして私の四人で登壇して、「このたびの石碑建立の意義や平和について語り合う」という趣旨でシンポジウムを行うことになった。

また、泗川の名刹「多率寺」から鳳鳴山《ボンミョンサン》（４０８ｍ）を登る「慰霊登山」を企画した。

こうして毎年私たちが日本から訪れることが少しずつ地元の方たちにも認知されていけば、日本人と韓国人が手に手を取って山道を登りながら交流することが「恒例」になる催しに成長してくれるのではないかと期待した。

このことは、二〇〇一年一月に新大久保駅でホームから転落した男性を助けようとして犠牲になった韓国人留学生「李秀賢《イスヒョン》君」を慰霊するために、毎年釜山での慰霊登山が行われていることからの発想だった。

三進トラベルの旅行日程もすっかり決まった。訪韓初日二〇〇八年五月九日は晋州の観光地、晋州城・矗石楼《チョッソンヌ》、国立晋州博物館などを見学して泗川へ入る。翌日十日は朝からシンポジウムに参加し、お昼ご飯を挟んで午後からは石碑の除幕式。

それを終えたところで、片道一時間ほどの鳳鳴山ハイキング、山頂での記念撮影。

三日目の十一日には、魚市場や航空宇宙博物館、亀渓《クケ》書院や泗川郷校を巡って釜山へと向かうことになっている。

お食事も山海の幸を充分に召し上がっていただける、なかなか楽しいコースづくりができあがった。

年が明けると、このツアーは韓国観光公社の呉龍洙《オヨンス》東京支社長の知るところとなった。観光公社としてもこのツアーを大きく宣伝しようと考えたらしく、観光公社の主催で、日韓両国での記者会見の場を設けようと提案してくださった。

三進トラベルがこのツアーのために制作したパンフレットは一万五千部。その最後のページには呉龍洙支社長の顔写真入りで、このツアーに期待する文章も掲載された。

韓国観光公社としては、このツアーをセンセーショナルに発表したいと考えたらしく、日韓両国での記者会見（東京での記者会見は三月二十四日）までは公表を避けてほしいと私たちに依頼してきた。

しかし五月初旬のツアーを三月末に発表するのではお客さまたちもスケジュール調整のしようがない。

旅行社としてはコースが決まればできるだけ早く発表して集客し、ツアーを成功させたいと考えるのが当然のことなので、公社の要請には苦しいものがあった。

そもそも商売を度外視し、「日韓の平和と友好を考える催し」に共感してくださる方に、一人でも多くお集まりいただこうというのがツアーの趣旨なのに。

泗川市でもホームページを通してこの催しをPRしてくれるという。私としてはぜひとも泗川市の一般市民の方々に向けてシンポジウムや登山への参加を呼びかけてほしいとお願いした。

その他にも、当日のシンポジウムの会場の確保や檀上のしつらえ、除幕に際してのさまざまな便宜を図ってくれることになった。

いよいよお国の機関である韓国観光公社が積極的に乗り出してきたことで、泗川市としてもますます期待したことだろう。いままでなかった日韓両国語での泗川市観光案内の小冊子や地図なども新しく制作された。

ところが私には一つ気がかりなことがあった。日本のテレビクルーや新聞記者のみなさんが、当日かなりの人数で集まる予定で、さらにツアーのお客さまや、卓庚鉉さんのご遺族、親類の方々もお見えになると、それだけでも大変な混雑になりそうだ。しかも高先生からも当初の予定よりは石碑のサイズを大きくしたいという要望があった。果たしてあの狭いスペースに全てが収まるだろうか。

私はこのことを率直に市長に投げかけてみた。すると市長は、さらに大きな敷地を用意するとあっさりと決断した。

二〇〇八年二月二十九日、私と洪先生は、泗川市が新しい敷地として用意してくれた場所を訪問した。

なんと市が準備したのは、三千坪の「大浦《テポ》マウル体育公園」であった。周辺には浄水場があり、遊具などが点々とあるものの、過疎地域らしく子供たちの姿も見えない淋しいところだ。

しかし敷地だけは広大だ。ここを案内してくれたのは地元の市議会議員、金碩官《キムソクグアン》氏だ。泗川市の中心部から外れた地域にとって、「もしやこのことが『村おこし』になるのでは」という期待がふくれ上がっていったのかもしれない。

昆明の茶畑やその近くのスパ施設に見学に行った際も、みなさんとても親切にもてなしてくださって、観光客誘致に繋がるのではないかという熱い思いがこちらにも伝わってきた。

さらに泗川市が当初の二百坪の緑地から、三千坪の公園を準備したことがわかると、一部関係者から「実はこちらでは六万坪」の敷地の用意があるという声が上がった。

これには私もたまげたが、洪先生は敏感に反応した。「六万坪」という敷地があれば、先生が考えていた韓国版「平和の礎」を建立するには充分な広さだ。この件に洪先生は揺らめいたようで、そちらへの色気を見せたが、私は先生をいさめた。

「とにかくこの石碑を建立することが先です。まずはこれを建立してから、後のことは考えましょう」

なんの縁もない私が卓庚鉉さんの名前を永遠に刻みたいと思ったことを思えば、戦禍に愛する家族を失った人たちは、どんなにかその人の「生きた証」を残したいと思うことだろう。その意味では韓国版「平和の礎」ができたら素晴らしいと思う。

けれどそれはまだまだ先のことで、まずは「帰郷祈念碑」の建立が成るか成らぬかの瀬戸際に私たちは直面している。碑の建立が先決なのだ。

批判の書き込み

建立地が変更になり、高先生もさっそく測量をし直しに出かけたようだ。

このころからだろうか、泗川市の職員は「最近になって市のホームページの掲示板にこの石碑建立についての批判がある」と漏らしはじめた。

しかしそれを聞いたところで、私たちにどうする術もない。あくまで市長と話し合い、市長の決断の範囲の中で慎重に進めてきたことである。

市側もこのような反対意見は事前に予測できたはずで、それを押して推進してゆく決断をしたからには「市側」が解決すべき問題だろう。というより、市としても反対意見があることをまったく予測していなかったとは思えない。

熟慮した上で、このことを推進することに意義があると思ったからこそ、市長も協力を決断したのだろう。それをいくつかの反意が掲示板に書き込まれたからといって、愚痴のように私たちにそれを告げる市職員の意図が理解できなかった。

現にこの石碑をさらに「我がほう」へ誘致したいという動きさえあるというのに。私はつねに市長の決断をうかがいながらそれに従ってきたので、当然市側がこれを収束させるものと思い、さして気にも病まなかった。

しかし洪先生は、泗川の役人らから「光復会」が乗り出してきたと聞いて表情を曇らせた。どうもかなり手ごわい相手のようだと思ったが、当時の私はそのことを知る由もなかった。

このころになると、洪先生はますます高先生に対する不信感を募らせていた。

「なぜ高先生は私たちに完成した石碑を見せようとしないのか。先日市長や私たちに見せた部分的な八咫烏の彫像写真は本物の石を削ったものではなく、発泡スチロールを削った試作だと思います。写真でもいいから出来上がっている実物を確認させてほしい。なぜ高先生は私たちに見せてくれないのか」

そのときまで私は、石碑の全体像を示してもらえないことをさほどの大事だとは思っていなかった。第一大きくて重い石造物なのだから、そう簡単なことではないだろうと高先生を思いやってもいた。

ところが、それからまもなく、洪先生が心配したように「途中経過」をまったく知らされていないことの「不利」が私たちを襲うことになる。

いまになって思えば、日韓問題に精通した記者たちは、この展開を「半信半疑」で見守っていたのではないだろうか。

私が投げた一石が、どんどん大きな波紋を広げ、肯定的な方向へ進んでいるのは事実だった。だが、それがいつか「覆される」ときが来る。むしろこの船がいつ転覆するのか、どのような形で破綻するのか、そこにこそ日韓の問題点が露呈するときが来る、そう思ってこの件を注視していたのかもしれない。

しかし当時の私はその渦中にあって、すべてが想像以上の成果を上げてゆくことに目がくらんでいたのかもしれない。私の目から見れば周囲はみなこのことに協力的であり、どんどん話はよい方向へと進んでいったのだから。

「時代は変わりつつある」

むしろ私はそう実感していた。

パンフレット配布差し止め

このころの韓国特派員はみな、韓国語を話し、韓国の事情にも精通した専門家ぞろいだった。それだけに今回の件はみなの耳目《じもく》を集めていたのだろう。

毎日新聞の堀山明子特派員もその一人で、私が毎月配信していた経過報告を丁寧に読んでくれていた。

二〇〇八年三月二十日。

韓国観光公社制作の韓国紹介ビデオ『韓国四季の旅』のロケを全羅道《チョルラド》潭陽《タミヤン》で終えた私は、途中、晋州バスターミナルで堀山記者と落ち合って泗川へ向かった。

とにかく三千坪の公園へ場所が移転してから、その後の準備がどうなっているのか不安だったので、打ち合わせを重ねなければならないと思っていた。そのころの私は目前に迫った「石碑建立」で頭が一杯だったのだ。

堀山記者は今回の泗川市長の勇断を主軸に、ここに至るまでの経過を取材しようとしていた。

なんといっても今回の件は市長の強力なリーダーシップで牽引してきた要素が大きい。

私たちは市長との面談の前に市の観光課職員たちと打ち合わせの時間をもった。そこには堀山記者も同席していた。

ところが泗川市の役人たちから出てきた話は、「碑文の変更」と「パンフレットの配布差し止め」という衝撃的なものだった。

まず、碑文については「強制労働や慰安婦問題について触れなければならないし、それに対する謝罪の文言が盛り込まれるべき。靖國に祀られている卓庚鉉を追悼するのもいかがなものか」と言う。

すでに石碑に碑文を刻んでしまったのだとすれば、その部分をくりぬいて石をはめ込んで訂正すればいくらでも修復は可能だ、これからでも碑文を変更せよ、碑文の変更には高先生も賛成していると言う。

しかし碑文は、あの畦道に建立しようとしていた当初の案から何一つ変わってはいない。

「いまさら、何を言っているんだ」と思った。

「私は一民間人であり、国家を代表して歴史問題について謝罪できる立場にはない。それにこの碑は戦争という悲劇の中で犠牲になり、日本人はおろか、同胞からも慰霊されない多くの方々を追悼するものだ。卓庚鉉氏一人を祀るものではなく、泗川市の犠牲者をともに弔うことも碑文に込められているではないか。

これは政治的なことを排し、あくまで人道的な立場で犠牲者を追悼するものだ。そのような碑文は私のほうが容認できない」と申し上げた。

すると今度はパンフレットの訳文が問題だと言い出した。

問題の部分は、大田昌秀さんの日本語原稿を韓国語に翻訳した箇所についての指摘だ。

根本的に大きな間違いがあったわけではなく、このままでも何ら問題ないと思える訳文だ。

それなのに、まるで「いいがかり」のような些細なことを持ち出してきた。

外国語のことなので簡単に申し上げる。

問題になったパンフレットの訳文。韓国語(上)と日本語(下)。

大田昌秀さんのメッセージは要約すると、冒頭、「今回、黒田氏が日韓友好のために奔走した結果、卓庚鉉さんの慰霊碑建立にこぎつけた」ことが前文として述べられている。問題の一文はこれにつづく次の文言である。原文の日本語原稿はこのようになっている。

「若い命を日本国のため犠牲にした卓氏のみ霊が古里で永遠に安眠できることを願ってのこと」

この中の「日本国のため」を韓国語では「일본을 위해서」と翻訳されているが、これは端的にいえば日本に「与した」という意味にも取れるので、むしろ日本の「せいで」のような語彙に替えるべきだと言うのである。たとえば「탓으로」ならよいというわけだ。

初めは相手がいったい何を言っているのか意味がわからなかった。それほどまでに理解に苦しむ指摘だった。

しかもこのパンフレットは前年の十一月二十日、四カ月も前に内容を精査してもらうために最終稿を渡してあった。問題があるならば、その間にきちんと指摘しておくべきではないか。ところが自らの責任についてはまったく感じていない。

いまになってそのようなことを言われても取り返しがつかなかった。

というのも、韓国観光公社が主催して東京日比谷のプレスセンタービルで開かれる「記者会見」は四日後の三月二十四日に決まっており、この日に集まってくださる記者の方々に資料として配るため、すでに七千部の印刷を終えていたからだ。

ギリギリまで訂正の可能性を見込んで印刷を控えていたのだが、さすがにこれ以上の変更はなかろうと印刷に踏み切ったところだった。

「これを配布できなければ、記者会見でみなさんにお渡しできる資料がないのだ。記者会見では泗川ツアーに関心を持つ多くの記者の方がいらっしゃる。泗川市にとっても大切なＰＲのチャンスである。そのときにこの石碑の意味を伝えるパンフレットを配布できないのは泗川市としても大きな損失である」

そう食い下がっても、役人たちは聞く耳をもたない。

それどころか、「もしもこのパンフレットを配布するなら、あなたを訴える。国家間の問題にもなりかねないことだ。そうなったらその責任をどう取るのだ」と私に迫った。

たった三文字「위해서」のために

その時だった。

私の頭の中で何かが、ごく静かに「ぷつり」と切れるような感じがあり、自分でもその瞬間「おや？」と思った。

怒りも、悲しみも、心配も、我慢も、一切の感情がまるでドームの中に入ったように遠くのことのように感じ、途絶えた気がした。

どんどん大きくなる計画や、膨れあがる予算に圧迫される不安。理不尽なことが容赦なく降りかかるなか懸命にゴールにたどり着こうと自分自身をなだめてきた気持ち。どんなに誠意を尽くしても平気で裏切ってくる人たちの無神経で不道徳な行い。

絶対に爆発してはいけないと必死でこらえてきた。

けれどパンパンに張り詰めた風船から空気が抜けてゆくように、自分の気持ちが萎《な》えてゆくのがわかった。それは決して激しいものではなく、角砂糖が水に溶けてゆくように、ごく静かに、ゆっくりと崩壊してゆくような感じだった。

人間は極限までくると自己防衛のために記憶や感情を失うと聞いたことがあるが、あれがその瞬間だったのだろうと思う。

そこから先の私は、まるで人間らしい感情を失ったようで、感覚が鈍磨したような感じに見舞われ続ける。

ここから先、ますますたくさんの災難が降りかかってくることになるのだが、不思議なことに妙に淡々としてそれらをかわしてゆけたのは、このときに「大切な配線」が切れてしまっていたからかもしれない。


長い間積み上げてきたものが一瞬にして虚しくなった。ここまで来るのに、一人で頑張ってきた。洪先生にも手伝っていただいたが、全責任は私が一身に背負ってきたのだ。むしろあるときは不安に揺れる洪先生をなだめたり励ましたりしなければならない時もあった。

七十過ぎのお年寄りで、メールやパソコンも使えず、電話とＦＡＸでしかやり取りができないことは、いろいろな意味で本当に大変だった。


あらかじめの準備を几帳面にする日本人と違って、韓国人のやり方は「場当たり的」だ。私もなまじ民族性の違いを知っているから、地方の役人たちとのすり合わせも慎重になり、何度も泗川に足を運んできた。

小さなパンフレットだったけれども、あの夢を見てから今日までのことすべてが盛り込まれたものだった。本当に心を込めて、丁寧に作った大切なパンフレットだった。

それがたった三文字のために……。

まさに「～のため」という意味の「위해서」のために、すべてが水の泡になった。そのことの責任を感じ、私にすまないと思う人など一人もいない。

なんという無責任な人たちなのか。なんというひどい人たちなのだろうか。


その後、市長と面談したが、市長も苦渋の面持ちであった。

私は「泗川市長の勇断によって推進される日韓相互理解」のような記事が堀山記者の手によって配信されると信じていたが、逆にとんだところをお見せする結果になってしまった。

市長の話が難しい内容になると聞き取れない部分もある私に、「市長は地元長老たちにはあらかじめ根回しはしておいたが、議会を通しておらず、そこが問題になっているらしい」と堀山記者が私に教えてくれた。

結局この日のことを堀山記者は記事にはしなかった。

記事にしたところで、「暗雲が漂いはじめた帰郷祈念碑」という記事にしかならない。

書こうと思えばある意味、面白おかしい記事にもできたはずだが、あえてそれをせず今後の展開を見守ってくださったところに記者としての良心を感じた。そしてありがたく思った。

逃げ腰の韓国観光公社

二〇〇八年三月二十四日、日比谷のプレスセンターで、韓国観光公社主催の記者会見が催された。

韓国観光公社が記者たちに呼びかけ、今回の三進トラベルが企画した「帰郷祈念碑除幕式参加の旅」をPRする場である。

残念ながら、帰郷祈念碑建立の経緯や、映画『ホタル』に代表される、卓庚鉉さんと鳥濱トメさんのエピソードなどを盛り込んだパンフレットは「위해서」三文字のために配布できず、あんなに心を込めて作ったものが、日の目を見ることもなくただのゴミになった。

ただ三進トラベルが独自に作成した旅行日程や今回特別な意味を持つ旅の企画意図を記したパンフレットは配布できた。

記者会見は正味一時間。

まずは冒頭に、私がこの帰郷祈念碑建立の趣旨をお話しし、続いて三進トラベルの立木社長が、このツアーを企画するに至った社としての想いを語った。

そして最後に韓国観光公社東京支社長である呉龍洙さんが「平和を願う旅」であるとともに、泗川を中心とした魅力ある旅のコース取りを解説。さらに「日韓友好の懸け橋」になる旅の意義深さを語って終わった。五、六十名の方々が集まったろうか。

いまになって思えば、私たちの企画を観光公社が「自分の手柄」にしようとしたのではないかとも思う。しかし、この記者会見を機にこの旅の企画は各所で報道された。会見終了後、ソウルでの記者会見について尋ねてみたが、呉支社長はなんとなく言葉を濁した（結果的にソウルでの記者会見は実現しなかった）。

暗雲が漂いはじめたことを察知していたのだと思う。

石碑の運命やいかに

泗川市から碑文の変更を求められていることは、洪先生から高先生に伝わっていた。「石碑はすでに完成させている。碑文変更ということになれば、もう一度新しく石材を買い求めて一から作業をしなければならない。御影石をはめ込んで、そこに訂正の碑文を入れるなどということは承服できない。そのためには、さらに石材費三千五百万W（約三百五十万円）の費用がかかる」。それが高先生の意見だという。

洪先生は、以前から「石碑は完成していない」と疑っていた。だから実物を見たいという再三の求めにも応じず、完成した写真さえ見せてくれなかったのだと言って、たいそう腹を立てた。

私も困り果てた。

「高先生は芸術家ですから、ご自身の美意識があるのでしょう。本来石碑本体に碑文を刻む予定のものが、そこに別の石をはめ込んで碑文を訂正するとなれば、自分の作品として不本意なものになるという気持ちはわかります。しかし私にはさらに三百五十万円もの追加料金を支払って石碑を作り直す余裕はありません。そもそも当初お約束した石材の原価は四百万W（約四十万円）だったはずですし」

高先生と泗川市との間で、どういう話があったのかはわからないが、「こちらに対応できる予算がない」ということを率直に泗川市に投げかけたことで、泗川市も折れた。

「強制労働・慰安婦に対する謝罪文を盛り込む」というような主張は引っこめてきた。

すると今度は、「帰郷祈念碑」というタイトルのもと、卓庚鉉さんを慰霊する短い文が表面になっているのを、裏面の泗川市民への慰霊文が表面になるよう、主客逆転してほしいという要望である。そうなるとやはり文面が表裏入れ替わることになる。

しかし高先生はなにがなんでも新しい石材を求めてそれに刻まねばならないという主張であり、そのためには三百五十万円がさらに必要だという。

記者会見以降、少しずつツアー参加希望者は集まり続けている。除幕までひと月ほどというのに、まだ石碑本体が完成しているのかさえわからないというのは不安極まりなかった。

なんという苦悩の渦に巻き込まれてしまったのかと思った。だが私に以前のような焦燥感はなかった。あのとき「ぷつり」と感情が途切れてから事態はますますひどくなっているのに、なぜか淡々と対応してゆく感じが続いていた。

しかし、このことはさすがにどうしたものかと洪先生と私は頭を抱えた。

「福美さん、こうしたらどうでしょう。私はいままでいろいろな石碑を見てきました。なかには打ち壊されて欠けたものや、逆さまに建てられたものもあります。しかし後になってみると、その石碑のありようが自身の運命やその時代背景を物語ってもいるのです。建立者が思い描いたように建てるのもよいことですが、世論やそのときの周辺事情を表すように、不本意な形で建立するしかなかったというのも、ひとつの時代や状況を後世に残すことになるのです。

石碑が高先生の言うとおり、完成しているのだとしたら、それをそのまま搬入してもらいましょう。

そして泗川市の言うように『泗川市の犠牲者に向けた碑文』を表面にしたいと言うのならば、石碑の表裏を「裏返し」にして組み立てればよいのです。むしろそのほうがよい。こうせざるを得なかったいまの事情をそのまま後世に残すのです」

先生の話を聞いて、私たちは手を取り合った。「本当にそうだ」と思った。このような理不尽に負けてはならないと「戦う勇気」が湧いてきた。

反面、私たちの「つっぱり」がどこまで通るかとも思う。私が三千五百万Wの支払いに応じなければ石碑を渡してもらえないかもしれない。五月十日の除幕式当日、石碑の除幕どころか石碑自体が「無い」ということになるかもしれない。

だが私たちはそれをも覚悟しようと話し合った。

すでにツアー客は集まっていて、日本から慰霊のために善意の方々が来てくださる。また日本のマスコミも新聞、テレビ、通信社が集まることになっている。もちろん韓国のマスコミも見守ることだろう。

これまでは、突然発生したほころびをどう「繕うのか」に汲々としていた。

しかし、ここに至っては、どのような結果になろうとみなさんの前で「現状」を明らかにすることを「覚悟」すればよいのだと思った。いや、そうするしかない。

ボールを泗川市側に投げた。

私たちは充分に、誠実かつ真摯に泗川市との交渉をしてきたのだから、「当初からの約束どおり」事を進めてゆこうと思った。不測の事態が起こったとしてもこれが日韓の現実なのだとすれば、それを晒す勇気を私たちがまず持とうと覚悟した。

土木業者の謎の攪乱

これらの流れの中で一人、不思議な動きをする人物がいた。イ・ジェワン氏といって、泗川市の土木関係の仕事を引き受けている業者だそうだ。しかし、いただいた名刺は会社のものではなく「韓国書刻協会晋州支部」となっていて意味不明だ。

このイ・ジェワンという人が、あるときから私たちの話し合いに加わるようになった。石碑の施工業者という立場での参加のようだ。

しかし碑文に「強制労働や慰安婦に対する謝罪文が必要だ」と強力に提言したのは彼であり、「なんでこの人が?」と不可解であった。さらに、碑文の訂正をするならば石材を貼り付けて書き直す方法があると提案してきたのもこの人だ。

そうかと思えば、飛兎島《ビトソム》のほうに六万坪の土地があるので、この企画を誘致したいと申し出たのもこの人で、高先生は彼に伴われて六万坪の土地を下見したという。

いったい彼はこの石碑建立に賛成なのか反対なのか、一貫性がない。石碑自体や碑文に文句をつけるかと思えば、今度は六万坪の土地に誘致を持ちかける。

要は、どう転んでも現場はイ・ジェワン氏の「担当する仕事」になるわけだ。

それが究極の目的なのか、それはわからない。

ただ、私たちはこの人の言動に激しくかき回されていることは確かだった。

四月初め、泗川市を訪れるとイ・ジェワン氏は石碑が予定地に設置された際の立派な鳥瞰図を作成して持参していた。

この石碑は基壇と碑文の書かれた縦長の本体、八咫烏のオブジェと三つに分かれていて、それを積み木のように重ねた構造になっている。幸いにして碑文の書かれた本体部分の表裏を逆にしたからといって、明確にそれとわかるようなものでもない。

本来の正面である卓庚鉉の冥福を祈る面を嫌って、裏面の泗川の戦没者に対する碑文を表面にもってくるのなら、この本体部分だけを裏返せばよいことになる。

これ以上対応できる予算が私にないからには、このように設置するということで市にも譲歩してもらうほかない。設置する公園ではすでに整地が始まっている。

市長もそれでいったんは納得した。


市長との面談を終えると、イ・ジェワン氏は私と洪先生を飛兎島の六万坪の高台へ案内した。海の見える気持ちのいい高台で、眺めもよい。

泗川市にも約一千三百人の太平洋戦争犠牲者があるそうだが、韓国全体の犠牲者は二万人を超える。沖縄の「平和の礎」は約二十四万の人々の名前が刻まれており、総面積は約五千五百坪だ。

それに比べて六万坪というのははるかに広い。

洪先生は感慨深げに風に吹かれながらあたりを見渡していた。

その風景の中に韓国版「平和の礎」が建設されるイメージをダブらせていたのかもしれない。

激昂する高先生との対決

これでようやく決着はつき、石碑は無事建立されると思っていた。

ところが、二時間ドラマの撮影で、夜間ロケをしていた最中に洪先生から私の携帯に連絡があった。

高先生が激怒していて、「とにかく会って話し合おう」と言っているという。一瞬にして私の心は真っ暗になった。

ドラマの撮影に入ってはいたが、途中三日ほどのオフがあったのですぐに韓国へ飛んだ。移動しながら高先生との話をどのようにもっていくか、何度も頭の中でシミュレーションした。最悪、石碑を渡してもらえないということを覚悟しながらも、基本的な事実をたどってゆけば必ず収められると思った。

鳥致院の高先生の研究室を訪ねたのは四月二十一日。五月十日の除幕式までもう二十日を切っている。

それまで何度か洪先生と高先生とで言い合いがあったようで、高先生の感情も拗れている。

「先日ＡＰ通信（アメリカの通信社）の記者がやってきて、今回の石碑制作を実費で請け負われたそうですね、と尋ねるから実費にさえ足りないと大声で怒鳴ってやった」という一言から始まった。

私もAP通信の記者から取材を受けており、「石材の実費だけで高名な高教授が引き受けてくださったことはありがたく、感謝している」と答えていた。

高先生の主張は主に、金銭的なことから始まった。

「本来自分の作品は一億五千万から二億Wにもなろうというものだ。それがたったの四百万Wでは実費はおろか、人件費もでない。現場に何度も足を運んだり、なにかと目に見えないお金がかかるというのに、あなたたちは私に一度の食事さえもてなしたこともないではないか」

正直「やっぱりお金の話か」と思った。

高先生は当初「二千万W必要」とおっしゃったことがあり、一度お願いするのを断念した経緯があった。しかし高先生は恩ある朴教授にいさめられ、みんなの前で石材代の「四百万W」で納得したはずではないか。

私だって高名な先生にそんな料金でお願いするのが妥当だなどと考えてはいない。いわばボランティアのような形で、朴教授に「意義のあることだから」と念を押されて引き受けてくださったと理解していた。

いまさらになってお金の話を持ち出すとは。それならあのとき、きっぱりと断るべきだったのではないか。

そうは思ったが、はなからそれを言っては決裂するしかない。

ここはなんとか穏便に石碑を渡してもらいたい。高先生だって、ＡＰ通信まで取材に来て世界に配信されようというこの件が、自分のためにぶち壊しになったなら、国家の体面に傷をつけることになるぐらいわかっているはずだ。第一石碑を私たちに渡さず、手元に残ったところで、高先生にとっては何の意味もない石塊にすぎない。

私は一度「最悪石碑がない除幕式になることも覚悟」していたので、比較的落ち着いていた。

洪先生も語気を荒げ、「一度石碑を作ったのを壊してしまったと言ったじゃないか」、「裏返して設置することに同意しただろう」という枝葉の話ばかりを持ち出すので、ますます高先生を激昂させる。私はたびたび洪先生を「興奮しないでください」と押しとどめなければならなかった。

高先生は盛んにこまごまと出ていくお金のことを言い募った。たとえば「報道記者たちが集まってくれれば、それぞれに〈コマビ〉(거마비)を渡すものだ」と。

初めて聞く「거마비《コマビ》」という言葉に、洪先生にそっと尋ねる。それは「お車代」のようないわば「心づけ」のような意味だと教えてくれた。

高先生は「日本にもそういう習慣があるだろう。なにかとお金が出ていくのに、そんな出費も知らん顔で、私に対してのギャランティはないのか」と声を荒げる。

そこに洪先生が割って入った。

「私は両国の文化を知っているから言うのですが、日本ではそういう習慣はありません」

「えっ、ないの？」

高先生もこれにはびっくりしたように、一瞬言葉を飲み、キョトンとした表情をした。逆に私は、韓国はいまだに報道の便宜もお金で買う社会なのかと驚いていた。

だが、高先生は「最初に決めた、四百万Wは自分に対する心づけではないのか！」とおっしゃる。私は朴先生の家に集まって、みんなの前で支払い金額を決めた夜のことを、もう一度順を追っておさらいをした。

そして「そのとき決めた四百万Wが『心づけ』だとしたら、最初に額を決めてお支払いする性質のものでしょうか」とやんわりと言った。

「いや、それはそうではない」。憮然として高先生も認める。

しかしじっくりと高先生の話を聞いてみると、自分があまりにも「無視されている」ということがたまらなかったようだ。

むしろ金銭の問題ではないという。

それは私もわかるような気がする。金銭というのは対価だけでなく、「評価」という部分もある。高先生にしてみれば「天下の高承観がたった四百万Wぽっちでこんなに立派な石碑を作ったというのに、やれ碑文を訂正するからその部分をはがして、御影石をはめ込んで書き換える、今度は主文を裏面にしたいから裏返しに設置するというのに、黒田は労いの言葉一つないのか」と思っていたかもしれない。私は配慮が足りなかったことを丁重にお詫びをした。一言でいえばコミュニケーションが足りなかったということだ。

正直いえばこの間、私とて市の言い分に翻弄され、心労を重ねているさなか、地方にお住まいの高先生を訪ねるのはとても難しいことだった。

しかも高先生にお願いするに至るまでの紆余曲折を考えると（泗川市に）翻弄されているという気持ちになっていたのも事実だ。

しかし潤沢な資金があるわけでもない貧乏俳優が、自分のわずかな資金で韓国人戦争犠牲者の魂の安住の地を求めて異国の地を奔走していることには、ぜひご理解をいただきたかった。

私はその思いを訥々と語った。高先生も私の話に、神妙に耳を傾ける。

「高先生がご苦労くださったことにはたいへん感謝しています。その間、私の配慮が足りなかったことは反省し心からお詫びします」

そう申し上げると、高先生はやっと矛を収めてくれ、静かに言った。

「됐어요（もういい、わかった）」

ぎりぎりのところで決裂は免れた。

それからようやく、私たちの手許に石碑は届いた。

第八章　反日団体の怒号で妨害された除幕式

最悪の覚悟をした除幕式前夜

それから十日あまり後の、二〇〇八年五月二日。

泗川市が提供してくれた三千坪の公園に石碑が設置されることになった。五月十日の除幕式まで余すところ一週間というギリギリの着工であった。

一時は「石碑のない除幕式」になることも覚悟した。多くの人々やマスコミの前で赤恥をさらすこともやむなしと思っていた。みなさんの前でこのようなことになった経緯を説明し、詫びるばかりの除幕式になることも覚悟の上だった。それだけに石碑が搬入され、あるべきところに設置されたことで、やれやれと肩の荷が下りる思いだった。

本来なら私も同席すべきところだが、除幕式本番の五月十日はすぐそこだ。ここは洪先生にお願いすることにした。

そのときの写真が送られてきた。立派に石碑が設置され、石碑の前にはお供物が置かれている。洪先生が石碑の前に座ってお坊さん二人とともに法要をしている様子が写っていた。設置の際にもこうした敬虔な儀式をその都度行ってゆくのかと思った。

今回の除幕式には私がそれまでに既知を得ていたメディアの方々に経過を報告していたため、それに呼応してたくさんの記者が取材に来る予定だった。朝日新聞、毎日新聞、読売新聞、西日本新聞、共同通信、日本テレビ、東京放送など。そして鹿児島からは、南日本放送のテレビクルーが、八日に私が釜山の金海《キメ》空港に到着するところから密着取材をすることになっていた。

「特攻の町、知覧」としては今回の除幕式がどのようなことになるのかは関心事である。ツアーには南九州市、知覧町から霜出勘平《しもいでかんぺい》市長も参加される。

また、今回のツアーに応募してくださった方は三十名ほどで、本当にさまざまな背景を持った方たちが集まってくださった。

戦前は北朝鮮にあたる地域にご両親とともに暮らしており、戦後引き揚げてきた経験を持つご老体。某放送局の報道OB。「憲法九条の会」の会員。お兄様が加藤隼戦闘隊員であったという詩吟の先生。日本ペンクラブに所属して、特攻兵を追跡している女性。真言宗の僧侶。

こちらのお坊さんは三月のプレスセンターでの記者会見にお見えになっていた。坊主頭（当然ですが）にスーツ姿の二人連れだったので、実は「その筋」の人なのかと密かにおののいていた。のちによくよくお話をうかがってみると、太平洋戦争時の朝鮮兵士の遺骨返還などに仏教会でも力を入れており、どういう活動なのか知りたかったという。私としてはこのような慰霊の旅に「ホンモノのお坊さん」が参加してくださっているのはとても心強かった。

また、「黒田福美さんがどういう人なのかまったく知らなかった。ただ、記事を見たとき『これに行くしかない』と強く思った」、と強い贖罪の気持ちを持っていらっしゃる方もあった。

八日、釜山の金海空港へ到着すると、洪教授が私を出迎えた。出会いのシーンをとらえようと、傍らでは南日本放送のカメラも回っている。

いきなり洪先生から現地では大変なことになっているという報告があった。

釜山から泗川の三千浦に向かう長距離バスの車中で、この数日間に起こった思いもよらない「事件」について聞かされた。

六日の日に、この石碑建立に反対して李貞姫《イジョンヒ》泗川市市会議員率いる左派系政治団体「進歩連帯」と、抗日運動家の末裔《まつえい》で組織された極右組織「光復会」が記者会見を開いて、この石碑の撤去と除幕式を中止するよう市長に要求したという。そしてそれに応じないならば市長に対して「リコール運動」を展開すると宣言したとのこと。

市長はそれに恐れをなし、なんと「除幕式の中止と石碑の撤去」を発表したというのだ。もちろん私になんの連絡も断りもなしに……。

困ったことだとは思ったが、不思議と平静だった。「人間らしい感情」が薄らいでいる私には、大変なピンチだというのに現実感がなかった。

「一つひとつの事柄に対して最善を尽くしていく以外ない」と冷静に思った。

ここに極まって、残された道はそれしかないのだ。「結果はさておき、最善を尽くそう」、そう思った。

一方、洪先生は自分を「親日派」とののしり、殺してやるという脅迫電話があったと言う。しきりに私に「私は決して親日派ではない」などと訴えている。不安をこらえきれず、だれかにすがらずにはいられないといったうろたえぶりだ。だいぶ脅しが効いている。

その夜、洪先生と食事をとりながら、明日からの対応を話し合った。

そこにも南日本放送が密着している。

「今後どうするのか」という質問に、当時の映像を観ると、「最悪の覚悟までした。悲壮感はない」と私は笑って答えている。

私の平然とした様子にディレクターは「そんなに上手くいきますかね」と言葉を投げたことを覚えている。「上手くいく」なんて思っていやしない。それより「残された最善のことをすべてやり尽くす」、それ以外に道はないと思っていた。

そう。「悲観」などしてしょげかえっている余裕さえない。立ち向かうしかない。明日は日本からの訪問団も到着する。どうあろうと、それを私は受け止めなければならないのだ。

市側がどう出るのか、まずはそれを確かめた上で、私たちに残された「できる限りのこと」を「準備する」、これしか私にできることはない。

どんなことになろうとも、やるだけのことをやれば「それなりの形は整う」という気がしていた。

白紙撤回を宣告する当局

翌九日。何も知らない訪問団は釜山到着後、晋州城などの観光地を巡りながら泗川に入ることになっている。

私は朝一番に泗川市の観光課を訪れ、いったいどういうことになっているのかを確かめることから始めた。

泗川市の意見は簡潔だった。

それまで泗川市が今回の石碑建立に付随して協力すると約束したことをすべて撤回するということだった。土地の提供及び、除幕式やシンポジウムなどのイベントに関する協力一切を取りやめるという。

たとえばシンポジウムの開催に関しての会場の提供、除幕式にあたってのテントやマイクの設置、シンポジウム会場から除幕式会場へ人々を移送するためのバスの提供、除幕式における飲み水や献花の準備等々、いままで約束していた事項を前日になって一切合切、協力を打ち切るということだった。そしてその場で、シンポジウムに会場を使うならばもはや「提供はできない」ので使用料を払ってほしいと言われ、私は三万五千Wを支払った。

いまこうして書きながらふと思ったことがある。もしかすると泗川市側はここまで私を追い詰めれば、私が一切を放棄して除幕式などを中止すると思っていたのかもしれない。

しかし私にはそんなことは考えられなかった。すでに訪問団は日本を飛び立っている。多くのメディアの記者たちも明日の除幕式の行方を見守るために泗川入りしているのだ。私にはみなさんに対する主催者としての責任がある。

「どんな形になろうとも、最後まで努力をしたその結果を披露しなければならない」。とにかく前へ進むこと。それ以外の考えはまるで浮かんでこなかった。

これ以上市側に頼む余地など何もなかった。ただ一つだけ、いままでできていなかったと思うことがある。それは「反対派」といわれる人と直接会って、「対話する」ことだ。

ここまで強硬な態度を示す人々にいまさら会ったところで道が開けるとは思えなかったが、

何か小さな妥協点があるかもしれない。たとえそれさえなかったとしても、対話の努力もせずに終わるわけにはいかない。

できることはすべてやる。そう決心していた。

私はその夜に反対派の方たちにお集まりいただき、話し合いの場を持てるよう市側に頼んで市庁舎を後にした。

「反日」のレッテル貼りの威力

「とりあえず現場に行ってみましょう」。そう促して洪先生と石碑の建立されている公園に向かった。初めての石碑との対面である。

そこには青いビニールシートが巻かれた石碑が屹立《きつりつ》していた。大きかった。

「これなのか……」という感慨が胸に湧いてくる。


あの不思議な夢を見てから、十七年の時が流れていた。長かったのか……、どうか……。よくわからない。ただここまで来るのに、果てしない戦いがあったような気がする。

人は「なぜそこまで」と口をそろえて言う。「なんの目的があって」と。そこまで必死になることがまったく理解できないと言う。

そんなことはどうでもよい。だれもやらないけれど、だれかがしなければならないことをしただけだと思った。

自分でも振り返って、よくその思いを諦めずに繋げてきたなと思うことがある。

二〇〇〇年の秋夕《チユソク》に座間味の海岸で「遺骨」に見立てて拾った珊瑚は、韓国の小さな塗りのお膳に載せて祀っていた。

パソコンのデスクトップには、ど真ん中に卓庚鉉さんの写真を貼り付けておいた。

それらをいつも目の前にしていたことが、思いを繋げる力になったかもしれない。


そしてその思いが、次第に大きくなり、こんなにも巨大な石碑となって結実したのだ。

私はマスコミの扱いとして「特攻兵の石碑」と表現されることを不本意に思ってきた。確かに最初は特攻兵士と思われる青年が夢に現れたことから始まった。彼の無念な思いをなんとかして晴らし、その成仏を願った。

成仏を願って、お地蔵さんを祀るようなささやかな「お印」。

私と彼だけにわかるくらいの小さな石碑でも刻むことができればそれでよいと考えていた。

初めは彼の生まれ故郷の近くにと考えていたが、小さな田舎町である西浦にも、思いのほか多くの犠牲者があったことに気づいた。

西浦一帯の犠牲者を弔う碑文も併せて考えた。

その石碑は地元・泗川市の協力を得たり、高名な芸術家を含む多くの人たちの応援を得ることで、西浦という小さな村から、泗川市全体の犠牲者を見据えたものになってゆく。そしてその思いは成るべくして、韓国全体の戦争犠牲者をも見据えた慰霊碑へと発展していった。

一兵士に対する想いは次第に日本国のために命を散らせた二万三千という朝鮮人若人すべての方々への想いへと成長してゆく。

それなのに、どういうわけかメディアはいつまでも「特攻兵の慰霊碑」という言い方を止めようとはしなかった。

単に、そのほうが通りがいいからだろうか。

だとしたら、朝鮮人戦争犠牲者全体を弔う碑でありたいという私の想いは、「特攻兵の慰霊碑」というわかりやすく煽情的なレッテル貼りによって矮小化され、損なわれてきたように思えてならない。

それともそのような安易な見出しを付けるマスコミには、何か別の意図があったのか。

たとえばいつまでも「特攻兵の慰霊碑」というレッテルを貼っておけば、判りやすく争点を提示し、「反日の象徴」であり続ける。

反日勢力にとっては日本人が建立した「朝鮮人犠牲者を弔う石碑」では困るのだろう。それよりは「軍国賛美の日本人が建立した、売国特攻兵を称えるけしからん石碑」であったほうが都合がいいのかもしれない。

執拗に「特攻兵の慰霊碑」という文言を使い続けて止まない日韓両国のメディア。

果たしてその意図は何なのか。

「特攻兵の慰霊碑」という言い方ばかりが一人歩きすることを私は決して好ましく思っていない。むしろいつまでもそう呼ばれることに理不尽さを感じていることを、断固として強調しておきたい。

参加を辞退してきた韓国の大学教授

私は紐を解いてビニールをはぐると、シートに頭を突っ込むようにして、石碑の姿を初めて見た。

つるつるとした石面。どっしりとした体躯。

「紆余曲折はあったものの、とにかくここまで漕ぎつけた」と思った。そのときはまさかそれが数日後には撤去されてしまうとは想像もしていなかった。

石碑を背にしてあたりを見回した。明日の除幕式には訪問団のみなさん、卓家遺族のみなさん、洪先生が声掛けをした沖縄遺族会（沖縄戦で亡くなった韓国人遺族会）のみなさん、報道陣がここに詰めかける。期待はできないが泗川市としても途中までは市民への呼びかけもしてくれたはずだから、近隣の方も見えるかもしれない。

翌日の除幕式は天気もよさそうだ。日除けのテントや椅子はおろか、なんの装備もない。参加のみなさんのご負担の少ないよう、除幕の儀はできるだけ簡略にしようと思った。

挨拶の言葉も準備していた。日本語はもとより韓国語でも挨拶をと、何度も繰り返し練習をしてきた。マイクはなくとも精一杯声を張り上げればいい。集まった人たちだけで心を込めた除幕ができればそれでいい、そう思った。

韓国では法要に参加した方に簡単なお昼を振る舞う習慣があるというので、近隣の食堂も予約してある。式が終わったら速やかにそちらに移動してもらおう。

ただ、飲み水の準備くらいはしておいたほうがよさそうだ。私たちは近くのスーパーへ行って、当日に飲み水を現場まで配達してもらうよう手配した。

その後、シンポジウム会場となる文化会館へ移動し、舞台を確認した。約束していた慶尚大学の教授は事態がこのようになったことから、参加を辞退してきた。それなら私と洪先生とでこれまでの思いを語ればいい。簡素にすることを考えればできることはまだあると思った。

反対派との対峙――進歩連帯と光復会

夕方、約束の時間に私たちは会議室で「反対派」といわれる人たちの到着を待っていた。

心強かったのは、訪問団の一員として私の古くからの友人、現役の通訳である辛鍾美《シンジョンミ》さんが来てくれたことだ。この難局に友人が付き添ってくれることは精神的にも大きな支えになった。

泗川市側の代表として観光課長の金泰柱《キムテジユ》氏他一名も立ち会う。また南日本放送の取材クルーと共同通信の記者もその様子を見守ることになった。

まず到着したのは左派系「進歩連帯」の女性市会議員、李貞姫氏。進歩連帯は強硬左派であり、しばらく後にソウル光化門前広場で起きた「アメリカ産牛肉輸入反対」の大規模なデモの際には、逮捕・拘留されるという強者《つわもの》だ。彼女は「歴史家」と名乗る男性を伴って入ってきた。彼は穏やかな感じの人で、終始私たちの話し合いを静かに見守った。

私は立ち上がってにこやかに握手を交わし、時間を割いていただいたことへの礼を述べた。できるだけ和やかに話し合いを進めようと心に決めていた。しばらくして「光復会」の男性二人が現れる。

昌原《チヤンウオン》の光復会代表という金炯甲《キムヒヨンガプ》氏は、強面《こわもて》で威圧感があり、いかにも頑固そうな風貌をしている。

議員は主に、次のような意見を述べた。

〈1〉石碑建立の件は市長の独断であり、市議会の承認を得ていない。よって市議会としてはこれを容認できない。

〈2〉日本からの正式な謝罪もないままこのような石碑が建つことは疑問。

〈3〉果たして卓庚鉉が石碑に刻まれる人物としてふさわしいかどうか吟味されていない。

光復会からは、

「反日独立運動を戦った末裔としては、靖國神社に祀られているような親日派人物の石碑などとうてい許すわけにはいかない。歴史的な決着がついていない。日本軍兵士を祀る石碑建立やその除幕式など軍国主義を賛美するものであり、とうてい容認することはできない」という主旨の意見が述べられた。

さらには「夢に出てきた」などという話自体が信じられないとまでおっしゃる。


それに対して私はこう答えた。

〈1〉市議会内の事情は私たちが知る術がなく、市長との約束を信じて今日まで来た。

〈2〉日韓の問題は国家レベルで解決する問題と、民間レベルで温かい交流の雰囲気を盛りたてゆくことの両輪が必要だ。私は民間人として、これまで二十五年間その雰囲気づくりに専心してきた。今回もまた民間レベルで交流をするのであり、政治的な活動ではない。

〈3〉この石碑は一人の兵士を祀るものではない。創氏改名によって日本人として日本名で亡くなった韓国人軍人・軍属は世界中に広がり、その魂は今もさまよっている。そういう方々の魂が故国に帰郷し安住を願う石碑である。

〈4〉独立運動に参加した方は国民の一％にも満たないだろう。当時はだれもが生きることに追われ、日本名を名乗り、直接間接に日本に貢献せざるを得なかった時代であった。

「議員、あなたのご両親も日本名を名乗ったはずです」。

そのように生きざるを得なかったのは個人の罪ではなく、その時代、流れの中で起きた悲劇だ。時代の犠牲になった人たちを悼むことは、当時日本人として過ごした時間を持つ人たちの心も慰めることになる。

〈5〉私は日帝時代の当事者ではない。一個人であって、国家を代表して謝罪する権利も資格もない。しかし時代の犠牲になった方々を隣人として悼み、哀悼の気持ちを表したいという思いを持っている。明日ははるばる海を越えてやってくる訪問団のみなさんも同じ気持ちである。みなさんの善意、切実な思いを理解してほしい。

議論は二時間近くにわたったが、平行線をたどるばかり。相手の話に耳を傾けようという姿勢は感じられず、「断固中止を要請」と結論はすでに決まっているように思えた。

特に光復会の方々は強硬で、除幕式を強行するならば、こちらも力をもって制止するという。

最後に私は言った。

「いまもこうして取材記者が私たちを見守っているではないか。彼らを通して、このように決裂する場面を露出することはお互いのためにならない。直前になって約束を反故にされたのでは私たちも困惑するばかりだし、私たちに対して理不尽な対応をした市の体面も傷つくのではないか。

なにより今回お越しの方々は、かつて日本人として犠牲になった多くの韓国人の御霊に哀悼の意を表したいという善意の方々だ。純粋に慰霊の気持ちでおいでになった訪問団のみなさんをこのような形で追い返したとあっては、泗川市はもちろんのこと、韓国という国家のイメージも毀損することになる。

あなた方の気持ちも理解する。私たちもそれに配慮し、除幕式をにぎにぎしく行おうとは思わない。ただ私たちでひっそりと石碑をお参りして帰れればそれでよいので、一行が安全で静かに帰れるよう譲歩していただきたい」

しかし反対派のみなさんの意志は固く「断固としてすべての行事を中止せよ」の一点張り。光復会の方はもしも強行するならば「実力を行使する」と言う。

「決裂」という形で彼らは席を立っていった。帰りがけに歴史家の方が私の前に立ち止まるとおっしゃった。

「どうも市側にも責任があるようだから、最小限の協力は求めてもいいのではないでしょうか」

私たちの置かれた状況に同情の余地があると思ってくださったのはありがたい。しかし「実現性のある」最小限の協力とは何なのか想像もつかない。同席した市の観光課長も、ただ私たちの話し合いを見守るばかり。

そして、翌日朝十時からのシンポジウムについても「やはり開催は中止してほしい」と言って、朝支払った会場使用料を突き返してきた。

「では、どうするつもりなのか。市の協力があったからこそ開催されるはずであった除幕式やシンポジウムを、前日になって市側の意向で中止にするというのなら、訪問団のみなさんに対して市として説明責任があるのではないか。今回は特攻基地のあった知覧から公人である南九州市長もお見えになっている。本来なら泗川市市長自らが直々にお詫びをするべきではないのか」と、私は詰め寄った。

観光課長は本来予定されていた翌朝の「公民館ホールでのシンポジウム」を、場所を海上観光ホテルの別棟にある結婚式場に移して、今回お見えの訪問団のみなさんに対しての「事情説明会」を行うと言ってきた。

「これまで市としても今回の催しに関してある程度広報してきたわけだから、当日シンポジウム会場に直接お見えになる一般のお客さまもあるはずだ。そういう方に対してはどう対応するのか」とさらに尋ねると、「その場合はシャトルバスを出してホテル会場まで送る」ということだった。

遅い時間だったが訪問団を引率してきた三進トラベルの立木社長にお会いして、これまでのいきさつと明日からの本来の予定が大幅に狂ってしまったことをお詫びした。そしてどう対応していくかを相談した。

「大丈夫です。できるだけのことをやりましょう」

その落ち着いた様子に私は救われるような気がした。

のちにだんだんとわかってきたのだが、突然のアクシデントにもいつも泰然としているのが立木社長なのである。

ありがたかった。

おざなりの事情説明会

本来なら「日韓の友好と平和について考えるシンポジウム」が行われる予定であった二〇〇八年五月十日の朝、私たち一行は泗川市側が準備したホテルの結婚式場に集められた。あらかじめ立木社長からおおよその説明があったのだろう、みなさん神妙な面持ちで静かに席についている。

昨日までは慰霊碑除幕式の参加に何の疑いも持っていなかっただろうに、一夜明けて状況が急変し、みなさん驚いたに違いない。

場違いな白いテーブルクロスのかかった円卓に着席した訪問団のみなさん。それを取り囲むように、壁際には日韓両国の報道陣がそれぞれカメラを構えて取り囲んでいる。どうも報道関係とも思えない人たちもいる。

正面壇上のテーブルにまず私が登壇した。

ようやく建立した「帰郷祈念碑」の除幕に立ち会ってくださるため、貴重な時間とお金をかけておいでくださった心あるみなさんに対して、初めて挨拶する場が、このように不本意な席になったことに対し、まずは心からのお詫びを申し上げた。

私はこの一年あまり、泗川市の協力のもとに石碑建立が叶っていった経緯と、昨日になってすべての約束が反故《ほご》になったいきさつを説明した。そしてこんなことになってしまったことを深く謝罪した。

「せっかくおいでくださったというのに、『無駄足になった』とお感じになっているかもしれません。けれど、決してこれは無駄ではないと思います。こんな結果になってしまいましたが、これはきっと新しい扉を開く第一歩になると信じます。苦しい一歩目ではありますが、みなさんはその歴史的な一歩に立ち会ってくださったのだと……」

そう言いながら自分の言葉が自分の耳に聞こえてきた。みなさんに語っているようであり、また自分にも言い聞かせていたのかもしれない。急にのどに塊がつかえたように言葉が詰まった。「いけない、ちゃんと話さなくっちゃ」、そうは思っても言葉が出ない。

するとと会場から拍手が起こった。「頑張れ！」と声が飛んだ。

私はようやく立て直し、そして続けた。

「残念ながら本日の除幕式はできないことになりました。ですが、このようなことに至ったのは市側にも責任があると思います。本来なら市長から直々に事情を説明していただき、謝罪していただくところですが、本日は代理として観光課課長の金泰柱さんが代わって市側の事情を説明なさいます。また本来ならこの時間は日韓の未来を考えるシンポジウムを開催する予定でしたが、説明の後は課長に残っていただいて、みなさんからの率直なご意見やご質問を投げかけていただけたらと思います。そのような意見交換がきっとこれからの日韓の礎にもなっていくと思います」

入れ替わりに金泰柱課長が二、三枚のメモを手に登壇した。金課長は通り一遍の説明をし、石碑に関しては今後撤去し、保管すると述べた。さらにこのような事態になったことに対して一応の謝罪の言葉を述べ、すぐに退席しようとするのを私が引き留めた。

「みなさんからの質問やご意見があると思いますので、それらにもお答えいただきたい」

金課長はしかたなさそうに、壇上にとどまった。

壇上の上手側に私と通訳の辛鍾美さんが控えた。お客さまからの質問と金課長の答弁をすべて彼女が一人で通訳してゆく。

みなさんからは次のような意見が述べられた。

「直前になって除幕式中止を余儀なくされたということだが、人と人との関係でも約束を守る、法律を守るということが信頼の一歩ではないのでしょうか」

「日韓の間でこれまで日本は何度となく謝罪をしてきた。いったい今後いつまで謝罪を続けたらよいのでしょうか」

「靖國神社に祀られている卓庚鉉さんの御霊がようやく靖國から出て、故郷の地へ安住できることになって、本当によかったと思ったのです。『よかったね』と言葉をかけてあげたくて本日はここに参りました。ですが御霊はやはり故郷へ帰ることはできないのでしょうか」

「今回の慰霊登山では地元泗川市の方たちとも交流ができるということで、仲良くできる機会だと楽しみにして来たのに残念です」

これらの問いに金課長からは紋切り型の答弁しか引き出せず、みなさんは失望の色を浮かべるばかりだった。

なかにお一人、本来シンポジウムが開かれる予定の文化会館からこちらを探し当てておいでになった日本人の方があった。

「文化会館に行ってみたら年配の方たち（光復会）がシュプレヒコールをして争乱状態でした」

「こちらへは市側の準備したシャトルでお送りくださると聞いていましたが」

「そんなのありませんよ。壁に貼り紙がしてあって、会場が移転したというので自力で訪ねてきたんです」

市側の無責任さに腹が立った。

「即刻帰れ！」

一時間ほどの質疑応答は実に静かに進行した。そろそろ締めくくろうかと思った矢先に、課長から思わぬ発言があった。

「ただいま連絡が来まして、除幕式の行われる会場では光復会の人たちが待機しておりますが、警官隊がみなさまを先導し、道を開けますので予定どおりに除幕式ができるように配慮するということです」と言う。

意外な展開に驚いたが、私は慎重だった。

最後に今回のツアーを仕切った三進トラベルの立木社長、洪先生からもご挨拶いただき会を締めくくった。

私は再び登壇した。

「この後、みなさまをお昼のお食事の場所にご案内しようと思います。ただいま課長から石碑まで行ってみることが可能であり、警官隊が私たちを保護するということでしたが、光復会の方々も待機しているとのことで、小競り合いになるようなことも考えられます。

私は主催者として、石碑のほうに直接いらしている遺族の方たちをお迎えに参ります。ですが危険なこともあるかもしれませんので、みなさまは充分に安全を考えて慎重になさってください」

しかし居残るという方は誰一人おらず、みなさんやはり石碑の場所まで行ってみたいと言う。

私たちはバスに乗り込んで石碑の設置された公園へと向かうことにした。

公園が近づいてくるとあんなにさびれて人影もなかった場所に、警官隊のバスや光復会の一団が乗りつけたと思しき大型観光バス、報道陣の車両などがたくさん駐車してあって、ごった返している。

バスを降りた私たちの周りにも石碑方向へと向かう人たちがぞろぞろと歩いている。普段は静かな寒村が一転して混乱している状況だ。

一緒に歩いている人の流れ。明らかに韓国人であるが、彼らはいったいどういう人たちなのかわからない。報道陣でもない。洪先生の呼びかけに応じた沖縄遺族会の方たちなのか、それとも公安か。「敵か味方か？」という考えが交錯するが、黙って歩みを進めてゆく。

次第に大音声の演説が聞こえてくる。光復会の金炯甲氏だ。

「神風慰霊碑即刻撤去」のプラカードを掲げる光復会のメンバー。手前は楯で道をふさぐ警察隊。

頭に大極旗が染め抜かれた鉢巻きを締め、光復会と書いた襷《たすき》を掛けている。その後ろには光復会の方々だろう、七十代前後の、やはり大極旗の鉢巻きを締め、大極旗の小旗を手にした老人たちが控えている。

演説が一区切りすると金炯甲氏が「即刻帰れ！」と号令をかける。

するとそれに続いて光復会のみなさんが小旗を振りかざして「帰れ！　帰れ！」と声を限りに唱和した。

最前線には光復会が陣取っているが、後方には進歩連帯の李貞姫議員の姿もある。党員たちなのか、周辺をいろいろな人たちが幾重にも取り巻いている。

私はしばし呆然となった。石碑ははるか百メートル先だ。

「警官隊が私たちのために道を開けてくれて、除幕式を行えるようにしてくれる」と言っていたのは、嘘だったのか。

物々しく盾を持った警官隊は、光復会を背にして、石碑へと近づこうとする私たちに向かって横一列に並んで盾をかざし、道をふさいでいる。

すると、報道部出身の宮地正美さんが私に囁いた。

「あの警官隊が一列になっているところが最前線です。あそこまでならいけるはずです」

私の後をついてくる訪問団のみなさんを振り返って私は声を上げた。

「警官隊が私たちのために道を開けてくださるということでしたので、ここまで参りましたが、どうもそれも無理のようです。私たちは行けるところまで行って、せめて遠くからでも合掌して帰ることにいたしましょう」

みな青ざめ、緊張した面持ちで頷いた。


心が決まれば、怒号にひるむことなく私はすたすたと前進した。

すると、盾をかざした機動隊より手前で、私を制するように四、五人の私服の男たち（耳には無線機を付けているので私服警官なのか？）がわらわらと現れ、私の行く手を阻むように両手を大きく広げて横一列に連なった。「どうもここが限界線らしい」――そう思って私はまた後ろを振り返り、みなさんに呼びかけた。

「どうやらここが限界のようです。遠くあそこに見えるのが石碑です。近くまで行けないのは

韓国側取材陣に取り囲まれる著者。左端の辛鍾美さんが心配気に見守っている。

残念ですが、どうぞここで合掌してください」

争乱と怒号にひるむことなく、みなさんその場で真剣に頭を垂れ、両手を合わせて思い思いに、冥福を祈った。その真摯な面持ち。

踵《きびす》を返すと、とたんに韓国側メディアに取り囲まれて「いまの心境は?」など尋ねられる。私は「やるだけのことはやったので後悔はありません」――そう答えるしかなかった。

「何を祈ったのか」という問いには、「世界各国に散らばりさまよう韓国人兵士たちの御霊に対して冥福を祈った」。

「光復会をどう思うか」という質問には、「彼らなりの立場があることを理解する」と答えた。

また、知覧町からおいでの霜出市長はインタビューにこう答えている。

「我々は知覧から飛び立った方々を慰霊するという気持ちで来たのですが、こちらではそういう受け取り方をしないわけですからね。（朝鮮人特攻兵を）売国奴みたいにおっしゃるわけですから。その辺のところを埋め合っていかなければならないと思いました」

また「九条の会」の方は、このように答えている。

「韓国はこの戦争の被害者であり、その象徴的なものが特攻隊でしょう。『特攻隊員の慰霊碑』ということに、ものすごく抵抗感を感じたんだなと来てみて思いましたね」

ニュース映像を観ると、霜出市長が「さあ、戻りましょう」と私に声を掛けてくださっている。私もはじかれたように我に返りみなさんに再び呼びかけた。

「さあ、戻りましょう」

混乱の中、私も精一杯だった。周囲の先輩方に支えられて、その場をなんとか乗り切ることができたのだと思う。

私たちだけの除幕式

私たちはあらかじめ準備していた昼食の食堂へとみなさんを案内した。

面白いのは韓国ではこのような法事の予約の際には一人いくらというような交渉ではなく、たとえば「総勢六、七十人くらいになるから、これぐらいの価格でやってくれ」と、大雑把な値段交渉を食堂の主人とするのが普通のようだ。それらはみんな洪先生が交渉してくださっていた。

入れ替わり立ち替わりおいでになる人々に、ビビンパプのような簡単な食事とお酒をふるまう。ソウルからお見えの沖縄遺族会の方々、我々日本からの訪問団で店はごった返した。

あの緊迫した場面から内々での食卓に落ち着いた。さきほどの騒ぎを振り返ってそれぞれに話をしながら、みなさんの顔にも血色《けっしょく》が戻ってきた。

「なんということだったのか……」と思った。

「我々のために道を開けて、除幕式を予定どおりに行えるようになった」なんて、金課長のとんでもない大嘘ではないか。

いまになると「嵌《は》められたのか？」と思わないでもない。日本からの訪問団と光復会の対立する場面を公にしたい、メディアに晒したい、という勢力があったのかもしれない。

私は朝の説明会の時点ではみなさんを現場にお連れするつもりは毛頭なかった。

金課長の「警察が先導するので、予定どおり除幕式を行えるようになった」という言葉がなければ、私は混乱と危険が予想される現場にみなさんをお連れするつもりはなかった。

実はこの観光課長は「反市長派勢力なのだ」という話をかねてより洪先生から聞いていた。

私たちにはわからない、泗川市内部の勢力争い、それに伴う「思惑」があったのかもしれない。

先に食事を済ませて慰霊登山に向かった立木組から連絡があった。

私たちが食事をしているたった一時間あまりの間に、あれほどの争乱を巻き起こした光復会の人々も、報道陣も現場からすっかり姿を消しているというのだ。

「まさか」と、にわかには信じがたい気持ちだった。

「連絡によると、現場にはもうだれもいないそうです。いまから石碑のある公園に向かってみましょうか」——私がそう申し出ると、訪問団のみなさんは「望むところだ」というように席を立った。

バスが現場に近づく。ほんの少し前まであんなに車やバスが駐車し、たくさんの人たちがひしめいていたのに、それがまるで嘘のように、きれいさっぱり撤収されて人っ子一人いなくなっている。

石碑が立っている公園は、私たちが知っている「だれもいない閑散としたいつもの公園」の姿に戻っていた。

ほんの一時間前の喧騒が嘘のようだ。

だれか一人ぐらい居残って、我々が舞い戻ってくるのを監視しているべきではないのかと思うほどの、あっけないありさまだ。

石碑の存在を真剣に考えるのではなく、自分たちの主張をメディアの前でどうアピールするかに心血を注いでいるのだろう。そういう意味で、彼らは「プロ」なのであった。

私たちは周囲に気を配りながら敷地内に恐る恐る足を踏み入れた。

男性陣が勇んでカバーをはずす。私たちだけの心のこもった除幕式だ。

石碑で待ち合わせることになっていた卓貞愛さんをはじめとする卓家の親族の方々とも、ようやくそこで落ち合うことができた。

慰霊登山組も山から下りてきて、みんなが合流した。

一段高くとった基壇に青いビニールシートに包まれて石碑が聳《そび》えている。

「私たちだけで除幕式をやりましょう」

私がそう言うと、男性陣が勇んでシートの紐を解きはじめた。

シートを広げて、片方から少しずつ引っ張ってゆく。はらりとシートが落ちた。

すると、頂上に八咫烏の彫像をいただいた立派な石碑が忽然と姿を現した。口ぐちに「わあ」という歓声が漏れ、そして拍手が起こった。

「俺たちの除幕式だ」とだれかが言った。

「私たちだけの除幕式」の後。それぞれの思いで石碑を見つめる。

嬉しかった。

真っ青な空を背景にして、きらきらと輝いている石碑は本当に美しかった。

そしてみんな、自然に石碑に向かって手を合わせた。

思い思いに写真を撮った。

卓家からは身内の方が二十名ほどもおいでだったろうか。石碑の前で記念写真を撮っている。その様子を見て、ようやくご遺族との約束を果たすことができたと安堵の気持ちがこみ上げてきた。

「長いことお待たせしてしまった」と思った。

卓庚鉉さんの従兄妹の卓貞愛さんは、「兄さんも喜んでいると思う」と涙ぐんだ。

また、従兄弟夫人の李順男さんは、「だれもいなかったら、声を上げて泣きたい気持ち。このような石碑に反対するなんて」と無念を語った。

とにかく、みなさんが無事であったこと、そして曲がりなりにも石碑をお披露目できたことだけで、私は一応の役目を果たせたと安堵していた。

もちろんこれですべてが終わるとは思えなかった。明日からどんなことが押し寄せてくるのか、それに身構えなければならない。あとは地道に交渉し、解決してゆくしかないと思っていた。

このような予想外のアクシデントに見舞われたにもかかわらず、お客さまたちから今回の旅への不満の声はまったく出なかった。

「改めて日韓の現状を理解した」「歴史の一場面を身をもって感じた」というお声をいただいた。

まさに私を含めて、「事件の当事者」になってしまったのだが、それぞれに何か「得難い体験をした」という感慨を抱かれたようだった。

「反日」は「錦の御旗」?

激動の一日を過ごし、訪問団は翌日からは泗川の名所を巡り、帰国の途につく。私も翌日からはお客さまのお供をして日本に帰ることになっていた。

除幕式のあった夜、親しい記者数人と一献酌み交わした。私も「興奮冷めやらない」という気持ちだったが、記者の方々もまた同じ気持ちだったかもしれない。

「いったい誰が一番悪かったのか」という話題になった。

光復会なのか、進歩連帯なのか、直前になってすべてをひっくり返した市長なのか。


聞くところによると、保守系ハンナラ党の現市長に対しての反対勢力であった進歩連帯が市長側に打撃を与えようと、この石碑問題を「政争の具」にしたという説がある。そのためにわざと直前になってすべての約束を反故にさせることで混乱をより大きくしたというのである。

しかし進歩連帯は弱小勢力であったため、光復会の加勢を要請した。けれど泗川の光復会は人数が少ないので、近隣都市・昌原市の光復会から強力な助っ人を動員したというものだ。

「だけど、極左団体の進歩連帯と極右の光復会がどうして一致団結することができるのかな」と私が投げかける。日韓関係においては第一線のプロであるみなさんがこう解説してくれた。

「反日という『錦の御旗』のもとでは、右も左も関係なくまとまるのが韓国なんだ」

なるほど、昨今の慰安婦像にまつわる韓国の反日の様子を見ると、それはとてもよくわかる。

しかし当時の私にすんなりと理解できることではなかった。

記者のだれもが絶賛したのが、朝の説明会の様子だった。訪問団のみなさんの抑制された態度、そして質問のレベルの高さ。

「見ていて感動すら覚えた」「予定どおりシンポジウムをやるよりも、素晴らしい内容になったんじゃないか」

それには本当に同感だった。


訪問団のみなさんの日程は何もかもが滅茶苦茶になったわけではなかった。翌日は書院《ソウオン》や郷校《ヒャンギョ》といった朝鮮古来の学問所を見学し、航空宇宙博物館や海辺の魚市場を楽しむことになっていた。順調に予定をこなし、翌十二日には帰国の途についた。

空港での別れ際、神奈川からお越しの豊田實郎さんが私に白い封筒を差し出して言った。

「これを。後で見てください」

お金だとすぐにわかった。私はありがたく受け取った。たくさん入っていた。たぶん今回の旅のために持参した残りをすべて私に託してくださったに違いなかった。

そのお気持ちが本当にありがたかった。

私は「帰郷祈願碑建立実行委員会」という口座に、ご寄付いただいたお金はすべて納めていた。

このように気持ちのこもったお金は、一円たりとも無駄にできない。純粋に石碑のためにだけ使われなければならないと思っていた。しかしのちに、それが大いに役に立つ日が来ようとは……。

まさかの撤去

私は帰国すると、すぐさま在日本韓国大使館に電話を入れ、石碑が撤去されないよう保護を求めた。しかしそのとき、石碑はすでに泗川市によって撤去されたと聞いて唖然とした。

この石碑建立のいきさつは私個人の奮闘から始まったものだったが、次第に日韓両国政府が見守るようになっていた。

私は「日韓おまつり」の実行委員として韓国大使館に出入りしていたことから、その都度この石碑の件に関して大使や公使の方々に経過をお話ししていた。

この件は好もしいこととして、代が替わっても政務公使の間で申し送りされており、私も随時進行状況を報告してもいた。

また韓国では在韓国日本文化院院長（公使級）であった高橋妙子さんが関心を示してくださっていた。

二〇〇八年二月に、保守系の李明博大統領が就任する。最後には竹島上陸で反日の姿勢を示したが、韓流も華やかなりしころに就任したその当時は、「未来志向的日韓関係」というのが李明博大統領のスローガンであったほど、対日関係を重視していた。

そんな雰囲気の中、日韓両国内でこの石碑が友好のシンボルになるという期待感があったのかもしれない。

当時の趙世暎《チヨセヨン》政務公使が、石碑建立の件についてぜひ大統領に宛てて陳情するようにと勧めてくれた。予想もしていなかったことだったので驚いて私は聞き返した。

「大統領宛って……。ということは秘書官宛に手紙を送るということですか?」

「いいえ、李明博大統領宛にするのです。秘書官宛では見る必要がないと判断されることもありますが、大統領宛のものは必ずチェックをするからです」

このようなテクニックは、本当にこの件にシンパシーを感じていなければできないアドバイスではないかと思う。

私はすぐさまこの石碑の趣旨をまとめた書類、パンフレット類をかき集め、つたないハングルでようやく書いた手紙を添えて航空便で送った。

四月三十日に送付しているので、本当に除幕式ギリギリに到着したことだろう。


また除幕式中止騒動の後、日本文化院の高橋さんからはこのようにうかがった。

「実は重家俊範《しげいえとしのり》駐韓大使はこの催しに花と祝辞を送る予定で、書記官たちは祝辞の準備もしていたのです。大使は『久しぶりに(日韓の)よい話題だな』とおっしゃっていたのですけれどね」

この石碑には日韓友好の象徴として両国の期待が掛かっていたのかもしれない。

対日感情が複雑な地域「泗川市」があえて石碑を受け入れ、当時の犠牲者を日韓両国の人たちが弔う。そんな行事が毎年続けられたならば日韓友好と理解の先駆けになったかもしれなかったのに……。

市民不在の「市民感情」

帰国してからしばらくは「石碑撤去」の話題が新聞各紙に掲載され続けた。

建立に向けては大きく扱ってくれる記事もあったが、こうして撤去されれば経緯と結果が簡潔に告げられるだけ。

そしてそれらの記事の締めくくりはたいてい「日韓の溝は深い」という、さんざん使い古したような「決まり文句」で終わっている。

いったい他の文句は考えつかないのか、と言いたくなるような画一的な記事の数々。

ネットなどでは「結果はこうなるとわかっていたはず。馬鹿な奴だ」という私への批判もあったが、それは気にならなかった。

それよりも「長年韓国に貢献してきた黒田に対して、こんな仕打ちをするとは」とばかりに、矛先が韓国へ向いてはならないと思った。

実際のところ、ここまで来ることができたのは、韓国でもこの石碑の趣旨に共感してくれる人たちがあればこそであった。

洪先生をはじめ、石碑をデザインしてくださった高承観教授、泗川市長、市長に繋げてくださった方々。そして当初はこのことを好ましいこととして報道していた韓国マスコミ。

実際何かの折にこの話をすると、たいていの韓国人は感動の表情を浮かべてこう言ったものだ。

「本来なら我々がすべきことなのに、日本人のあなたがしてくださるなんて。韓国人として感謝する」と。普通の市民感覚ではそれが素直な感想だったのではないかと思う。

泗川市側の説明では「市民の理解を得られていない」としている。さも一般の人々が反対しているように聞こえるが、実際は「市長が市民の代表会議である議会を通さなかった」という意味だ。

その点をとらえて反市長派の「進歩連帯」が、反日団体の「光復会」（それも地元ではない）と協調して石碑反対のデモを繰り広げたのだ。

市長も「有力者たちには根回しはした」と言っていた。そのように手当てしておけば、市長の一存で決定してもかまわない「小事」と思っていたのだろう。

善意から建立される戦争犠牲者を弔うための石碑が、まさか自分の首を危うくする「政争の具」になるとは考えてもいなかったに違いない。

一度洪先生と石碑の建つ地元の人たちに意見を聞いたことがあったが、ほとんどの人たちは石碑が建立されることを知らなかった。なかには「立派なものができて綺麗でいいじゃないか」

という意見さえ聞かれた。

このところ話題の「慰安婦像」もそうだが、こういうことはたいてい一般市民には関係も関心も薄く、それを政治利用する人たちだけがいやにいきり立っているというのが実情なのだ。

泗川市内の寺に横たわる石碑

当初市側は、石碑を「公園のその場に埋めてしまえ」と前出業者のイ・ジェワン氏に指示したという。イ氏もさすがにそれは気が咎めたようで、関係のあった泗川市内にある龍華寺《ヨンファサ》に頼んで境内《けいだい》の一角に保管してもらったということだった。

除幕式からひと月ほどして、私は龍華寺に向かった。正直なところもう泗川に足を踏み入れるのも嫌な気持ちだったが、石碑を預かっていただいているお寺にご挨拶もしたかった。

後日談を追うということで、日本のあるTV局のクルーが同行することになった。

スタッフからこの件について論評してくれる韓国の有識者を推薦してほしいということで、何人かに頼んでみたが、だれもが体よく断ってきて応じてくれる人はいなかった。

唯一、知日派で知られる池明観《チミヨングワン》先生だけが了解してくださり、ご自宅でインタビューをとらせていただいた。

「みんな自分の立場が危うくなると思うから、こういうことに論評したくはないのでしょう。

私はもう現役ではないからね」と、穏やかに微笑みながらおっしゃった。

先生の見解も「おそらく泗川市議会内の権力争いの中で、政争の具にされたのではないか」という結論であった。やはり泗川市長周辺の保守対革新の勢力争いに巻き込まれていったのかもしれない。


龍華寺はこぢんまりとしたお寺で、お若いご住職が守っていらっしゃるお寺だった。

石碑は布にくるまれ、お寺の境内の一角に半分埋まった状態で横たえられていた。八咫烏の彫像も基壇の石材とともに放置されており、見るも無残な残骸になり果てていた。

私たちは本堂でお経を一緒にあげ、ご住職に心からお礼を申し上げた。この先いつ再建できるかその目途は立っていなかったが、いつか迎えに来る日までお預かりいただけるのは本当にありがたかった。

一時は御霊の宿った石碑なのだから、こうしてお寺の一角に保管されているだけでもありがたい。

私たちの来訪をどこから聞きつけたのか、韓国側の報道カメラクルーも二社くらいが待ち構えていて、私たちの様子を映像に収めている。

だいたい撮り終えたと思った彼らが車に乗り込んで立ち去ろうとしたそのとき、ご住職が車の窓に取りすがって叫んだ。

「君たちはこの顚末をなぜきちんと報じないのか！　こういうことを伝えるのが君たち報道の役目ではないのか」

嬉しかった。この石碑に本当の意味で思いをかけ、無念をともにしてくださる方に初めて出会ったと思った。

確かにこの件は、日本のメディアの扱いに比べ、韓国の全国紙で取り上げられることはなかった。地方紙やローカルニュースなどで多少報道されたと聞くばかり。その割にはオーマイニュースなどの韓国の革新系ネットメディアでは、「帰郷祈念碑」を軍国主義賛美の象徴であるとして誹謗する記事が散見された。

どう見てもこの件は泗川市の起こした「不祥事」であろう。韓国としてもこの件は「握りつぶしたい事件」だったに違いない。

金守英市長は泗川市長としての任期を終え、次期には国政選挙に打って出る予定だと洪先生から聞いていたが、その後の選挙に出馬することもなく消えていった。きっとこの件が尾を引いたのだろう。

「反日」という柵の中の悲しみを見た

それからしばらくして、朝日新聞から「視点」という欄で「この件を振り返る文章を書いてほしい」との要請があった。紙面としては大きなスペースをいただいたが、この件をまったく知らない人にも解るように全容を説明し、しかもその結果を考察する文章にするのは難しかった。

原稿を書きながらなんだか妙なものだなと思った。

ある意味、私が一番苦痛を味わった被害者といえるだろう。莫大な時間とお金、労力を使い、「反日」の盾の前に心を粉々に砕かれたのだから。それなのに書こうとしている内容は「それでも韓国を庇う」内容だ。

私は感じていた。表層だけではわからないだろうが、だれもが心の中で揺らめいていたことを。

彼らの両親や祖父母の世代、国を失い日本に併合された時代に、だれもが「日本名」を名乗り「日本人」として暮らした。それが罪なのだとしたら、いまの韓国人はみな「罪人の子」だというのか。

「その時代はそうして生きるよりなかった」という諦観の中に、自分たちの親や祖父母が生きてきたことを、実はだれもが心のどこかに強く感じている。

そう生きるよりなかった親たちを、だれもが心のどこかで労《いたわ》りたいと感じているのだ。

人間としての温かい思いやりの気持ちがあれば、そんな祖先たちを罵り、唾棄することなどできるわけがない。だからこそ、大勢の共感する韓国の人々があり、そんな人々に支えられて、この石碑は実現の一歩手前まで漕ぎつけることができたのだ。

振り返れば「日本人として生きるしかなかった」経験を持つ人たちのほうが、この石碑建立を強烈に応援してくれていた。退役軍人しかり、学徒兵であった老人しかり。

それはそのように生きるしかなかった人々が、反日を標榜する韓国社会の中にあって、初めて労《ねぎら》いの気持ちを感じた出来事だったからではないのだろうか。

市長が最後に言った。「私はいまでもこの碑文の何が悪いのかわからない」と。

あるとき、市長の両親もまた、日本に渡って仕事をしていたと話してくれたことがある。そんな両親の生活を知っているからこそ、その時代に生きた人たちを労うということに共感できたのだろう。

私はこの件を通じて、そんな韓国人の「ねじれた感情」をひしひしと感じていた。

韓国は国是として「反日」を標榜する国家である。だからこそ光復会のような抗日活動で命を落とした人たちの末裔がいまでも手厚く保護されている国家なのだ。

けれど独立運動を実際に戦った人は国民の一％にも満たない極めて特殊な人たちだ。むしろほとんどの人たちが国の運命に従って日本人として生きた「庶民」なのだ。

韓国人たちは反日という柵の中に囲い込まれている羊の群れのようだと思う。

好むと好まざるとにかかわらず、自動的にその柵の中で生活をしている。

今回の石碑のようなものにメンタリティとしては実は共感している。自分の親たちの生きざまを慰撫するものだからだ。

だが、光復会のように実際に抗日運動を戦ったバリバリの戦士の末裔が「親日はけしからん」と大きな声を上げれば、「反日分子として死にもせず」、「日本名に改名し」、時代の流れの中で生きのびてきた庶民の末裔は、ただ縮みあがるしかないのだ。

光復会に対して意見をしたり、いさめたりすれば、直ちに「親日派」というレッテルを貼られて柵から追い出され、社会的に抹殺される。だからだれもが「身を縮めて黙ってうつむく」しかない。

もちろん積極的な「反日派」もその群れの中にはいるだろう。声高に「反日」を唱えることで、柵の中では安全有利に暮らせるのだから。

柵の中には、そういった反日派と親たちの世代を思いやりながら、とりあえず柵内の法である反日に従う「庶民の末裔」たちがいる。

今回光復会が乗り出してきた時点で、いままで協力的だった人たちが一斉に寝返ったり、一瞬にして口を閉ざしたのには、そういう構図があるからだ。

韓国社会が「親日的」とされる言論を封殺したり、地位を奪ったりして、人々を社会的に抹殺するようなやり方を止めないかぎり、韓国の言論も社会も成熟しないだろう。

このことは韓国人自らが気づき改めないかぎり実現することはない。

これが韓国という国家の持っている病巣なのだと思う。

儒教国家であればこそ、親や祖父母の世代が抱えている「心の傷や悲しみ」を抱擁し共感してゆく次世代が育つべきではないのだろうか。しかしそれらは「親日派弾圧」という壁に阻まれている。

石碑は撤去されたが、「むしろ韓国に多くの理解があったからこそ除幕式一歩手前まで漕ぎつけることができた」――と朝日の原稿に綴った。

「〝立派な〟抗日戦士の末裔（光復会）」たちと「反日を標榜する〝正しい〟人々（革新派進歩連帯）」の思惑の中で石碑は撤去された。

だが、「親たちの心の傷や悲しみ」に共感する多くの韓国人によって石碑は建立にまで推進されてきたことも事実であり、軽視すべきではないはずだ。

第九章　撤去された石碑の再建の地を求めて

十円くらいの大きさの脱毛を発見？

心血を注いできた帰郷祈念碑が撤去されたことは衝撃ではあったが、いつまでも悄然としているわけにもいかない。正直なところ、泗川市と本格的な協議に入ってから石碑建立までの約一年間、本業である俳優の仕事には気もそぞろで身が入っていなかった。

撤去からまもなく、お昼のいわゆる「帯ドラマ」の撮影に突入した。ただでさえ「昼帯」といえば、業界でもハードなことで知られている。たくさんの台詞と長時間の撮影が四、五カ月続いた。

このときの撮影ではいままでになく台詞を覚えるのに苦労した。単語がバラバラに感じられて文脈がまるで頭に入ってこない。たぶん少し心が壊れていたのだろう。ようやくのことで撮影を乗り切った。

あるとき気がついたら十円玉くらいの大きさの脱毛があることに気がついた。それは転々と位置を変えながら一年くらい続いたろうか。

鉄のような強靭《きょうじん》な心を持っていると思っていたので、「この私が？」と、自分でもびっくりするような出来事だった。

石碑が撤去されてから、洪先生から「私有財産を毀損したのだから裁判を起こしては」とか、「警察に訴えては」というような意見も出されたが、私にはとてもそんな不毛な戦いを続ける気力も体力も残ってはいなかった。しかし石碑をいつまでも龍華寺の境内に無残な形で放置しておくわけにもいかない。

私と洪先生は「再建」への道を探っていた。

そんなある日、洪先生から嬉しい連絡があった。先生はこの石碑の一件をご自身の両親の菩提寺である元暁寺《ウォニョサ》住職に相談したという。険しい山のてっぺんにあるそのお寺では、とてもそのような石碑を建立できないが、さるお寺で引き受けてくれそうだという。

火中の栗を拾ってくれた法輪寺の慈愛

暦の上で春とはいえ、まだまだ寒さの残る二〇〇九年三月四日、私と洪先生は京畿道《キョンギド》龍仁市《ヨンイン》にある法輪寺《ポンリユンサ》を訪ねた。

到着してみると法輪寺は境内もたいへん広く、美しい伽藍をいくつも備えた立派なお寺だった。

私たちはお寺らしく清潔で広々とした応接室に通された。法輪寺は尼寺である。ご住職の鉉庵《ヒョナム》スニム（「スニム」はお坊さんの意）は私よりは幾つかお若いように見えた。先代の住職が亡くなり、住持（主僧）になってまもないという。鉉庵スニムは手づから丁寧にお茶をいれて私たちをもてなしてくださる。背が高く、堅苦しいところのないチャーミングな方だ。

私は神妙にこれまでのいきさつを話した。

静かに私の話を聞いていらしたが、やおら一枚の紙を取り出すとそこに何やらサラサラと書き、私の目を見つめながらその書面を差し出した。そこにはこう書いてあった。

黒田福美菩薩が
韓国に建立することを念願した
帰郷祈願碑を
本法輪寺に建てて差し上げることを約束します
２００９年3月4日
法輪寺住持　鉉庵　合掌

구로다 후쿠미 보살이
한국에 세우기를 염원하는
기향 기원 기념비 를
본법륜사에 세워 드릴것을 약석합니다
２００９년 3월4일
법륜사 주지 현암 합장

思いがけないことに私は涙が出るほど嬉しくありがたかった。

ご住職がおっしゃった。

「泗川で何が起こったか、ネットで仔細に調べました。大変な思いをしましたね。正直、私もこの石碑を受け入れるべきかどうか迷っていました。けれど洪先生から初めてご連絡をいただいた晩、不思議な夢を見たんです。

一羽の鵲《かささぎ》が飛んできて電線にチョンと止まりました。するとどこからともなくたくさんのカラスが現れて、その電線に数珠繋ぎに止まっていったのです。私はこの鵲があなたの夢に現れた兵士であり、次々に現れたカラスたちは、ともに浮かばれることを願っている霊魂たちなのではないかと思いました。

あまりのことに、この石碑の件で仲介の労をとってくださった元暁寺の老スニムに電話をして、こんな不思議な夢を見たと話すと、『お前もそうなのかい。私も不思議な夢を見たのですよ。野原にぽつりと一輪の白菊が花開いた。と、思ったら見る見るうちにたくさんの白菊が咲きだしてその野原一面を埋め尽くしてしまった』と言うのです。私はその話を聞いてこの石碑を受け入れてあげなければと決心しました」

私の茶碗に静かにお茶をつぎ足しながら、聞かせてくれたその話は本当に不思議な話だった。

いわくつきの石碑を受け入れることはお寺としても「あえて火中の栗を拾う」ようなもの

だ。この石碑のためにまた何かの問題が起こり、お寺が迷惑をこうむるかもしれない。

しかし、そう語る鉉庵スニムのお顔には、もはや一点の迷いもない。慈愛に満ちた目で私を労わるように見守っている。

私は本当に安心した。心に凝り固まっていたものが緩んでゆく気がした。

ようやく石碑はこの立派なお寺の境内で、この慈悲深いスニムたちに守られてゆく。さまよえる霊魂たちはようやっと安住の地を得て、心安らかに故国に帰郷できるのだ。

「本来のご縁は泗川市ではなく、私どもの寺にあったのです。遠回りの末にやっとここにいらっしゃいましたね」

こんな素晴らしいお寺にご縁をつくっていただいたのは何よりも洪先生のおかげである。私は心から感謝した。

「いや〜。よかったですね」と洪先生も安堵したように笑顔を見せた。


そうとなればまずは石碑を泗川のお寺から龍仁まで移送しなければならない。再建の日どりをいつにするかということについて鉉庵スニムはこうおっしゃった。

「それは九九節をおいてほかにないでしょう」

九九節《ククジョル》とは旧暦の九月九日、「重陽節《チュニヤンジョル》」とも言う。韓国では特に「非業の死」を遂げられた方をお祀りする意味があり、異郷の地、戦禍の中で亡くなった方を弔うのにはふさわしいという。

その年（二〇〇九年）の九九節は新暦で十月二十六日になる。再建を目指してもうひと頑張りだ。法輪寺に再建されればもうなんの心配もない。私の心も安らいだ。

泗川市への最後の主張

石碑移送にはどれくらいのお金がかかるかわからなかったが、「最後の地」へと移すためにはどんな出費もいとわないと覚悟をしていた。

しかし泗川市に対しては「人として」このまま許すことはできないと思っていた。最後にきちんと主張すべきこと、言うべきことを言って終わりたいというその一念で、泗川市庁舎を訪ねた。

正直なところ、「泗川」という言葉は聞くのも嫌だった。ましてや市長の顔を見るのも辛い。しかし石碑移送にあたって、一言言っておくことがある。

久しぶりの市長室で市長や観光課長に対面した。

「いままで石碑は龍華寺にかくまわれていましたが、このたびさるところに移送したいと思います。本来あの石碑は私の私費で制作した個人の財産です。それを市は勝手に撤去しました。その際に基壇の石材が一部破壊されました。その部分は相当の金額か現物をもって弁償していただきたい。また本来、市がこの石碑建立に対して協力を申し出なかったなら、泗川にあのような石碑を建立することもありませんでした。ですので、この石碑の破損部分の回復、そして移送には泗川市に責任があると思います」

当然の主張だとは思ったが、これまでことごとく無責任な対応ばかりしてきた泗川市がこのような要求を呑むとはまったく期待していなかった。ただ「けじめ」として、言うべきことは言って終わりたいという気持ちだけだった。

課長と市長はなにやら相談していたが、しばらくしてこの申し出を「了解する」と約束した。意外だった。かくして石碑は後日、市の責任において法輪寺近くの石材店に移送されることになった。

新しい碑文を真心こめて書いた

初夏の暑さを思わせる五月初旬、法輪寺を訪ねた。石碑は泗川市から近隣の石材店に届いている。

法輪寺極楽寶殿に案内された。祭壇には遺骨に見立てた珊瑚が入ったカプセルが祀られていた。光沢のある黒い石に刻まれた金色の八咫烏の文様がたいへんに美しい。石碑が撤去されたおかげで、こうしてまた目にすることができた。

「一番大切なものですから」とご住職は言って合掌した。

私は碑文の変更をご住職に相談したいと思っていた。碑文の中に卓庚鉉さんの冥福を祈ると

「個人名」があったことが泗川でも集中砲火を浴びる原因になった。この石碑が「韓国人太平洋戦争犠牲者すべてのみなさんの冥福を祈るもの」であり、一個人を祀るものではないということをはっきりさせるため、そしてなにより、これ以上法輪寺がこの石碑のせいで誹りを受けないためにも碑文から卓庚鉉の名を外すのがよいのではないかと考えていたのだ。

表面には「帰郷祈願碑」と碑銘だけを書き、裏面の碑文も新たに書き換えてはどうかと提案した。

またも光復会のような団体が、このお寺に押し寄せて石碑撤去を迫るのではないかと私は心配していた。すると鉉庵スニムはなだめるようにおっしゃった。

珊瑚片が収められたカプセル

「お寺の境内はそのようなデモ隊が侵入することなど許されません。ですからそんなに心配することはありませんよ。これは個人が建立する石碑なのですし、それをお寺で受け入れて建てるのです。それをとやかく言う権利はないのですから」

この日は龍仁に住んでいる長年の友人で、私がオンニ（姉さん）と慕う金秀仁《キムスイン》オンニが付き添ってくれていたのだが、私の草案を見て「名前の前に法名をいれてはどうか。そうすればこの碑が信徒個人の寄贈によるものだということがもっとはっきりするのでは」と提案してくれた。

ご住職もそれはよい考えだと賛成してくださった。

後日私はご住職から「香心」という法名をいただく。

「お香《こう》の香《かお》りはどんな小さな隙間にも入りこんで、かぐわしい香りを漂わせるものです。あなたも日本と韓国の間でかぐわしいよいことをたくさんするように。そういう意味で『香心』と付けたのです」

향심《ヒャンシム》。音に聞いても優しい名前でたいへん気に入った。

私が書き換えた碑文の韓国語訳は、私が「大阪のお母さん」と呼んで敬愛する柳貞浩《ユジョンホ》さんが監修してくださり、次のようにした。

太平洋戦争時
韓国の多くの方々が
異郷に無念の死を遂げられました
その御霊なりとも
懐かしき故郷の山河に帰り

태평양전쟁 때
한국의 많은 분들이
만리타국에서 억울한 죽음을 당했습니다
그분들의 영혼이나마
그리워하던 고향 산하로 돌아와

安らかな永久の眠りにつかれますよう
心からお祈りいたします
二〇〇九年　十月　二六日
法香心　黒田福美

편안하게 잠드시기를
충심으로 기원합니다
2009년 10월 26일
법향심 구로다 후쿠미

「お寺が尼寺だし、福美さんも女性だから優しい感じの文章がいいなと思って」

いつも真心で接してくださる柳さんならではの心遣いだ。

「異郷」は以前の石碑では「낯선땅（見知らぬ地）」としたが、柳さんは「万里他国」という言葉を選んでくださった。「遠く離れたさまざまな国々」という感じがして、戦地になった異国の山や海が目に見えるようだ。

多くの方たちの思いと細心の注意のなかで新しい碑文は出来上がった。

最後に、私はご住職に提案した。

「あの石碑には側面に卓庚鉉さんの履歴が刻まれています。それも削除したほうがよいのではないでしょうか」

ご住職は毅然として言った。

「いいえ、それは残しましょう。削除すれば長い年月のうちにこの石碑の由来がわからなくなってしまいます。いつかきっとこの石碑の意味が問われる日が来ます。その日のために卓庚鉉さんの履歴は残しましょう」

私は削除を申し出たものの、その言葉に胸が熱くなった。「朝鮮名で死ねなかったことが残念だ」と言い残した卓庚鉉さんの本名を、故郷のどこかに残してあげたい。それが私の念願であり、すべてはそこから始まったのだから。

家に帰ってから私は慣れない筆を執った。本来なら立派な書道家の先生にでもお願いしたいところだ。だが一連の騒動を見ていた母がこう言った。「もうこれ以上、人に迷惑をかけてはいけない。つたなくとも心がこもっていればそれでいいではないか」、と。確かにそれもそうだと思い、来る日も来る日も半紙に「帰郷祈願碑」と書き続けた。

本来なら「祈願碑」は「祈念碑」としたかった。「祈念」は「世界平和」など高邁な思想を心に思ったり、神仏に願ったりする場合に使われ、具体的な物事の成就（合格や安産など）を願うときが「祈願」なのだそうだ。しかし韓国では「祈念（기념）」という言葉はほとんど使われず、ハングルで「기념」と書けばだれもが「記念」の意味と受け取るということだったので、韓国の情緒にあわせてこのたびは「祈願」を採択することにした。

なかなか思うような字を書くことができない。筆を替えてみたり、わざと豪放な感じで書いてみてもなんとなく「嘘っぽい」。

母の言うように「つたなくとも一生懸命、真心から書いた」のであればそれでよい、最後にはそう思った。

厳かに執り行われた儀式とともに再建が叶う

十月二十六日、九九節当日。タクシーが法輪寺の境内に入ってゆく。

私は車窓にしがみつくようにして帰郷祈願碑の姿を探した。

碑は境内の蓮池のほとり、松の緑に抱かれて静かに立っていた。あの泗川の殺伐とした公園よりもはるかに幸せそうに見える。

自らの筆の跡、そのままが石に投影されているのはなんだか不思議な気がする。自分の字体はやっぱり貧相に思えたが、精一杯頑張ったんだし、と自分で自分をなぐさめた。

新しい碑文の書き換えと石碑の設置にはほぼ五百万W（約五十万円）かかったが、それまでに多くの方が寄せて下さったご寄付が本当に役立ってくれた。感謝に堪えない。

午前中は信徒さんたち合同の法要があり、その後、午後から私たちだけの法要が始まった。

極楽寶殿の祭壇には御霊の象徴であろうか、紙で切り抜いた人型が祀られている。そしてお餅や果物、ナムル、ご飯などたくさんの「お供え」が並んでいる。

再建なる。薦度齋《チヨンドジエ》（魂を呼び寄せる儀式）の後、鉉庵スニムと。晴れやかな気持ちが満ちていた。

ご住職をはじめ数人のお坊さんの読経とともに順序に従って、介添えの方が祭壇の真ん中に据えられたお鉢の中にそれぞれの食べ物を少しずつとり分けては入れてゆく。

まさに御霊に「お食事を差し上げる」ことを象徴している儀式だ。

すると、ご住職が介添えの方に「もっとたくさんの食べ物をお鉢に入れるように」と読経の途中で指図し、介添えの方はそれに従って、またふんだんにお鉢にそれぞれのお供え物を足していった。

私は今日まで、九九節の法要を続けてきたが、このような光景を見たのはこのとき一度きりである。

たぶんご住職は、これまでだれから

も法要を営まれずに放置されていた御霊が、さぞかし空腹であったろう、また久しぶりに供えられた故国の食事を懐かしんでいるだろうと、そんな思いがあってそのように指図なさったに違いないと思った。

参列したのは私のほかには洪先生と、友人の金秀仁ご夫妻、そして三進トラベル立木社長もわざわざおいでくださった。

読経の続く中、それぞれが前に進み出て介添えの方からうやうやしく茶台に載ったお茶碗をいただき、お水を注いでもらってから立ちのぼるお線香の煙にめぐらして捧げる。それから「큰절（クンジョル）」という正式なお辞儀で祭壇に向かって三回、そしてお坊さんに一回礼拝して席に戻る。自然と敬虔な気持ちになってゆく。

次に帰郷祈願碑の前に場を改める。すでにそこにもお膳の上に蝋燭とお香がともされ、お供えがしてある。同じようにスニムたちによってお経が唱えられ、お水を捧げ、礼拝の儀式が執り行われた。

そして最後に祭壇から石碑の前に祀りなおした「紙の人型」に火をつけた。それは瞬く間にめらめらと燃え上がり、灰となって空に舞っていく。魂が天に昇るかのように。

そうして一連の儀式は終わった。

思い返しても立派な儀式だった。法輪寺での初めての九九節は、たった五人だけが参列し、ひっそりと執り行われた。しかし大変な格式をもって厳かに執り行われた儀式だったと思う。

こうして無事に「帰郷祈願碑」が法輪寺に迎えられたことだけで嬉しく、これからここに未来永劫安泰にいてくれることを私は願わずにはいられなかった。

洪先生への不信が高まる

雨が降ると家の窓から雨脚を見つめ、「この雨をあの石碑も浴びているのだろうか」と思いを馳せた。できることなら、私も尼さんになって石碑を見守りながら法輪寺に暮らしたいような心境だった。

ソウルを訪れるたび、法輪寺へ赴いては石碑の無事を確かめずにはいられなかった。ソウルでは洪先生にもたびたびお会いした。だがこのころ、先生のお話の端々に「帰郷祈願碑」をめぐって、法輪寺のある龍仁市に対して何かを画策しているような気配が感じられた。

どうも先生は龍仁市に韓国版「平和の礎」建設を持ちかけているらしい。そのために鉉庵スニムにまでなにかと説得を試みているようだ。

また、お寺の財政など立ち入ったことについても聞き苦しいことをいろいろおっしゃるので、辟易としていた。

あるとき先生は私にこうおっしゃった。

「いまは法輪寺に帰郷祈願碑は建ててあるが、いずれ龍仁に『平和の礎』を造りたいと市に持ちかけています。いずれこれを財団にして、その理事長に福美さんがなったらいいと思います。そうなれば国家からお金が出ますから、福美さんには月々五十万円くらいのお金が入ってきますよ。そうなったらいいじゃありませんか。石碑も『平和の礎公園』に移せばもっと意味のあるものになりますよ」

「冗談じゃない」と思った。

石碑建立でさえ理解を得ることがこんなに大変だというのに、平和の礎だの財団だの、ましてや国家の資金を引っ張るなどおかしな話だ。

せっかくのご厚意でやっと法輪寺に安住の地を得た帰郷祈願碑。法輪寺にご縁を得たことをありがたいと思えばこそ、そこからまた移動などという考えは私には毛頭ない。

これまで法輪寺へはたいてい洪先生と同道していた。ご住職の目から見れば私と洪先生は一心同体、同じ考えを持っているように見えているかもしれない。

私には石碑を移す考えなど断じてないことを、はっきりご住職に伝えなければならないと思った。

私はあるとき一人で法輪寺を訪ねた。

ご住職はいつものようにお茶を勧めてもてなしてくれる。私は思い切って切り出した。

「スニム、今日はどうしても申し上げておきたいことがあって、あえて一人で参りました。洪先生がいらっしゃると話しにくいものですから。

帰郷祈願碑をこちらに再建することができて、私は本当に幸せだといつも感謝しています。御霊もきっと安住の地を得て喜んでいると思います。

ですが、洪先生は石碑を先々どこかへ移すお考えがあるようなのです。私はせっかくこちらに建てていただいた碑を、もうどこへも移そうという気持ちはありません。これからもずっとここに置いていただきたいと心から思っています。洪先生はスニムにどういうお話をしているかわかりませんが、先生の考えを私は受け入れられません。それが私の本当の気持ちです」

「あなたの気持ちはわかっていますから大丈夫です。心配することはありませんよ」

そうおっしゃると、スニムは洪先生の考えなどすべて見通しているというように微笑んだ。


スニムはこれから「千日祈禱」といって、三年もの間、お寺の敷地から一歩も出ずに連日祈禱を続ける修行に入る。修行に入ればたとえ病気になったとしてもお寺の敷地内から出ることは許されない厳しい修行だ。それにあたって事前にソウルの大学病院で検査入院をしていたとき、洪先生は病院にまでスニムを訪ねて何やら相談を持ちかけたようだ。詳しいお話はなさらなかったが、洪先生の思惑をスニムはみなわかっているご様子だ。

洪先生も齢七十を過ぎ、沖縄の平和の礎に携わったことから、今度は韓国に自らの手で韓国版「平和の礎」を完成させ、名を残したいと願ったのかもしれない。

これまでいろいろとご協力いただいたことは感謝に堪えない。しかし帰郷祈願碑建立に奔走する私の計画に乗じて、私に「露払い」の役割をさせながら自身の夢を叶えようとしていたのだとすれば、苦々しくもある。

「こうして法輪寺に縁を結んでくださったことには素直に感謝しましょう。あとは先生のお考えですから」

スニムのおっしゃるとおりだと思った。これから先どうなさるかは先生個人の問題だ。

実際に具体的な動きがあったとき、静かに私の意思をお伝えすればよいだけの話だと思った。しかしそれ以来先生が内心考えていたことが透けて見えたようで、私は洪先生に以前のような全幅《ぜんぷく》の信頼感を持つことはできなくなっていた。

石碑再建の翌年、二〇一〇年は日韓併合（一九一〇年）からちょうど百年目に当たる。石碑の再建が明るみに出れば、また反日の標的になるのではと内心戦々恐々としていた。

日本の新聞では各社「日韓併合百年」といった特集が組まれている。韓国で反日熱がまたも高まり、その矛先がせっかく再建を果たした帰郷祈願碑に向くのではないかと恐れた。

この年だけは九九節の法要も控え、頭を低くしてやり過ごすことにしようと思った。

その後も、先生には折りに触れて連絡を差し上げていた。

「龍仁市との話し合いは上手くいっていますか?」などと軽く様子を探ってみる。先生は「ええ、上手くいっていますよ」と決まって短く答える以外、具体的なお話はない。その様子からは何の進展もないことがなんとなく伝わってきた。

泗川市の協力を得て一度は建立まで漕ぎつけたものの、日韓間の大騒動まで巻き起こした帰郷祈願碑。それをさらに大規模にしたような韓国版「平和の礎」建設計画に、龍仁市が唐突に乗り出すとは考えにくい。

「心配するには及ばないようだ」と感じていた。

思いがけない贈り物

日韓併合から百年の年は無事にやり過ごせた。

そして明くる二〇一一年五月、私は韓国政府から勲章を授与された。

「あなたは韓国政府から勲章をもらえるらしいから、これまでの日韓での実績を文書で提出してほしい」と前年末ごろ韓国文化院長、姜基洪《カンギホン》さんから連絡があった。

「ええ!?　とにかく三十年もやっているんですから、一口に実績と言われても莫大な量ですよ。どの程度詳しく書くんですか。八十年代からテレビ報道をやってきましたが、番組名なんかも要るんですか」

番組や著作、講演などなど、その量たるやあまりにもたくさんで、どこからどう報告書を作ればよいか途方に暮れた。嬉しいというより、困惑のほうが先だった。

形式は問わないということだったので、マネージャーと記憶をたどりながら年表のようなものを作って、ようやくのことで提出した。

勲章の授与式は東京の韓国大使館の一室で行われた。プレスなども来ていたが、ごく簡素に行われた。

当日の叙勲者は、日韓経済協会会長（東レ特別顧問）の飯島英胤《ひでたね》氏と不肖私の二名。権哲賢《コンチヨリヨン》大使から、まずは「勲章証」という賞状のようなものが授けられ、続いて恭しく箱に入った「勲章」を頂戴する。

勲章は「セット」になっていて、正・副の勲章、軍人が制服の胸に付けているプレート状の「略章」、社章のように襟に付ける「襟章」とあり、その付け方や勲章の種類などを解説してある冊子も頂戴した。サッシュという肩から腰に斜めに襷掛けにする帯も入っている。その帯につるし、腰のあたりに下げる小ぶりのものが「正章」で、胸に付ける大ぶりのほうが「副章」だということを初めて知った。

銀製に七宝で彩ったものだが重量感がある。女性の薄物の服には付けにくく、やはり本来は男性のものなのだなと実感する。

私がいただいたのは「修交勲章　興仁章」といって日本式に言えば勲二等にあたる。

受勲の後、大使からお祝いの言葉があり、私たちもそれぞれに挨拶の言葉を述べて終わった。

大使館の方々も見守っていた。散会の後、趙世暎政務公使が近づいてきて私に言った。

「私は何度も叙勲の場面を見てきましたが、今回ほど嬉しいと思ったことはありません。こういうケースを初めて見ました。たいていは大統領から感謝状のようなものが三回ほど送られ、それから勲章をあげるのが普通です。黒田さんのようにいきなり勲章を差し上げるというケースは稀なのです」

勲章をいただいたのはもちろん嬉しい。けれどどこかで「腑に落ちない」気もしていた。なぜなら泗川の石碑建立にまつわる件では私自身も傷ついたが、結果的には韓国のイメージを私が傷つける結果になったと思っていたからだ。その張本人である私に勲章を授けるというのはどういうことなのかと思った。

韓国政府は日韓間の相克をえぐるような「騒動を起こした」ことには目をつぶり、むしろ「日本時代の犠牲者を悼むという私の思いを斟酌した」ということなのだろうか。

勲章は李明博大統領の名によって発行された。そして敬虔なキリスト教信者でもある権哲賢大使は「私があなたに直接勲章を授与できることを神に感謝する」と言ってくださった。その言葉は本当にありがたく、いまも私の胸に残っている。

「石碑建立について韓国政府としても容認したからこその叙勲であった」とおっしゃる方もいる。果たしてその真意はどこにあったのか、どう解釈すべきかは、いまも悩ましい。

六月、私は勲章ケースを携えて法輪寺を訪ねた。鉉庵スニムにはぜひお見せしようと思った。泗川であのような大騒動になった後、韓国政府から勲章を授けられたというのはある意味、国家の意思が示されたのかとも思う。だとすればそれは、私だけが受けたものではないと思えた。

勲章を見て鉉庵スニムも喜んでくださったが、私には次のスニムの言葉が深く残った。

「戦争犠牲者の御霊を成仏させることはとても大切なことです。ですが私はまず、目の前にいる日本女性の心を救ってあげたいと思ったのです」

その言葉は勲章とは比べようのないありがたさをもって私の胸に刻まれた。

雨が降っていた。傘をさして石碑を見に行く。雨を受けながらも石碑はしっかりと立っている。

「確かに無事にある」――そう確かめずにはいられない私の様子をスニムは笑って見ている。

「そんなに心配ばかりしていると、いまに石碑に足が生えて逃げてゆきますよ」――そう言って私をからかった。

併合百年の年は、世の中の動静に配慮し、息を潜めるように法要をお休みしたが、法輪寺に再建して三年目の年は、九九節の法要を無事迎えることができた。

なぜかこのとき、龍仁市の市長が法要の直前においでになり、石碑をお参りして帰られた。スニムによると、市長も熱心な仏教徒だという。それにしてもこの唐突な訪問は洪先生のアプローチがあってのことなのか。

しかしその後、今日まで龍仁市に「平和の礎」を作るという話は一切聞こえてこない。

そして洪先生もその年から法要にはいらっしゃらなくなり、私とは自然と疎遠になっていった。

第十章　光復会関係者を相手にして流した熱い涙

歴史スペシャル『卓庚鉉のアリラン』

それからしばらくして韓国国営放送局KBSのプロデューサーから自宅に電話があった。「特攻兵卓庚鉉さんについての番組を制作する。東京へも取材に行くので、そのときにインタビューをしたい」と言う。

もちろん言いたいことは山ほどある。けれどいまの韓国の情勢では理解を得られるとは思えない。それに、これをきっかけにして再び論争が起これば光復会などを刺激することにもなりかねない。

これまで帰郷祈願碑を法輪寺に再建したことは公表してこなかった。石碑が今後も無事であるためにも、できるだけそっとしておいてほしい。

私は丁重にお断りした。

二〇一二年三月十五日、『朝鮮人神風　卓庚鉉のアリラン』がKBSで制作、放送された。「朝鮮人特攻兵」を改めて検証しようとするその番組は、私たちが巻き起こした「帰郷祈願碑」にまつわる騒動がヒントになったことはその内容からみても明らかだった。

「朝鮮人でありながら、日本に与した唾棄すべき親日派」というような内容を想像していた私は、その番組のDVDを取り寄せてみて意外な印象を受けた。

番組は当時日本が行った「特攻作戦」がどういうものだったのかを、当時のニュース映像を交えながら丁寧に解説するところから始まる。

そして出撃が迫る中、孤独な朝鮮人特攻兵卓庚鉉こと光山文博さんと「特攻の母」と呼ばれた富屋旅館の女将、鳥濱トメさんとの交流が描かれていく。

他にも何人かの朝鮮人特攻兵の存在が紹介され、それぞれの背景が紹介されていく。兵士の中でもパイロットを志望することについては、「英雄的な存在」として、青年たちが「戦闘機乗り」に憧憬を抱いていった道のりも解説されていく。

また、戦況が厳しくなり国を挙げて国防に命を捧げる雰囲気の中、軍人であれば上官からの「特攻を志願するか」という問いに、だれもが「志願する」と答えざるを得なかった軍隊の厳しい状況が描かれる。

日韓両国で生き残った特攻兵の方々の証言、それぞれの大学教授や研究者たちの意見、遺族や関係者たちの証言などによって、卓庚鉉さんのように志願してパイロットとなり、しかも特攻という特別な任務に就いてゆかざるを得なかった朝鮮人兵士の苦悩、背景にあった個々人の事情などが次々と浮き彫りになっていく。

番組の終盤、まだ雪の残る冬の法輪寺に帰郷祈願碑を訪れる卓庚鉉の従兄妹、卓貞愛さんの姿が映し出された。貞愛さんは石碑に額をつけて泣きながら、「ここは韓国です。兄さんは故郷へ帰ってきたと思います」と語った。

左派系の盧武鉉大統領時代、併合当時、日本に協力した人物名を調査し編纂した『親日人名辞典』というものが作られた。彼らの責任をいまになっても追及してゆくためだ。

この辞典を制作する母体となった「民族問題研究所」所長のパク・ハンヨン氏は、番組のまとめとしてこのように述べた。

「卓庚鉉氏については連合軍に対して加害者である反面、日帝植民地構造の中での被害者的な側面もある。個人的な背景も考慮しなければならない」

実際に朝鮮人特攻兵については現在のところ「被害者」と判断され、名誉回復がなされているという。

そして同じく日本側を代表して神奈川大学の辻子《ずし》実《みのる》氏はこうまとめた。

「彼（卓庚鉉）が親日派かと聞かれたら、イエスともノーとも言えない。彼は親日派だったかもしれないが、そうさせた日本の植民地支配の歴史があるわけで、私は日本人としてレッテルを貼ることはできない」

その後に、ホン・ソンダムという作家が作った「アリランを歌う卓庚鉉」というタイトルの彫像が暗闇の中に浮かび上がる。

ゴーグルのついた戦闘帽の下には、髑髏と化した彼の姿がある。軍服を着た骸骨は椅子に座ったような姿勢だが、その周りには幾重にもテグスが張り巡らされていて「がんじがらめ」になっているのだ。アリランのピアノ演奏とともにナレーションがかぶさり、アナウンサーの締めのコメントへと繋がる。

「……卓庚鉉の慰霊碑にまつわる葛藤《かっとう》は、私たちが（歴史の）問題を解くことができなかったためにより大きく膨らんでしまいました。神風特攻隊員、卓庚鉉。果たして彼は歴史の加害者だったのか、それとも時代の被害者だったのでしょうか。その回答を求める努力こそが、いまも残る親日の影を振り払う道なのかもしれません」


番組は日韓両国さまざまな地方を訪ね、丹念なインタビューを重ねて丁寧に作られている。

番組内で浮き彫りになった朝鮮人特攻兵たちの姿は、光復会や反日団体がステレオタイプに言い募る、「日本の手先」、「天皇万歳を叫んで散った皇国臣民」とは程遠いイメージだ。

ある者は家族の将来を考え、またある者は時代の流れの中で、「死にたくない」、「行きたくない」と涙を流し、苦悩しながらも出撃せざるを得なかった実情が語られてゆく。

番組の「解釈」としては、「日本に併合された朝鮮において、軍国日本兵士の道を歩まざるを得なかった『時代の犠牲者』として、痛ましい気持ちをもって特攻兵を取り上げている」という感じが伝わってくる。

番組内でコメントしている人たちも立場こそ違え、それぞれに冷静に当時を回想し、また分析している点もよい。演出ではなく、事実が語られる中からおのずと見えてくるものがあった。

光復会幹部は取り付く島もなし

しかし、この番組を光復会は見逃してはおかなかった。放送から二十日ほど経った四月五日付で光復会会長名に於いてこの番組に対する抗議文を「公文書」として各所に送った。その公文書の内容には光復会の姿勢が如実に表れている。長文だがあえて全文を翻訳し、ご覧に入れようと思う。

光復会

〈題目〉　親日反民族行為者「卓庚鉉」関連、放送遺憾及び慰霊碑撤去要求

1、本会は去る3月15日に放送されたKBS歴史スペシャル『朝鮮人神風　卓庚鉉のアリラン』に対して遺憾を表明するとともに、「卓庚鉉慰霊碑（以下　慰霊碑）」が安置されている法輪寺から、同慰霊碑撤去を強く要求する。

2、慰霊碑に対する光復会の立場は以下のとおりである。
カ、対日抗戦期、軍国主義、侵略主義の元凶である日本王のために神風特攻隊員として活動したのち、死亡したため靖國神社に合祀され、今日日本の「軍神」として崇められている彼をもってして、「親日派なのか？　被害者なのか？」といういわゆる「両非両是論」（著者注・どっちつかずであいまいなこと）の軟弱な問題解決方式をとったKBSの安易な企画意図と台本執筆者の歴史意識不在を非難せずにはおれない。
ナ、KBSはまた、彼が出撃前にアリランを歌った食堂を紹介したが果たしてそれは事実なのか。仮に事実としても彼がわが民族の哀歓を負うアリランを歌う資格などあるのかを問いたい。またその事実を浮彫にし、彼が犯した民族史的犯罪の重みを減じ、民族の憤怒を希釈化しようとする放送の企画意図をとうてい容認することはできない。
ダ、本会（蔚山慶南《ウルサンキヨンナム》連合支部）が市民団体とともに死活をかけて慰霊碑建立を反対したにもかかわらず、間抜けな慰霊碑建立委（以下、建立委）が同慰霊碑の廃棄どころか、なんの縁故もない京畿道龍仁に所在する法輪寺に安置し、寺側とともに除幕式を挙行するという消息に、本会と全光復会員たちは驚愕を禁じ得ない。
3、これに関連して本会はKBSが公営放送の本分を忘却し、いい加減な番組を放映したことに対して不適切な処置と指摘しつつ、納得に値する釈明を要求するものであり、建立委と法輪寺側は同慰霊碑を即刻撤去廃棄することを望む。

4、本会のこの抗議を無視し、同建立委が法輪寺とともに同慰霊碑を撤去せず、継続して慰霊碑除幕式など追悼行事を推進及び、幇助するならば、本会は強力な実力行使も辞さないことを周知されたし。

この公文は、ＫＢＳ放送局、法輪寺、法輪寺の宗旨である曹渓宗の総本山曹渓寺、洪鍾佖教授などに宛てて送られた。

スニムの話では、光復会はまたしても石碑の撤去を要求していて説得の余地がない。撤去しなければ法輪寺門前、龍仁市庁舎前でもデモ行為を行うと息巻いているという。

「お寺にはデモ隊などが立ち入ることはできないのです。韓国では死刑宣告を受けた大統領でさえ、お寺の中に入ってしまえば公権力でも力づくで取り押さえることなどできない神聖なところです。まして、個人が供養のために寄贈し、お寺もそれを受け入れた慰霊碑です。それに対して撤去を要求する、しかも実力行使などの暴挙を行うことは許されることではありません」

私はとにかく光復会のみなさんと膝詰めで話をしなければならないと思った。

京畿道近郊都市の支部を含め、光復会の三人の幹部が法輪寺に集まった。公安警察の外事課からも一人同席して黙って話の行く末を見守っている。

いままでも光復会の人たちに説明してきた話をどんなに繰り返しても、彼らは頑として受け入れない。「もしかするとみなさんの親戚の中にも、日本兵として非業の死を遂げた方があるのかもしれない。そういう方を慰霊してあげたいと思いませんか」と言ってみても、「ああ、いるでしょうね。しかしそれは関係ない」と取り付く島もない。

ようやく再建が叶い、隠れるように法要を続けてきたというのに、なぜこの気持ちをわかってもらえないのかと思うと、無念で熱い涙がこぼれた。

どんなに言葉を尽くしてもわかってもらえるような相手ではないのだ。

さらに光復会本部を訪ねるも暖簾に腕押し

最後に、光復会の本部を訪ねてみようと思った。

光復会の電話番号を調べ、担当者に事情を話してお会いする約束をとりつけた。

光復会の事務所はソウルの国会議事堂前のビル内にある。一階の入り口では検問があり警備が厳しかった。エレベータに乗り、指定階のドアが開く。老人たちの会議の声が聞こえ「〇十億かかる」というような声が聞こえた。なにやら大きなお金を動かす力があるのかと思う。七十代の老人たちが行き来している。

受付で訪問の理由を伝えると会議室のような部屋へ通された。

しばらく待つとイノシシのような屈強な体躯の五十代の男性と、メガネをかけた管理職のような雰囲気の四十代の男性二人が現れた。私は名刺を差し出して穏やかに挨拶をしようとしたが、二人は私から異常なほど距離を詰めて威圧的に立ちはだかり、さらに組んだ腕を高々と上げて拒絶の姿勢を示した。

敵陣にたった一人で訪ねてきた外国人の女性を相手に、大人気ない態度だなと思った。

客の分際だが仕方なく言った。「お座りになってください。座って話をしましょう」。そう言って、出されていた紙コップの水を一口飲んだ。これから会議があるそうで、時間は約一時間と限られた。

私はできるだけ、物柔らかに泗川で除幕式が中止され石碑が撤去されたこと、そしてやっと法輪寺という場所を得て、三年の間、静かに法要を重ねてきたことを伝えた。政治的意図はまったくなく、日本人として韓国兵士を慰霊したいという二十年来の思いをようやく叶え、これからも静かに慰霊を続けてゆきたいとお願いした。

しかしイノシシ先生は体を背けたまま、聞く耳も持たないという態度だ。

「さ、もう時間ですのでお引き取りください」と吐き捨てて、そのままプイと引き揚げていった。仕方なく私は立ち上がった。

すると四十代の男性がこう言った。

「ソンセンニム、お送りします」。私は耳を疑った。

彼はエレベータまで私を送り、ドアが閉まるまで見送ってくれた。

「ソンセンニム（先生）」。その言葉はあまりにも意外で、私の心の中に幾重にも響き渡った。結局暖簾《のれん》に腕押しだったが、「あの人の心には私の思いが届いたのかもしれない」――そう思うとせめても救われたような気持ちだった。

いっそ目立たぬところへ……

二〇一二年の晩夏、改めて法輪寺を訪ねた。

スニムは麦わら帽子をかぶると魔法瓶にお茶を入れて私を裏山へ誘った。ベンチに腰をかけ、爽やかな風に吹かれながら話をした。

「ここはいったん、光復会の言うことを聞いてこちらが折れましょう。台風で大荒れの風が吹いているときに、それをまともに受けたのでは怪我をします。ここはいったん折れて時が来るのを待ちましょう」

私もやむを得ないと思っていた。今後お寺の門前や、なんの関係もない龍仁市にまで出向いてデモなどされたのでは申し訳ない。私が元凶になって迷惑をかけることはできないと思っていた。

「私もそう思います。残念ですが、石碑はこのお寺の敷地のどこか目立たないところにすっかり埋めていただいていいと思っています。なまじその姿が見えていれば、信徒のみなさんもどうしたのかと不審に思うかもしれません。いっそ、すっかり見えなくなってしまうほうがよいと思っています」

スニムは私をお寺の地下室に連れていった。私はそのとき、このお寺にこんなに大きな空間があることを初めて知った。

「石碑をそのままここにかくまうこともできると思います」

確かに天井も高く、ここならあの石碑もそのまま組んだ形で移すことができそうだった。私の心は揺れたが、こう申し上げた。

「人の口に戸は立てられません。ここにそのままの形で移せば、いずれだれかの口から漏れないともかぎりません。そうすればまた騒動になって、法輪寺が光復会に攻撃されるかもしれません。それが元でもっと光復会の気持ちがこじれて、再建が阻まれることにならないとも限りません。スニムのお気持ちは本当に嬉しいのですが、仕方がないと思います」


その年の九九節は、東京からも私の友人や先輩たちがたくさん法要に駆けつけてくれた。法要を終えた日本からのお客さまに、石碑の前でスニムがこう挨拶をなさった。

「もしかすると来年はこの石碑は少し違った姿になっているかもしれません。けれど慰霊する心に少しも変わりはありません」と。

お客さまたちはただならない気配を感じたのか、さざ波が立つように空気が変わった。

私もこれまでの光復会とのやりとりを改めて説明した。

こうして立派に建っている石碑の姿を見るのは、このときが最後になった。

再び倒された石碑

その年（二〇一二年）の冬、石碑は撤去解体された。その消息を聞いて法輪寺を訪ねた。石碑が設置されていた基壇の上には八咫烏の彫像だけがじかに置かれていた。碑文の書かれた本体は表面の碑銘を上にした形で基壇から四～五m離れたところに横たえられ、その胴体を半ば地中に埋めたかたちになっていた。その上に蓋をするような恰好で杉の木で作ったカバーのようなものがかぶせてある。

作業は地元の光復会の方々も見守るなか進められたそうだ。

「碑銘も見えてはいけない。完全に土中に埋めてしまえ」と光復会は指示したそうだ。

「碑銘が見えてはいけないのなら、カバーをかけておくからよいではないか」

そうスニムも食い下がったという。

おかげでカバーを外せば本体の姿を見ることができるようになっていた。

「可哀そうに……」

そう思わずにはいられなかった。

しかしこうして跡形もなく埋めてしまうのではなく、少しでもその姿を感じられるようにしてくださったこと、そして曲がりなりにも元あった場所近くに据えてくださったことに感謝した。

幸い信徒のみなさんが不審に思うこともないようで安心した。遺骨に見立てた珊瑚の入ったケースは基壇の下に安置したという。

「もうこれ以上毀損されることはない、そう思えばなんだかこれでホッとしました。石碑が倒れていることは残念ですが、私は精一杯やりました。私は石碑を二度まで建てました。この石碑を倒したままにしておくのかどうか、それでも平気なのかどうか、ここから先は韓国の人たちが考える問題だと思います。

次にこの石碑が建つときは、それは同胞の手によって慰められ、労われながら建てられて欲しいと思います。私が生きているうちに建たなくともかまいません。生きてその姿を見られなくてもいいと思っています。日本人である私の仕事は、これで終わったと思います。これで本当に満足です。ありがとうございました」

「いつか時代が巡ってくるのを待ちましょう。戦没者の御霊はこの法輪寺が永遠にお守りするのですから、どうぞ安心してください。順番から言えばまずはあなたがこの世を去りますが、そのときは私が代わって生涯お守りします。私が亡くなってもお位牌がありますから、このお寺が永遠にお祀りします。だからもう心配しないで」

そうおっしゃってスニムは明るく微笑んだ。

私は以前、洪先生がおっしゃった言葉を思い出していた。

「私はいろいろな石碑を見てきました。なかには逆さに建てられたものや欠けたものもある。石碑がどのように立っているかということにもその時代背景が見えてくるのです」

横倒しになっているということは石碑にとってみれば「不本意」かもしれない。しかし横倒しになったことで、立派に立っているときよりもむしろ、力強くさまざまなメッセージを発しはじめているようでもある。

「韓国同胞よ。私たちは民族の将来の繁栄を夢見たからこそ犠牲になり死んでいった。そんな我々の命と人生を、現代のあなた方はどのように考えるのか」と。

我欲を超えて

二〇一三年の法要から、スニムの勧めもあり、いままで個別に行っていた法要を信徒のみなさんと合同でするようになった。そうすることによってみなさんからも、より理解が得られるとのお考えからだ。

この年から福岡からも知人たちが法要に参加してくれるようになった。

福岡で日韓交流についての講演をした折、最後に少しだけ石碑建立の話を紹介した。すると、閉幕後に一人の男性が私のところにおいでになり、いくつかの質問をして帰られた。

のちに毎年この法要に参加してくださるようになる登山家、村岡由貴夫さんだ。後日、彼はこう言った。
「講演の最後に、福美さんが『我欲でした』と言わなければ、ただの軽薄なお騒がせ女優だと思ったよね」と。

私は泗川での石碑建立事件のあたりから仏道に関心を持ちはじめ、自分なりに仏の教えを学んでいた。難関に突き当たり苦悩を得る中で、その答えを仏教的な哲学に求めるようにもなっていた。

そんな視点から振り返ってみると、石碑建立へ邁進する中、「正しいことをしているのだから理解されるべき」という気持ちを持つようになっていた自分に気がついた。

もちろん正しいことをしていると信じるからこそエネルギーも湧いてくる。そんな無償の行為を理解されたいと願うのは自然なことかもしれない。しかし壁に突き当たった私は「理解してほしい」と思うあまり、「なぜこれが理解できないのか」という驕った気持ちになっていたのではないかという反省もあった。

理解されなくとも粛々と、淡々と歩むべきだった。「理解してほしい」と思う気持ちも「我欲」であり、その我欲があったからこそ、石碑建立にまつわる試練に強烈に苦しんでしまったと思った。余裕がなかったのだ。スニムのように、嵐のときには「引く」という柔らかさがなかった。

そんな思いが、口をついて出たのかもしれなかった。

広がる共感の輪

二〇一三年十月。石碑が横倒しになってから初めて迎える法要だった。村岡さんやその友人たちの尽力を得て、共感の輪は広がり、福岡からもたくさんの方が参加してくださった。男手も加わって心強くなった。

前日からテンプルステイをしている私たちは本堂での未明の読経を済ませると、日の出を待って石碑のある池のほとりへと下りていった。男性陣が石碑の重い木製カバーを外すと、土埃にまみれた石碑が現われた。

まずは石碑を綺麗に洗い清めることから始める。カバーの埃も洗い流し、天日のよく当たるところに立てかけて干す。朽ちた部分の補修なども手際よくやってくださる。

合同法要ではスニムから、私たち一団が日本から来た戦没者慰霊のための一団であることが紹介され、拍手をもって迎えられた。

韓国式の法要をみんな見様見真似で行う。お辞儀の仕方や、お水を捧げる作法も独特なので、戸惑いもあるがちょっとわくわくする新しい韓国文化体験でもある。

翌二〇一四年の法要の折も、未明の読経を終えると、私たちは当然のように手に手にバケツや雑巾を持って石碑のある池へと下りていった。

するとどうだろう。基壇から離れたところに埋められ、木製カバーがかけられているはずの石碑本体が、すっかりと清められて八咫烏の彫像の置かれた基壇の隣に寄り添うように横たわっていたのだ。

寝てはいるものの、石碑本体下部にはまるで礎石をかたどったような石材までがしつらえてあり、菊の花の鉢植も添えられている。一同その光景に「わー！」と歓声を上げげた。泗川の除幕式から毎年欠かさずおいでくださっている広島からお見えの堀ちず子さんと私は、嬉しさのあまり抱き合って喜んだ。

傍らにはこの碑の由来を書いた立て札まである。

私たちは思いもよらなかったスニムの計らいに心から感謝した。そして笑顔で写真をたくさん撮った。

いつか石碑が立つその日まで

信徒のみなさんと一緒に法要を営むようになってから今日まで、法要の折には日本からお茶やお菓子を持ち込んで、信徒のみなさんと法要後のひと時を、談話室でお茶を楽しめるように工夫をしていった。ソウル在住の日本人女性の友人たちも駆けつけてくれるようになり、私の右腕となって手伝ってくれる。

毎年少しずつ日本から訪問してくださる方も増えていった。また、この石碑のことを知った

福岡からの村岡組と。基壇の隣に寄り添うような石碑本体、二〇一八年現在も同じ姿。

見ず知らずの方から人を介してお布施を預かることもある。そういうお金はあえて日本円のまま浄財として納めることにしている。法要に来られないまでも、どれだけたくさんの方々がこの法輪寺に感謝し、朝鮮人戦没者への哀悼の気持ちを捧げているのか、きっとその思いがお寺にも伝わるだろうと思ったからだ。

信徒さんの中には、毎年私のところにやってきて「今年もおいでくださったのですね。ありがとう。どうぞこれからもずっと来てくださいね」とおっしゃって、握手をしてくださる方もいる。

私たちの思いは、鉉庵スニムの加護のもと、少しずつみなさんに伝わっているようだ。

いずれ法輪寺の九九節が、私たち日本からの訪問団と韓国のみなさんの「交流の場」になればいいと夢見ている。お互いに当時のことやそれぞれの想いなどを語り合いながら、理解を深めてゆくことができたら素晴らしい。それは泗川のときからの願いでもあった。

紆余曲折あったけれど、石碑は収まるところに収まったと思っている。御霊も日々法輪寺での供養を受けながら安らかなことだろう。

石碑は立っているほうがよい。けれど立っていなくともまたよいと思う。

あとはただひたすらに「法輪寺」の発展を願うだけだ。

いつかこの石碑を受け入れてくださった鉉庵スニムの行いが、大きく評価される日が必ず来ると信じている。

エピローグ――「真実を語る人」がいなくなる前に

未来へ向けて思うこと①

私は八十年代から三十有余年、韓国を見つめ続けてきた。当時から韓国といえば、代名詞のように「近くて遠い国」といわれてきた。そのころも韓国は反日感情が強いとされ、初めてソウルに足を踏み入れるときには「日本人としていったいどんな誹《そし》りに遭うのだろうか」と戦々恐々としたものだ。

当時日本では韓国についていまのように情報もなく、暗く剣呑《けんのん》なイメージしかなかった。誤解を恐れずに言うならば、ちょうど「北朝鮮に行く」というくらいに「危険」な感じを普通の人は抱いており、実際私が初めて訪韓すると決心したとき、周囲は驚いて不安がり、「生きて帰ってきて」と女友だちは私の手を握って心配したものだった。

しかし実際に訪れてみると、そんな心配は杞憂《きゆう》に過ぎなかった。人々は私が日本人だと知ると、あからさまな好奇心を持って近づいてきて、なにくれとなく親切にしてくれるので、拍子抜けするほどだった。人懐《なつ》こい人たちだと思った。

報道を通して遠くから想像していたことと、あまりにも違っていた。韓国人の温かく人情味あふれる手触り、「アジアの熱気」と発展途上の人たちが放出するエネルギー、そのおおらかさに日本人とは一味違った魅力を感じ魅了されていった。

報道などで語られる「反日国家、韓国」と、そのただ中に飛び込んでみて「肌で感じた韓国」には大きな隔たりがあると実感した。

その乖離感が大きければ大きいほど、「本当の韓国の手触りを日本に伝えたい」と情熱を燃やしてきた。

「昼は反日、夜は親日」と昔から言われるように、韓国人にも「本音と建て前」があるとつくづく思った。

昼、つまり「政治的局面」では反日が国是であり、日本をぐいぐいと追い詰めなければならない。しかしその反面（夜）では、だれもが日本を仰ぎ見ていると感じた。

日本製品の優秀さはだれもが認めるところであり、家電製品から化粧品や薬品に至るまで「お土産には日本の○○が欲しい」と具体的な商品名を語った。

たとえば、象印の炊飯器、ソニーのウォークマン、アリナミン、救心、エビオス、キャベジン、資生堂の化粧品、文明堂のお菓子などなど。

そして日本統治時代に青春を過ごしたお年寄りに喜ばれたのは、美空ひばりに代表される懐メロのカセットテープなどだった。安物の電卓一つとっても、「日本製は壊れない」と喜ばれた。

そのような優れた製品は、日本人の勤勉さや几帳面で正確を極める性質から生まれることを、みなよく知っていた。昔も今も韓国人の日本人評は「勤勉で優しい。約束を守る。公衆道徳や規則を守る。親切で清潔」というところだ。

二〇〇二年韓日共催ワールドカップの折には、「親切・清潔・秩序」、この三つを日本から学ぼうという啓蒙番組がたくさん作られた。かくいう私自身が当時ソウルに暮らしており、KBSの日本紹介番組のレポーターを仰せつかっていたのだから間違いのない話だ。

私はこの十年余り、三進トラベルとツアーを企画し続けている。「韓国の地方の魅力をめぐる旅」だ。二〇一六年は「韓国儒教」をテーマにして安東を三泊で訪れた。

その折、ある名門のお宅にお願いして「本物の祭祀（法事）を見学させていただく」という企画をたてた。

その家の当主はまだ四十歳そこそこで日本の大学に留学経験もある。その彼が法事が終わって最初に言った言葉は、「日本のみなさんの秩序ある態度には本当に感心した」という一言だった。

「韓国人だったら前もってお願いしておいたとしても、うるさく騒いだり、フラッシュをたいて写真を撮ったりと騒がしいことと思う。けれどみなさんは、神聖な法事の儀式が続くときは離れて静かに見守り、それらが終わるとまたそろそろと近づいてきて、様子を見ながら控えめに写真を撮っている」と、つくづく驚いた様子で語った。日本をよく知っている人からこのような言葉を聞くとは思ってもみなかったが、よく考えてみれば、むしろある程度知っている人のほうがさらに日本人と韓国人の違いを細やかに感じ、多くの気づきを得たのかもしれない。

余談だが、私が「旅を通じた日韓交流」に長年こだわってきた理由もここにある。日本人（あるいは韓国人）というものがいったいどういうものなのか、旅のちょっとした場面の中で感じてもらえることが大切だと信じているからだ。

このように実際は韓国人の日本人に対しての評価は高い。そしてさまざまな局面で「自分たちに欠けているものが日本にある」ことを知っていて、日本の文化や日本人の態度の中に「学ぶべき点」を見いだそうとしているところもある。

昨今の日韓関係は、これまで体験したことのない激しい嵐が吹き荒れている。しかしそんな中、韓国人はこのように言ってはばからない。

「私たちは日本国民そのものに対しては何の悪感情も持っていない。ただ歴史や政治の面では許すことができない」のだと。

　では実際に人々がどれくらい日韓の歴史を知っているかといえば、首をかしげざるを得ない。率直にいえば一般的韓国人は「政府広報的歴史観」を鵜呑《うの》みにしているのであって、個々人に「事実」を確かめてみようとする態度はない。

　韓国では盛んに「歴史認識」という言葉が多用されるが、「認識」や「解釈」はその国の立場によって変わらざるを得ない。

　大切なのは普遍的な「事実」を知ることであり、それを確かめることではないだろうか。

　たとえば一般の日本人に「竹島はどちらの領土か」と尋ねたら、多くの人が「わからない」と答えるだろう。なぜならば日本側の主張と韓国側の主張、両方を自分なりに検証し、ある程度の見識がなければ、「軽々には答えられない」と躊躇《ちゅうちょ》するのが日本人だからだ。

　先日、竹島の属する島根県松江市にある「竹島資料室」を訪れた。

　日本国は「竹島は日本の領土だ」と自信をもって主張しているが、一番印象に残ったのは資料室でエンドレスに流れている竹島問題を解説するＶＴＲだった。そこに登場している解説者の方は、竹島が日本領土である根拠を説明しながらも、最後にこのように述べていた。

「この問題の解決は複雑で極めて難しい。私たちは韓国の側の言い分にも耳を傾ける態度が大切だと思う」と。

　私はそれを見て、「実に日本人らしい」締めの言葉だと思った。

韓国人は幼いころから「独島（竹島）はウリタン（わが領土）」とスローガンのようにして刷り込まれてきた。「根拠」を検証することなど必要ない。「わが領土だから、わが領土なのだ」という態度である。

しかし日本人は、自分が「知っていると思っている」ことにも、「果たしてそれは本当か」と自問する姿勢がある。だから意見を述べるにも慎重だ。

ところが韓国人は歴史的根拠を述べられなくとも「お国がそう言っているから」ということを頼みにして堂々と主張する。それが私たちの目から見れば荒々しく、また理解しがたいことと映る。

訪韓の折、私はタクシーの運転手さんや何かの折に出会った人たちに歴史観や政治的な問題に関する質問を投げかけるよう心がけている。

一般の人たちにどのくらいの見識があり、どのような意識を持っているのかを探ってみたいと思うからだ。すると、意外にもとても穏やかな会話が始まる。

歴史観はさておいて、まず「日本と敵対していてよいことはない」という意見や、「当時韓国の側も無策であったことを反省しなければならない」といった自省の言葉まで聞くことができる。「支配されたことは残念だが、わが国にとってはあったほうがよかった試練だったかもしれない」とおっしゃる老人もいた。

相手に歴史誤認があると感じた場合には、私が諄々《じゅんじゅん》と説明すると神妙に耳を傾けながら驚いたような表情で、「初めて聞いた話だ。いったいあなたの職業は何か」と振り返って私の顔を覗き見る方もある。

そんなときには、決して声を荒げて言い負かそうとするような荒々しい雰囲気はない。一対一になれば、だれもが実に落ち着いて意見交換をしてくれるのだ。

時には、「日帝は無辜《むこ》の民を惨殺し、こんな悪事をしたのだ」と言って、当時の日本の蛮行が綴られたサイト画面をスマートフォンで私に示した方もあった。

イラスト入りのかなりの長文だったが、そのイラストはなんと辮髪の中国人が幅広で反《そ》り返った形の刀を振り回して残忍な行為をしている絵だった。

「ここに描かれている人物の髪型を見てごらんなさい。中国人ですよ。これは辮髪《べんぱつ》というのです」と言うと「そうなの?」と素直な答えが返ってきて、それから先は何かを考えているように押し黙ってしまうというようなこともあった。

あるとき、一時期職業軍人であったという人と話したことがある。軍では諜報機関に服務していたそうだ。彼の話も興味深かった。

「いまの韓国国民は、だいたい三カ月に一つの割合で『イシュー(争点)』を与えられているように思える。国は大衆につねに新しい争点を提供しながら、国民の目をそらしているように思える」と。

自分たちの置かれた状況を想像以上に冷静に受けとめ、分析している人も少なくないと知った。

韓国では、「○○会」などと銘打った「市民団体」が幅を利かせている。このように集団として徒党を組むと、自己主張が先に立つのか、相手の話を聞こうという姿勢がいきなり失われる。

それはまるで、駄々っ子が耳をふさいで「知らない！　知らない！」と大声で叫びながら対話を拒否するのに似ている。

一対一になれば、「ちょっと話を聞いてみよう」と思うのに、自分の行動を見守る第三者がいたり、集団になるとなぜ頑《かたく》なになってしまうのか。

だが、まずはお互いに「事実」を紐解くことが大切であり必須なのではないだろうか。

私は以前、韓国大使館で講演を依頼された折、大使もいらっしゃる前で僭越《せんえつ》ながらこのような話をしたことがある。

「まずは日韓の歴史に関係する条約文など、お互いが署名・押印し、『否定する余地のない文書に限って』、たとえば『日韓公文書図書館』などと銘打ったネット上の仮想書庫を作り、公開したらどうか」と。

「認識」も「解釈」も一切介在しない「事実」のみ。

互いに交わしたものであるから、韓国語と日本語が併記されている。また場合によっては英文表記も併せて確認することができるだろう。日韓間だけでなく、日韓の歴史に関わったそのほかの国との条約文（たとえば「下関条約」）などもあってよい。

だれも否定する余地のない条約文書だけをひとまとめにして公開する。これなら日韓双方とも文句のつけようがない。

このような文書が検索しやすい形で公開されていれば、あまりにも歴史的事実にそぐわない発言の横行をお互いに少しでも抑止することができるのではないか。また事実関係を知りたいと思う人にとっては、個人的に両国の外務省や外交部などのサイトに入って検索したり、訳文を探す手間も省ける。

これらは研究者たち、また歴史の真実を知りたいという人たちの助けにもなる。

お互いに敵対し、異なる主張に声を荒げる前に、このように「仮想書庫」などを創設して公開し、だれもがいつでも簡単にアクセスできるようにしておくことでベースを作ってはどうだろうか。

相手の言っていることを、根拠なく「妄言だ」と一言で切り捨ててしまうのは大人気ない。

このようなサイトがあることだけでも、論外な主張をする人たちへの「抑止」にもなる。そのこと一つだけでも、大きな意味があると思う。

未来へ向けて思うこと②

最近の事件でたいへん由々しいと思ったことがある。世宗《セジョン》大学の日本文学科教授、朴裕河《パクユハ》氏が執筆した『帝国の慰安婦』（朝日新聞出版）という書物が、慰安婦女性を侮辱したとして市民団体が訴訟を起こし、著者が在宅起訴されるという大事件になったことだ。

朴教授はこれまでにも『和解のために』という本で、日韓ではとかくタブー視される「教科書・慰安婦・靖國・独島」の問題を果敢に扱ってきた。

朴教授は高校卒業後慶応大学に進学し、早稲田大学大学院で博士号を取得した。その後も研究員として日韓を往来しながら研鑽を積んだ方で、小柄で繊細な雰囲気の女性だ。そんな朴教授が学者としての見地から取材し、まとめた慰安婦の実情が「慰安婦の名誉を毀損している」として市民団体によって訴えられたのだ。

慰安婦の行為が売春であったと断じた点、また日本軍とは同志的な意識があったとした箇所などが問題になった。著書は発売禁止を求められ、賠償金支払いのために給料が差し押さえられるなどした。裁判を終えたときの写真だろうか、小柄な朴教授が報道陣にもみくちゃにされている姿はあまりにも痛ましく、見るに堪えない。裁判はいまも継続している。

このような事件は他にもいくつかある。

学者が自身の学問として真摯に研究していることがこのような言論封殺を受け、さらに裁判沙汰になるのでは、韓国はとても自由な国家とはいえない。「表現の自由」どころか、研究者が「学問の自由」を奪われるというのは、一人の学者の人生を毀損するだけでなく、国家の名誉にも関わることではないだろうか。

この事件を受けて日本では、外国人有識者を含む五十四人のジャーナリストや学者たちが「言論に対しては言論で対抗すべきであり、学問の場に公権力が踏み込むべきではないのは、近代民主主義の基本原理ではないでしょうか」と指摘して抗議声明を発表した。

まるで見せしめのようにして社会的制裁が加えられるのを目の当たりにすれば、社会は萎縮するしかない。

このような批判も韓国内で大きな争点にはなっていないようだ。

しかしそれは声を発することができないだけで、「こうした言論封殺が行われる国家が果たして民主国家といえるのか」という自らに対する疑問は、韓国社会の中にもじわじわと広がっているのではないかと思う。

それにしても韓国の市民団体は左派であれ右派であれ、モンスターのようだ。

韓国政府は彼らの存在を都合よく利用してきたようにも見える。反日を声高に叫び、大使館前で日本の国旗を焼いたり、首相の写真を踏みつけたり。昨今では大使館や領事館の前に彫像まで据えている。

しかし韓国政府は「市民団体のやることに政府は介入できない」と静観するばかりだ。「市民団体」を標榜すればやりたい放題なのか。「韓国に法はないのか」と言いたくもなる。

実際、あるとき某地域の韓国領事館副領事が私に笑いながら言った。「わが国には『国民情緒法』というものがありますからね」と。もちろん冗談のつもりで言ったのかもしれないが、それが外交官の言うことかと内心驚いたものだ。

彼ら「市民団体」の存在を卵にたとえるなら、まるで外側の固い殻のようだと思う。殻は卵のごく一部であるが、卵全体のイメージをかたどっている。

卵の中身である韓国の一般庶民はもっと柔軟で、日本の主張にも耳を傾けようとする向きもある。彼らは政治的な話題には距離をおいている大多数の「普通の国民」でもある。

しかし報道を通じて私たち日本人の目に映るのは、固い殻をゴリゴリと押しつけてくる「市民団体の主張」ばかりだ。

内包された、おとなしくうつむいている一般庶民の姿は殻に覆われてなかなか見えてこない。私たち日本人は「市民団体」の主張が韓国の「国民世論」であると決して誤解してはいけない。報道ではいつもそこのところが欠落してしまうが、市民団体は韓国一般国民から見ても極めて特殊な一部過激な人たちであることを、私たちもよくわきまえておかなければならない。

それは私たち日本人が、街宣車で声高な主張をしたり、過激なデモやヘイトスピーチを行う人たちの発言が必ずしも日本国民の総意であると思えないのと同じである。

私は「市民団体」が反日を標榜することを問題にしているのではない。それぞれに思想信条があってよい。しかし韓国では「反日というカード」を掲げた団体が前面に出てくると、彼らの行動を諫《いさ》めたり、批判することがだれもできなくなるのが問題なのだ。

「反日の御旗」はまるで「伝家の宝刀」のような力を持っていて、ひとたび歯向かおうものなら返す刀でこちらが斬られる。

「反日派」に異議を唱えることは「親日派」の嫌疑をかけられ社会的に抹殺されるという、「火の粉をかぶる」ことになるからだ。

だから韓国国民はまちがっても、「現役」の間は「親日派」と誤解されないように行動に気をつける。

心の中でどう思っていようとも、「反日団体」に正面から物申すのは身の危険があるのでできない。

まるで北の首領さまの粛清を恐れて忠誠心を表す人民のようだと思うことがある。

勇気をもって自分の意見を述べられるのは、たいてい現役を退いて、失うことを恐れない人々や、余命が見えてきた老人。はたまた注意深く「個人を特定されない」ようにして、ネット上などで意見を展開する人々などだ。

しかし韓国はこうして「反日一色」に言論を偏らせていてよいのだろうか。日韓の歴史に関して、さまざまな意見や学問的な見解が自由に述べられるべきではないのか。そうであってこそ成熟した社会になってゆくのではないだろうか。


ところで、私の帰郷祈願碑の騒動を振り返ってみる。


日韓併合時代の韓国において、「日本軍人」であったことは現代の韓国では「親日派」とみなされる。

特に盧武鉉政権の折には、いわゆる「反日法」が施行され、『親日人名辞典』が作られて、当時親日的行為をした者は現在では「反民族行為者」とされ、土地財産を国家に没収されたり、芸術家・文化人などは作品の使用や展示が控えられたりもする。

この法律のために、近現代韓国の礎を作った国民的文化人までもが「親日派」に属することになり、結局はどうしようもない自己矛盾を起こしている。

この法律は「遡及法・事後法」という誹りを受けざるを得なかった。

法律は普通「実行の時に適法であった行為については、後に刑事上の責任を問われない」のが一般的であるが、これに著しく反しているからだ。

日韓併合時代、韓国は国を失い、厳然と「日本国」であった。韓国人も「日本国民」として日本の法律に従って暮らしていたのだ。

そのような時代背景の中で、なぜ日本の「法」に従った者は「売国奴」という汚名を着せられねばならないのだろうか。

日本の法に従って軍人・軍属に志願した者は親日的罪人であり、日本の法令に従って徴兵や徴用で召集された者は「強制連行者」として情状酌量となるのか。

当時、朝鮮半島からは多くの人々が仕事を求めて日本に渡ってきた。そんな人たちはどう判断すべきか。日本の企業に従事したら罪なのか。

もっといえば、日本名に進んで改名した人たちはどうなのか。

朝鮮が日本国であった以上、好むと好まざるとにかかわらず、生活のため、生きてゆくために、多くの人が日本の法に従い、結果として直接・間接的に日本に貢献したかもしれない。それも罪だというのか。

聖書の言葉に「罪なき者　石もて打て」という言葉がある。

姦淫《かんいん》の罪を犯した女性を石打ちの刑にしようと群衆が取り巻く中、「あなた方のうちで罪なき者がいたら石を投げなさい」とイエスが言うと、その場から人々は立ち去ったという逸話である。

日韓併合下、創氏改名が施行された一九四〇年二月から八月までのたった半年の間に、朝鮮では約八〇％の人たちが日本名を届け出た。お年寄りに話を聞くと、「当時は国がなかった。また、再建できるなど想像さえもできなかった」時代だという。

日本の政策に従った者が売国奴なら、諦観の中で日本名に改名した八〇％の一般庶民も売国奴だというのだろうか。

それとも、改名程度なら罪は軽く、兵士になれば罪は重いというのか。

創氏改名はその後、期日を過ぎても受け付けられた。いまを生きる人たちのほとんどが親や祖父母の世代に日本名を持っていた。それが罪か。だとしたら韓国人のほとんどが「罪の子」だというのか。

そうではない。「そうして生きるしかなかった」、「そういう時代だった」というのが本当のところではないだろうか。

「真実を語る人がいなくなる」という思いの手記

泗川での石碑撤去騒動から約二年後、二〇一〇年一月六日、朝鮮日報にある投稿記事が掲載された。

泗川からもほど近い「晋州」に在住の当時八十六歳の禹守龍《ウスヨン》さんの手記である。

禹さんは併合下の朝鮮から、満一歳で両親とともに和歌山県に移り住み、二十一歳のときに召集を受けて故郷晋州へと帰省する。本籍地から出征することが規則になっていたからだ。

物心ついてからずっと日本で暮らした禹さんにとって、晋州は初めて目にする故郷朝鮮の風景だった。晋州の小学校校庭に召集された若者たちが集まっている。地元住民が小旗を振って出征する青年たちを激励し、見送る様子が描かれる。そして日本国併合下における朝鮮の人々の意識などにも触れられていく。

入隊後は日本兵、それも「人間地雷」の特攻兵として苛烈な訓練を受けた禹さんは、終戦によって辛くも生還する。

終戦を機に祖国に帰ることを決心するが、日本で暮らした禹さんにとって、母国語である朝鮮語を必死で学ぶ日々が続き、苦労の末に警察官となる。

その後勃発した朝鮮戦争では警察戦闘要員として服務し、国家有功者となって現在まで恩給を得て不自由のない生活をしている。

禹さんはそんな自らの境遇と卓庚鉉《タクキヨンヒヨン》の生涯を引き比べ、卓庚鉉のように死んでしまえば「売国奴扱い」であり、生き残って「朝鮮戦争」に参加した者は「功労者」とされる矛盾を突いていく。

自分たちの世代が死に絶えれば「真実を語る者がいなくなる」という切羽詰まった思いで、だれかが書き残さねばならないと投稿に至ったという。

私は正直、この記事を読んだときに驚きを感じた。なぜなら国家を代弁するような保守系新聞「朝鮮日報」にこの記事が大きな紙面を割いて掲載されたからだ。

この投稿が掲載された背景に一体どんな意図があったのだろうと思った。

禹さんの原稿に描かれた当時の様子は、私が直接お目にかかった方たちの話と照らし合わせても、当時の日韓両国の人々の生活や心情がありのままに反映されていると思う。

大変貴重な文章なので、以下に全文を紹介する（※カッコ内は著者注釈）。

私も反民族行為者だった

私たちの世代は生まれたときから日本国民であった。それも兵役義務も参政権もない二等国民であった。私たちは「戦場で死ぬこと」を対価に、残る同族たちの地位が向上すると信じた。（リード部分）

私は日本統治時代、朝鮮人徴兵一期該当者であり、今年八十六歳になる。私たち世代の者はみな亡くなってしまった。生き残っているのはさほど多くはない。それさえもまもなくみな消え去ってゆくことだろう。そうなれば我々世代は永遠に沈黙することになる。だからこそ言っておきたいことをこれから申し上げる。

日本自殺特攻隊神風隊員であった慶南泗川市出身の卓庚鉉氏が1945年5月11日、飛行機によって沖縄に停泊していた米軍艦隊に向かって突進、自爆してその命を終えた。まさにそのとき、私は当時大田に駐屯していた日本軍第224部隊の兵営で徴集された日本兵として爆弾を胴体に巻き付け敵軍の戦車の下に潜り込み自爆する訓練に日々明け暮れていた。もしあと数カ月、戦争が長引いていたら私もどこかの戦線に送られ、訓練どおりに「人間地雷」となって敵軍の戦車の下に潜り込んで死んでいたことだろう。そうであれば私も卓庚鉉氏と同じように「反民族行為者」という誹りを受けていたのだ。

しかし卓庚鉉氏が亡くなって三カ月ののち、我が国は解放された。その解放は我々が戦って手にした成果ではなく、だれも予測がつかなかった状況の変化によってもたらされた「授かりもの」だったのだ。なんにしても解放のおかげで生き残った私は、解放された祖国に帰国し、朝鮮戦争のときには警察戦闘要員として参戦することになる。現在は「国家有功者」として優遇されながら安楽な生活を送っている。

その反面、あのときに亡くなった卓庚鉉氏は日本国のために命を投げうった「反民族行為者」として哀しき亡霊となり、故郷へ帰ることさえ同胞、同族たちによって阻まれているのだ。これはずいぶん不公平な話ではないか。生きて「国家有功者」の身分でいる私が申し訳なくも恥ずかしい。

卓庚鉉氏と私は年齢も当時二十代前半で同世代だ。私たち世代は生まれたときから日本国民であった。それも無為無策のうちに国家を失った祖先たちの原罪を受け継ぎ、兵役義務がない代わりに参政権もなく、日本人たちからあらゆる差別を受ける「劣等なる二等国民」であった。その悲しみは、乳飲み子であったころから日本に育った私にはより強く、肌身に感じてきた。

同胞の大人たちの間では、「朝鮮独立」などという囁きも時折うっすらと聞こえてきもしたが、そんなことは泥沼の生活をしている少女がシンデレラを夢見るようなもので、まるで現実味がなかった。そんななか太平洋戦争が勃発し、朝鮮人にも兵役義務が課せられるなか、私自身徴集一期に該当したのであった。まさかと恐れおののいた。死ぬのが怖かった。

しかしその時分から私たちに対する日本人の態度が変わりはじめた。以前にはあからさまに「チョウセンジン」と言って、私たち民族を蔑んだ彼らが、そういった言葉遣いを自ら慎むようになり、その代わりに地域を指して「半島人」と呼ぶようになった。私に「君たちにも必ず参政権をやるから我々とともに権利を行使するように」と言う日本人の友人が増えていった。

私は私たちに与えられた兵役義務を肯定的に考えるようになった。つまり、私たちが戦場へ赴き、死ぬことを対価とすれば、残る同族たちの地位が大きく向上するだろうと信じたのだ。

私には直接召集令状は来ず、本籍地の役場に来て令状を受け取ってから入隊するようにという役場からの知らせであった。それから私は初めて見る故郷の役場に出向き、一晩泊まって次の日に国民学校の校庭で開かれた歓送行事に意気軒高な青年たちとともに出席した。たくさんの故郷の人々が私たちの門出に激励を送ってくれ、故郷の後輩である学生たちも手に手に旗を持って振りかざしながら見送ってくれた。私たちは誇らしい気持ちで堂々として入隊を果たしたのであった。どうせ死ぬのなら日本兵よりももっと勇敢に死んで、朝鮮若人の気概を見せてやろうと思っていた。愚かだったかもしれないが、一点の恥じるところもなかった。以上が「反民族行為者」である私の弁明のすべてである。

故郷で行われた歓送行事が、実は日本の圧力によって作りだされた偽りの行事であったというような話は耳にタコができるほど聞いた。けれどもそれはすべて自らの誤ちではなく、他者のせいなのだろうか？　私たちは誰一人として国を失った祖先たちの原罪から逃れることはできないのだ。その事実を謙虚に受け止めて、見苦しい弁解をするのはもうやめたらよかろうと思う。

ただ、現在「反民族行為　是非」に巻き込まれている世代の大部分の人たちが、なんとかして失った国家を取り戻し、朝鮮戦争を戦いながら国を守り、今日の大韓民国の地位を築く基礎になった世代でもあるということだけは記憶に留めておいてほしい。

このたび編纂された『親日人名辞典』には日本軍に服務した人たちの中に、一定の階級以上の将校は掲載するが、それ以下の私のような兵士たち、いわば犬のように強制的に引っ張られた兵士たちは、「取るに足らない犠牲者」だとして寛大に許され、名前を外されたという。だとすれば、その名簿に登録された人々は自分の行いに対して責任をとる能力がある完全な人格を持っており、名前が載らなかった我々は自身の行いに対して責任をとる能力さえない、「責任無能力者」だという話なのか？　これは我々世代全体に対しての「冒瀆《ぼうとく》」にほかならない。掲載するのならば階級の上下を問わず、すべて載せなければならない。軍人ならば将校であれ一兵卒であれ、広い意味ではみな「兵士」なのだ。任務のために捧げた命の重さはみな同じなのだから。

階級の上下を問わず、当時の日本軍人であった者をすべて「反民族行為者名簿」に掲載するならば私たちの心はむしろ安らかだったかもしれない。そのような免罪符の後ろに隠れていたくはない。

最後に一つだけ加えておこう。

朝鮮戦争の中でも（激戦を極めた）「多富洞《タブドン》の戦い」において、（わが軍を）勝利に導き、絶体絶命の国家を死守した誇り高き国民的英雄を、「日本軍下級将校」であったという理由で反民族行為者と規定したことは、あたかも「一時期（キリスト教徒を迫害した）ローマの官吏であった」という前歴のために、あの偉大なる聖者パウロを悪魔であると断罪することと違いがあるのか？

今になって過去の歴史を審判し断罪しようとする者は、もう少し広い心をもって道理を見極めるべきではないだろうか。

禹さんにとっての「帰郷祈願碑」

禹さんの朝鮮日報の記事を受けて、三カ月後、朝日新聞の箱田哲也ソウル支局長と私は、禹さんを晋州に訪ねた。

禹さんは激戦を潜り抜けてきたとは思えない物静かな佇まいの方で、対峙するとまるで日本人のような控えめな情緒を感じる方だった。お会いできて本当に嬉しかった。

思わず手を取りたい気持ちになったが、遠慮がちな禹さんの雰囲気に私はその気持ちを抑えた。

日本人の習慣がどういうものか、その感覚をよくご存じなのだということが伝わってきた。

このときのことが二〇一〇年四月二十八日の「百年の明日　ニッポンとコリア」という記事になった。

禹さんはおっしゃった。

「我々のことを思ってくれたあなたに心から詫びたい」と。とんでもないことだと思った。

禹さんの労《ねぎら》いの言葉は私の心に沁みわたり、いままでのことがすべて報われるような思いがした。

そして禹さんの言葉は、まさに当時の兵士たちの心情そのままなのではないかと思えた。

「民族を守るため死を覚悟しました。でもそのとき、祖国はなかった。朝鮮は日本の中にしかなかったんです」

禹さんのおっしゃるとおり、残念ながら当時は禹さんたちにとって「祖国」は日本だった。

そして日本国のために命がけで戦うことが、民族を守ることでもあった。

箱田さんの記事は、禹さんの次の言葉で締めくくられている。

「私は民族とは『母』だと思う。母がいるから必死に守る。私たちは日本兵として死ぬ代わりに、後に残る民族の地位が大きく向上することを信じた。親日だ、反民族行為だ、と簡単に割り切れる話ではないのです」

日本が敗戦し、大韓民国が樹立される過程で、当時日本軍人・軍属であった人々は途端に韓国からも、そして日本からも顧みられない存在になってしまった。それどころか、命を賭して朝鮮民族の誇りを守ろうとした行いが、祖国同胞からも反民族行為者と糾弾されることになった。

いまでは禹さんのようにギリギリのところで生き残ることができた方々の証言からしか、当時のみなさんの苦悩を窺うことはできない。禹さんの言葉の一言一言が貴重に思えた。

ある朝鮮人兵士の遺族にとっての靖國神社

夏、八月が近づいてくると太平洋戦争を振り返る番組がたくさん制作される。

そして保守系の方は「日本国を命がけで守ってくださった尊い日本軍兵士の方々」のことを話題になさる。そんな発言を目の当たりにするとき、私はいつも思うのだ。

「その尊い方々の中に朝鮮人兵士のことも入れてくださっていますか?」と。

朝鮮・台湾などの太平洋戦争犠牲者遺族のみなさんは、日本軍兵士として戦死した故人が靖國神社に祀られていることを「毛嫌いしている」と、私は長い間、報道を通じて思っていた。

ところが実際はそうばかりではないと知った。

「日本に来るたびに、兄はここに祀られているのだと靖國神社にお参りをします」という方がある。この方の家では家門の誉《ほま》れと言われるほど優秀だった兄が、特攻「回天」で戦死したために表向きは「行方不明死」ということにしているそうだ。

「首相の靖國参拝を反対する人がいるけれど、私は朝鮮人戦没者に対しても首相が靖國神社を参拝し、頭を下げてくれるのは当然のことだと思いますよ」という遺族の意見もある。

朝鮮人兵士遺族たちにとって靖國神社は、たった一つの御霊の社である側面があることも事実なのだ。

しかしこのような意見は、日本でも韓国でも決して取り上げられることはない。

命がけで日本国を守ってくださった二万三千人の「朝鮮人軍人・軍属」は、いつになったら心から弔われる日が来るのだろうか。

祖国同胞からも打ち捨てられているとしたら、いつかお国の方々からも理解され労われるその日が来るまで、せめてその恩を受けた私たちはその御霊の安らかなことを祈りたい。

当時は彼らにとっても「祖国」であった日本国のために、苦悩の中で命を投げうった方々の御霊を、平和を享受している私たちが真心をもって慰霊し続けたいと思うのだ。

新装版のための後日談——法輪寺とともに歩もう

泗川から十年目の法要

二〇一七年、十月二十八日。

この日は泗川での石碑建立から十年目の「九九節」の法要だ。

この年、私は三五館から石碑建立にまつわるいきさつを『夢のあとさき——帰郷祈願碑とわたし』という本にまとめ、七月末に刊行したところであった。

これまで石碑について、私はあまり積極的に口外してこなかった。なぜならひっそりと行っている法要も光復会に伝われば、またもや中止を迫られ、すでに横倒しになった石碑さえ粉砕を求められることになりかねないと用心していたこともある。

この件を自ら公表するのは、その全容を一冊にまとめることができてからと心に決めていた。

仏教では「無常」といって、「形あるものはいつか滅する」と説く。であるならばいかに堅牢な石碑であろうとも、永遠ではないかも知れない。まして光復会の脅威にさらされていれば、いつまた粉々にされないともかぎらない。

けれどもこうしてそのいきさつを、一冊の本に書き残しておけば、たとえ石碑は打ち砕かれたとしても、石碑を建立した事実を残すことはできる。これはいかに光復会であろうとも棄損することはできないのだ。

さらに、韓国を三十五年も定点観測してきたうえ、還暦を過ぎ、齢六十を超えた今ならば、もう誰憚ることなく韓国が抱えている問題点を指摘する資格は私にもあると思えた。この本を発表してから後、私は自分に対してこの石碑のことを世間に公表することを解禁した。

この本と石碑の件は新聞・雑誌でも取り上げられ、私も自らSNSなどを通して発表した。その反響もあって、十七年度の法要には日本からもわざわざ訪ねてくださる方が多くあった。

ある在日ニューカマーの方は、是非この石碑に参ろうと福岡からお見えになった。その途中、釜山の親戚の家で一泊し、この石碑の話をすると家人が十年前の新聞記事のスクラップを見せて、「この記事にある石碑のことか」と尋ねたという。

まさかそのような古い記事を大切に持っていたとは思わなかったと、その方は驚きとともに深い感慨に包まれたという。

その話を聞いて、私も「やはりそうなのか」と思った。この件はごく一部地域でしか詳細には報じられなかった筈だが、この件を深く心に留めてくださった韓国の人々もいたということだ。

法要の時、私はいつも前日からお寺に一泊する。この年は私と共にテンプルステイをしてくださる方が例年よりも多くいらした。

韓国のお寺は日本とくらべて門戸が開かれている。檀家でなければ境内に入ってよいのかどうかと憚られるような日本のお寺とはずいぶんと違う。

韓国では「テンプルステイ」といって、お寺での仏教的な作法を体験できるプログラムが準備されている。おいでになる方々の宗教さえも問わない。

参禅や「百八拝」という礼拝、写仏や念珠作りなどを指導していただきながら、自然と仏教文化に親しんでもらおうという試みがあり、外国人に向けての観光商品としても人気を呼んでいる。そのため宿泊施設も綺麗に整備されているところが多い。清潔な寝具と韓国風作務衣といったような修行服も準備されている。

日本との一番の違いは、お坊さんたちと私たち衆生《しゅじょう》との距離がとても近いということだろうか。韓国では一人ひとりの悩みや相談にもお坊さんたちが気軽に応じてくれる。「権威ある存在」というよりは、私たちとともに悩み、考えてくださるのが韓国のお坊さんなのだ。

ソウルのベッドタウンといってもよい龍仁にある法輪寺では、都心から近いこともあり、研修を兼ねた企業の団体から、都会の喧騒から離れ、本格的に修行をしてみたいと長期滞在する人、気楽に休養をかねて一泊する人など、それぞれが望むスタイルで受け入れてくださるのだ。

法要前日はテンプルステイのプログラムをこなし、夜は広間に集まって石碑建立までのいきさつなどお話させていただいた。

十年前、泗川で起きた石碑撤去騒動のニュース映像なども上映した。その争乱ぶりにはみなさん驚かれたようで、その後は車座になって語り合った。在日の方、韓国人、日本人、それぞれの立場からいろいろな思いを聞くことができた。

翌朝はまだ暗い四時から、大雄殿で朝のお勤めをする。その後、信徒さんたちがボランティ

八咫烏の像が清められてゆく。

アで作ってくださる沢山のおかずが用意された食堂で、バイキング形式の朝食をいただいていると、次第に白々と夜が明け始める。

私たちは石碑を清めるために雑巾・バケツを持って蓮池のほとりに立つ石碑へと向かった。

みなさん、せっせと八咫烏のオブジェにとりついて磨きをかけてくださる。その様子を見守りながら、不意に涙があふれた。

この石碑の背景を深く知った皆さんが、こころを込めて清めてくださる。

八咫烏もいままでの法要のなかで、一番喜んでいるように思えた。私はたまらずに顔を覆って泣いていた。

「伝統寺刹」という嬉しい知らせ

法要が始まる前のひと時、係の方の案内で広い境内を散策しながら、このお寺の由来や建物の説明などをうかがった。

法輪寺は敷地も広く、山の斜面を利用していくつもの伽藍がそこここに点在する美しいお寺だ。

ご本尊の釈迦如来の石仏は、韓国の国宝であり、世界文化遺産にも指定された慶州・石窟庵の石仏よりも大きい。

法輪寺ではまずはこの仏像を造って境内に安置し、それに合わせて、後から本堂である大雄殿を建設した。

この大雄殿は南方仏教系の独特な建築様式で、この形式の伽藍としては、韓国で最大級の規模を誇る。

私たち一行はそんな法輪寺の説明をそぞろ歩きながらうかがった。


そこへ一人のお坊さんが、ご住持が私を呼んでいると伝えに来た。

みなさんのお世話やお茶菓子の準備などで私はまだご挨拶ができていなかった。

私はみなさんからそっと離れてご住持の居室に伺った。

応接間に通ると、鉉庵スニムは満面の笑みで私を迎え入れてくれ、いつものようにお茶を勧めてくれながら、嬉しい消息があると切り出した。

今年(二〇一七年)の二月、この法輪寺が「伝統寺刹108号」に指定されたのだという。

文殊山法輪寺は一九九六年から工事を着工し、十年後の二〇〇五年に創建となった比較的新しいお寺である。

先代の初代住職に、この地にお寺を建立するようにという夢での御託宣があり、建立したお寺であった。

改めて調べてみると、この地には前身になった古刹があり、その名残として文珠山には高麗時代の摩崖仏がある。

さる大学教授がそれらを調査し報告書にまとめて国家に提出したところ、新しいお寺としては異例ともいえる「伝統寺刹」に指定されたのだそうだ。

「言葉ではとても言い尽くせないほど嬉しいことです」そう言って、スニムは顔を輝かせた。

「伝統寺刹に指定されるということは、韓国国家が文化財として認め、今後はお国からの補助を得られるようになったということです。つまり帰郷祈願碑も、祀られている御霊も、国家に守られるということです。もうこれ以上どこにも移らなくても良いのです。すべてが法輪寺と共に国家の庇護のもとにあるのですから」

このお話をうかがって、私たちは手を取り合って喜んだ。鉉庵スニムのおかげでここに安置され、祀られた御霊が、まさに韓国国家の手によって守られ、労わられることになった。

この知らせをどんなにか英霊の皆さんも喜んだことだろう。

法要の前にはいつも私たちが紹介され、一言ご挨拶をさせていただく。

数年前から九九節の法要には韓国の僧服をまとって参列していた。

韓国の僧服は私の目にはとても美しく見えた。これから生涯、九九節にうかがうのならばその思いを形でも表したかった。

初めてこのいでたちでスニムたちの前に出た時は、まるで自分が「ニセモノ」のようで恥ずかしかった。だがスニムたちはとても喜んで、「きっと前世は韓国のお坊さんだったにちがいない」と言いながら、オッコルム（紐結び）を直したり、首にかけた数珠を整えたりしてくださった。

十一時から、極楽寶殿での法要が始まった。信徒のみなさんとともにする、合同での九九節の法要に参加するようになってから五年目を迎えた。いつも最初に海外から参列する私たち一行のことが信徒の皆さんに紹介され、私が皆様に一言、ご挨拶と感謝の言葉を申し述べるのが恒例になっていた。

私が紹介されマイクを手に申し上げた。

「先ほどご住持から、本年二月にこの法輪寺が伝統寺刹に指定されたことをうかがいました。心からお喜び申し上げるとともに、信徒の皆様のお蔭様と心から御礼申し上げます。これによって帰郷祈願碑に祀られた御霊も、韓国国家が守ってくださることになりました。本当にありがとうございました。これからの法輪寺と皆様の発展を心からお祈りいたします」

私の挨拶をうけて、住持である鉉庵スニムが改めて伝統寺刹になったことと、帰郷祈願碑とそこに祀られる太平洋戦争犠牲者の御霊も永遠に法輪寺がお守りすることの意義を信徒の皆様にお話くださった。

法要では読経の響く中、日本からおいでくださった方たちも、代わる代わる祭壇の前に進み、見よう見まねで祭壇にお水を供え、韓国式の礼拝をして御霊の冥福を祈ってくださった。その麗しい光景を目の当たりにしながら、私の心は温かい気持ちで一杯になった。

空軍兵士のお客様

法要が終わると、信徒さんたちがお昼を召し上がっている間に、談話室でお茶の準備に取り掛かった。

ここ数年、毎年法要の手伝いにきてくれている、ソウルで写真館を運営する堀田奈穂さんの発案で、今年のお菓子には工夫を施すことにした。

「福美さん、私たちの気持ちをもっと多くの信徒さんに伝えられるように、お菓子を袋詰めにして、そこにメッセージを入れてお配りしてはどうでしょう。そうすれば談話室にお越しになれなかった信徒の方にも、私たちの気持ちが伝わるし、お土産にもしてもらえます」

そこで私たちは前日から内職仕事のようなお菓子の袋詰め作業を行った。なかにはハングルでこのように書いた、空色の小さな紙を入れた。

태평양전쟁 때
희생되시는 한국분들을
우리들은
아름다은 가을 하늘아래로
해마다 위령하고 있습니다

太平洋戦争時
犠牲になった韓国の方々を
私達は
美しい秋空のもと
毎年慰霊しています

談話室では日本から持ち込んだ、カステラと日本茶を振る舞い、お寄りになれない方にもお土産に菓子袋を配った。

訪れてくれた空軍兵士たちの姿に卓庚鉉さんの面影が重なる。

談話室の前では、奈穂さんと、美容家として韓国でも活躍している加来沙織里さん、ソウル暮らしも長い畠山恵子さんが「お茶をどうぞ」と信徒さんたちに呼びかけ、たちまち室内は賑やかになった。

しばらくして物々しい迷彩服を着た二十人ほどの青年たちが前を通りかかった。

彼らは近隣の部隊に勤務する軍人だそうだ。韓国の軍隊では部隊内に宗教施設があり、この日は仏教徒である兵士たちをお坊さんが引率して、法輪寺の見学にやってきたのだという。

私は彼らを談話室に招き入れ、お茶やお菓子を勧めた。少し当惑し、はにかんだような面持ちで、友人らと顔を見合わせながら召し上がる姿の初々しさ。

引率のお坊さんが「彼らは空軍の兵士たちだ」と教えてくださった。

ただでさえ軍人さんには思い入れがある。それがまして空軍兵士と聞いて、私はなんともいえない気持ちになった。


今まさに目の前にいるような青年たちが、当時特攻や兵士としてお国のために命を投げうったのかと思った。


礼儀正しく、きちんと座って私の話に耳を傾けてくれる青年たちがいとおしく思えた。

「来年も九九節に私たちは参ります。また是非兵隊さんたちをつれてきてくださいね」

私は引率のお坊さんにそう申し上げた。


十周年の法要は格別に感慨深いものだった。当日も思いがけなく沢山の方々が日本から駆けつけてくださった。


全てを片付けて私たちもソウルに戻る。

その時、奈穂さんが青空に向けてシャッターを切ると言った。

「福美さん、あの雲、まるで八咫烏《やたがらす》みたいに見えませんか。きっと私たちを見送ってくれているんだと思いますよ」

二〇一七年は泗川の事件から十年目であったが、翌二〇一八年こそは法輪寺に移ってから十周年だ。

私はその時、思った。

「もう泗川での辛かった出来事は、きれいさっぱり忘れよう。これからは法輪寺とともに歩む。それがこの『帰郷祈願碑』の歴史なのだ」と。

二〇一八年、一〇月一七日（旧暦九月九日）、この日が帰郷祈願碑、十周年の法要であり、ここからまた、新しいスタートが始まるのだ。

おわりに——知恵と勇気で日韓の相克を乗り越えたい

朝鮮半島では先日、文在寅大統領と金正恩委員長との南北首脳会談が行われ、引き続き米朝会談が行われました。

激動する朝鮮半島情勢を、日本も韓国も注視しています。

今後もおそらくは、アジア情勢がどのように変化してゆくのか、世界各国が慎重にその動向を見守ることになるのでしょう。

そんななか、少し前まで韓国で沸騰していた「慰安婦像」や「徴用工像」をめぐる反日的な世論や、安倍政権に対しての強烈な批判も、一旦は沈静化しているように感じられます。

目前の「もっと大きな問題」のために、小事（?）はいったん引っ込められたというところでしょうか。

しかしこれらが一応の決着を見た後、韓国は果たして、どのような方向に動き出してゆくのだろうかと気がかりです。

北東アジアの平和と安定をリードしてゆくのは、なんといっても日韓にかかっていると思うからです。

現在は少し息を潜めているように見えますが、韓国側には依然として深刻な問題が多くあると感じています。

一つにはモンスター化する市民団体によって、国家の舵取りができなくなるという、韓国の体質の問題です。

ことに反日を国是とするあまり、活動家たちと一般の市民との乖離が大きいように感じます。声高に反日を叫ぶ人々の活動ばかりが目につき、両国マスコミもこれを節操なく報道し、煽り立てます。

このことによってお互いのイメージが大きく損なわれてしまことを危惧しています。

ことに日本では人々の中に「もはや我慢の限界を超えた」という雰囲気が感じられます。「堪忍袋の緒が切れる」という言葉どおり、国中が徒労感に包まれ、さすがにおとなしい日本人も、「疲れ」から「憤り」へと気持ちが変化しているのではないでしょうか。

実際の文化交流の場面ではお互いを尊重し、依然として友情がはぐくまれていますが、それらを跡形なく蹴散らしてしまうほど、韓国の反日活動は時に執拗で、激しいものだからです。

こんなことが続いたのでは、両国のため、ひいては北東アジアの安定と発展のために良いはずがありません。

韓国でこのような日本バッシングが激化する理由の一つに、「韓国では日本が半島を併合していた時代の出来事が徹底的に無視されている」ことがあげられると思います。時代は地層のように厳然として降り積もるもので、ある時期だけを「無かったこと」にはできません。

韓国の人たちにとっては認めたくないことかもしれませんが、韓国の「近代化の基礎」は、教育からインフラ整備、産業からものの考え方に至るまで、「日本統治時代」にその礎が築かれたということを、事実として直視しなければならないと感じています。

私は、かねてから地方自治体が作る観光用冊子などを読むと、その解説文が非常に表層的なことばかりで歴史が掘り下げられていないのを何故なのかと不思議に思っていました。

しかしある時、仁川市の作成した冊子を読んでいて気づいたのです。

仁川市は日本時代に神戸や横浜をモデルにして作られた都市です。

港湾施設、ソウル～仁川間の韓国初の鉄道建設（京仁線）、上下水道の整備、気象庁、郵便・通信システムの確立、銀行や学校、自治を進めるための公民館などが日本国によって建設されてゆきました。

今では韓国第二の人口を誇る国際都市仁川の基礎は、ほとんどが日本時代の遺産によって形成されたといっても過言ではありません。

しかし市が制作した冊子には、そのことには触れられていません。

仁川に限らず、行政が制作した地方都市紹介の刊行物は、日本統治時代の「韓国にとっての負の歴史」をねぐろうとするあまり、内容は浅薄にならざるをえないのです。

ほんの数十年を振り返るだけで、日本時代の残像がそこここに出てきてしまうからです。

それらをどう解釈するかは別として、日本時代にどういう政策が施され、それらがどのような形で実施され、いまに至っているのかという「事実」を、きちんと国民が知ることが大切ではないでしょうか。

知らせまい、教えまいとすることで今の韓国は矛盾だらけになっているように思います。

それは人間も同じことだと思います。

韓国人にとっては苦しいことかもしれませんが、「韓国人は一時期、日本人として生きた時代があった」という歴史的事実は書き換えようがありません。

そういった事実を認めず、否定しようとするからこそ、自らの国史や自国民の一部を否定し自己矛盾を起こす、「いびつな社会」になっているのではないかと思うのです。

認めたくない気持ちは理解できますが、不愉快だからといって顔を背けていても、現実にあったことを無かったことにはできないのです。

重要なのは事実を直視し、実際にはどういう時代だったのかを知ることではないでしょうか。そうすることで互いを憎しみ合うのではなく、かつて文化を共にしてきた者同士として理解し、尊重しあうことが大切だと思います。

歴史的相克から生まれる痛みや苦しみを、「労《いた》わりあう間柄」でありたいと切実に思います。


この本の執筆中に文在寅政権が誕生しました。

法律家出身である大統領には、当然のことですが、法にのっとった国家の運営を期待したいと思います。

「国民情緒法」などという言い方が堂々とまかり通る国家というのはいかがなものでしょう。

お互いの発展のためにも、日韓両国民が隣人として手を取り合い、信頼しあえる、和やかな雰囲気を作り上げてほしいものだと思います。

特に「文化人」というジャンルにいて活動する私たちは、いつも政治の不和の犠牲になってきました。民間レベルのささやかな努力はいつも、強権的な政治の力学で押しつぶされてきたことを、私たちは肌身に感じてきたのです。

日韓間には度々大きな嵐が吹き荒れ、その都度、真摯に積みあげてきた積木もバラバラにされてきました。

しかし私たちは性懲りなく、また一からの努力を積み上げ続けてきたのです。どうか日韓両国の皆さんには、知恵と勇気をもってこの相克を乗り越える道を求めていただきたく思います。

文末になりましたが、この本を支えてくださった多くの方々に感謝いたします。

帰郷祈願碑建立に関しても、本当に多くの方の応援と真心をいただきました。まずは、この場をお借りして、お力添えいただいた全ての皆様に心からの御礼を申し上げたいと思います。

そしてなんといっても、法輪寺の鉉庵住持スニムには心からの敬意と感謝を申し上げます。お陰様で多くの御霊が故国に帰還することができました。どうかこの法輪寺で一旦羽を休め、さらに故郷の山河へと飛び立って、父母の御胸に抱かれて欲しいと願ってやみません。

お坊さんに「戦友」という言い方も失礼かとは思いますが、私にとって鉉庵スニムは、英霊たちの御霊の拠り所を護るために、共に戦ってくださった、まさに「戦友」ともいえる方でありました。

そんな鉉庵スニムにめあわせてくださり、法輪寺へとご縁を導いてくださった、この世の神さま、仏様に伏して感謝いたします。

そして願わくば、どうぞこの立派な鉉庵スニムをいただく法輪寺が、さらなる発展を遂げますことを、英霊の皆様とともに祈るばかりでございます。

私も元気なうちはこれからも欠かさず九九節にはお参りを致します。

これからも末永く、どうぞよろしくお願いいたします。


この石碑が安置されているのはお寺ではありますが、「思想も宗教も民族も超えて」、心ある方がお参りくださったらありがたいと思っています。

そしてここ法輪寺が日韓の理解の原点になってくれたらと夢見ているのです。


韓国のお寺というのは日本に比べて自由で開かれております。どうぞ皆様、いつでもお立ち寄りくださって、英霊の方々の冥福を祈ってさし上げてください。

お訪ねくださる方のために所在地を文末に記しておきます。


なお、この本は「三五館」から、ちょうど一年前の二〇一七年七月末に出版された『夢のあとさき——帰郷祈願碑とわたし』を改題し、本文にも再度手を入れ、後日談なども加えて新装版としたものです。「三五館」は、何年にもわたって原稿ができあがるのを辛抱強くお待ちくださいました。

良書を世の中に沢山送り出した「三五館」でしたが、この本を刊行して二ヵ月の後に残念ながら倒産してしまったのです。

その後は、行き場を失ったこの本の在庫を私が買い取り、中古本として細々とAmazonで販売を続けておりましたが、ある時ワック株式会社の鈴木隆一社長から直々にお手紙をいただいたのです。

この本はもっと多くの方々に読まれるべき本である。「WAC BUNKO版」で改めて刊行したいという内容でした。

私にとってこの本はおそらく、私の全人生のなかで最も大切な「仕事」であると思っていましたので、思いがけないお申し出をどんなに嬉しく思ったかわかりません。

改めて心からの感謝を申し上げます。

ですが、このようなご縁をいただいたことは、もちろん鈴木社長のご意思でもありましょうが、ひょっとすると虚空をさまよっていた「朝鮮人犠牲者」たちの思いが「後押し」をしてくれたのかもしれないとも思いました。

改題し、大幅な加筆、修正等を行ったこの本の再出発を機に、より多くの方々に読んでいただけたらと切に願っております。

みなさま、本当にありがとうございました。

二〇一八年七月吉日

法香心　黒田福美　合掌

法輪寺（법륜사 ポンリュンサ）

住所：京《キヨン》畿《ギ》道《ド》 龍《ヨン》仁《イン》市《シ》 處《チヨ》仁《イン》区《ク》 遠《ウオン》三《サム》面《ミヨン》 高《コ》塘《ダン》里《リ》 243-2

경기도 용인시 처인구 원삼면 고당리 243-2

ＴＥＬ：031-332-5702~3

※テンプルステイも可

解説——黒田福美はなぜ裏切られたのか……

黒田　勝弘

女優、黒田福美氏は有数の韓国通である。韓国でも知名度が高く、親韓派（知韓派）日本人の一人として知られる。韓国語訳の著書もあり、韓国語が達者なため韓国のテレビドラマにも出演している。韓国政府から友好親善の功績で勲章を授与され、韓国の自治体の〝観光大使〟にも任命されている。彼女の韓国ガイド本である『ソウルの達人』は、タイトルの絶妙さもあってロングセラーとして今もなお日本人の心をとらえている。

筆者（黒田勝弘）は彼女とは日韓関係セミナーや講演会、対談などでしばしば席を同じくしている。彼女の著書のソウルでの翻訳出版記念会では祝辞を述べさせられたこともある。姓が同じであるため、韓国では時に家族か親戚に間違えられるという〝うれしい誤解〟を楽しんでいる。個人的な親近感ということもあってここでは「福美氏」と呼ばせていただく。

この本は、韓国通で親韓派として「韓国の達人」だったはずの福美氏の〝善意〟が、韓国で最後の瞬間、なぜ裏切られたのかという生身の体験記である。韓国のいわゆる反日感情の実態と現状が、実体験として伝えられた貴重な記録でもある。

彼女はいまから三十年近く前、夢まくらに立った韓国人特攻隊員の面影を追い、その霊を韓国の地に〝帰郷〟させたいという思いから慰霊碑建立に取り組んだ。長年の紆余曲折の末、慰霊碑は「帰郷祈願碑」として完成し、地元自治体の協力を得て故郷に近いさる市の小公園で除幕式にまでこぎつけた。

ところがその日、「市民団体」を称する地域の人々が反対を叫んで押しかけ、除幕式は流れてしまう。撤去された祈願碑はその後、流転の末、ソウル近郊の尼寺に秘かに（？）安置されているが、この不幸な顚末には、福美氏が慰霊の対象にした韓国人が「日本の特攻隊員」だったということが深く関係しているように思う。つまり現在の韓国社会の歴史認識の次元では、「特攻隊員」はいまだその慰霊さえ許されない存在になっているという背景があるからだ。

「特攻隊員」に関していえば、韓国では二〇〇二年夏、高倉健主演で韓国人特攻隊員のことを描いた日本映画『ホタル』が公開されたことがある。オープニングでは訪韓した高倉健が舞台あいさつまでしたが、メディアで部分的に話題になったものの反響はさして大きくなかった。解放から半世紀以上も経過し、日本統治時代の戦争を〝体験〟した人々が韓国社会から消えつつある状況では、さもありなんだった。

映画は、戦死した韓国人特攻隊員の遺品を戦友だった生き残りの日本人（高倉健）が、戦後かなり経ってから故郷の遺族に届けるというストーリーだった。「戦友」として訪ねてきた高倉健に対し韓国の遺族たちは当初、面会を拒否する。遺族たちは、特攻隊員として亡くなった肉親が日本人（高倉健）の「戦友」だったという歴史を受け入れたくないのだ。

しかし最後には、韓国人特攻隊員が出撃を前に語った「オレは日本のために死ぬのではない。祖国（韓国）のため、そして知子（恋人）のために死ぬんだ」という〝遺言〟を高倉健から伝え聞き、やっと心を開き、遺品を受け取る。この映画は韓国人特攻隊員に「日本のために死ぬのではない、祖国のために死ぬのだ」と言わせることで、韓国での上映が可能になったといっていいだろう。

ちなみに韓国人特攻隊員の心情を描いた飯尾憲士のノンフィクション風小説『開聞岳―爆音とアリランの歌が消えてゆく』には、彼らが「自分は朝鮮を代表している。逃げたりすれば祖国が笑われる」「オレは朝鮮人の肝っ玉を見せてやる」「朝鮮人の誇りのために（死ぬんだ）」…などと語っていたという話が紹介されている（拙著『韓国　反日感情の正体』角川書店刊、参照）。

そんなこともあって福美氏は「帰郷祈願碑」の碑文にもかなり神経を使った。その経緯は本文に詳しいが、その内容はことさら特攻隊員への美化や愛惜といったものではなく、すべての韓国人戦争犠牲者への慰霊と平和祈念になっている。

が、それでも「市民団体」は許さず、韓国人特攻隊員の故郷での「帰郷祈願碑」の建立は今も実現していない。彼女は、祈願碑建立を妨害した「光復会」など韓国の反日的ないわゆる市民団体や、その〝横暴〟に何も言えない韓国社会の現状に厳しい批判を語っているが、この現状の背景には韓国としての特異な歴史的事情があるというほかない。以下でそのことを書いておきたい。

誤解を恐れずに言えば、韓国の反日感情というのは、日本による朝鮮半島支配が終わった後、日本においては戦後、彼らにおいては、いわゆる解放後に形成されたものである。日本による韓国併合の期間は三十五年だったから、一九四五年の解放時の韓国社会で四十代以下は教育などで日本時代を経験した人たちだった。とくに戦時中はいわゆる〝皇国臣民〟としての日本人化教育が進み、解放時の韓国人はほとんど日本人になりかけていたと言っていい。

そんな中で突然(!)、日本統治が終わり解放がもたらされた。日本人になりかけていた韓国人たちは、新生・韓国の国民として急ぎ韓国人に戻らなければならなくなった。そのためには韓国人の意識から日本的なるものを消し去らねばならない。そこで行われたのが、日本統治はいかに悪だったかという国家、社会をあげての日本否定のキャンペーンである。「日本はわれわれにいかに悪いことをしたか」を、あったことなかったこと、あらゆる否定的な話を持ち出して教育、いや〝洗脳〟した。

日本否定という反日的民族教育は、韓国人が新たに韓国人として生まれ変わるためには不可避のことだった。その作業はきわめて強力で執拗だったが、そのことは逆に日本統治時代が韓国人にとっては肯定的（な記憶）だったことを物語っている。韓国では今も過去否定の反日言説が盛んだが、逆説的に言えば、彼らにとって過去の日本統治の実際はそれほどまで肯定的だったということである。

戦後（解放後）の韓国では日本の〝大衆文化禁止〟政策が長く続いた。輸入はもちろんメディアや出版、公演など公開の場での日本大衆文化の受容は法的に許されなかった。

その解禁が始まったのは金大中政権（一九九八～二〇〇三年）からだが解放後、韓国社会でのこの日本大衆文化禁止は、普通よく語られるような「反日感情のせい」ではない。いささか皮肉に言えば、逆に反日感情がなかった、いや弱かったため法的に禁止せざるを得なかったのだ。韓国社会に本当に反日感情が存在したのであれば、法的に禁じなくても人々は自ら拒否するはずではないか。

解放後あるいは現在にいたる韓国社会の歴史認識で、日本統治時代に関わるタブーがいくつかあるが、その最大のものは「韓国人は日本統治に同意、協力した」と「日本はいいこともした（恩恵をもたらした）」である。総じて「植民地近代化論」ということになるが、このタブーに触れる韓国人は社会的に抹殺の対象になり、日本人だと時に国外追放の憂き目に遭う。

解放後の韓国人の歴史認識ではとくに「日本統治への同意、協力」を認めたがらない。つまり韓国併合下で「日本人になりかかった」という忌まわしい過去は何としても認めたくないのだ。だから対日公式歴史観はひたすら「強制と収奪と抵抗」の歴史観である。

その結果、たとえば韓国併合条約（一九一〇年）から百年経った二〇一〇年、韓国では官民挙げて「併合条約無効論」がキャンペーンされている。今も学者やメディアは執拗に無効論を主張している。併合時代より併合から解放された後の時間のほうが長くなっているのに、いまだ有効か無効かにこだわっているのは、併合による同意・協力の歴史を認めたくない、消したいからなのだ。

この〝心情〟は日本人でも理解できる。ただ、心情は理解できても歴史（事実）を否定ないし歪曲し、それを日本人に押し付けられては困る。

筆者は今から約二十年ほど前、日本で出版した『韓国人の歴史観』（文春新書）の内容をめぐって「光復会」と「挺身隊問題対策協議会（挺対協）」から激しく抗議されたことがある。いずれも韓国ではいわば最強の反日団体であり、その代表たちに連日、押しかけられ非難を浴びせられ、著書の絶版を要求された。

前者の団体は本書にも登場するが、後者は例の慰安婦問題支援団体である。拙著が日本統治時代の歴史について〝対日協力〟と記述した部分があるのがケシカランというのだ。たとえば慰安婦問題では「感謝と慰労を」と書いた部分や、抗日問題では「光復軍」など抵抗闘争より日本軍に加わった韓国人のほうがはるかに多かったという記述（事実）が、冒涜的というのだった。

韓国社会は、韓国人特攻隊員については「光復会」が言うように、いまでも民族的裏切りを意味する「親日派」の象徴のように思い込まされ、彼らは否定的存在になっている。彼らがおかれた時代状況や出撃前の痛切な心情など、ほとんどかえりみられないままである。福美氏はそのやるせなさを怒りを込めて書いている。

日本統治時代、戦場においては韓国人の慰安婦も特攻隊員も「日本人と共に戦ってくれた」のである。われわれ日本人はそのことに感謝し、その恩には報いなければならないと思う。福美氏が〝志〟として献身的に完成させた韓国人特攻隊員の「帰郷祈願碑」はいま、ソウル郊外・龍仁市の尼寺「法輪寺」の境内で建立ならず、横たわっている。碑は寺の配慮により芝生で美しく囲われている。しかしいまだ立ち上がれない。あの姿は、日韓の間の交わることなき歴史認識のスレ違いを象徴して余りある。

（産経新聞ソウル駐在客員論説委員）

本書は二〇一七年七月に三五館より刊行された単行本『夢のあとさき――帰郷祈願碑とわたし』を改題し、加筆修正削除等を行った改訂新版です。

黒田福美（くろだ・ふくみ）

俳優・エッセイスト。1956年生まれ。桐朋学園大学演劇科卒業。俳優として活躍する一方、芸能界きっての韓国通として知られる。80年代から韓国への往来をはじめ、三十余年にわたって、放送、著作物、講演などを通して韓国理解に努めてきた。

2002年FIFAワールドカップ日本組織委員会理事、韓国観光名誉広報大使などを歴任。そうした功績が認められ2011年には韓国政府より「修交勲章興仁章」を受勲。

著書『ソウル マイハート』、『ソウルの達人』シリーズ、『黒田福美の韓国ぐるぐる～ソウル近郊６つの旅』ほか多数。

それでも、私《わたし》はあきらめない

2018年８月５日　初版発行

著　者　黒田 福美

発行者　鈴木 隆一

発行所　ワック株式会社
東京都千代田区五番町４-５　五番町コスモビル　〒102-0076
電話　03-5226-7622
http://web-wac.co.jp/

印刷人　北島 義俊

印刷製本　大日本印刷株式会社

ISBN978-4-89831-779-2

好評既刊

韓国・北朝鮮はこうなる!

呉 善花・加藤達也

B-280

米朝会談後の韓国と北朝鮮はどうなるのか。このままだと、韓国は北に呑み込まれ、貧しい低開発国に転落してしまいかねない。その時、北東アジアの自由と平和は……

本体価格九二〇円

「文系バカ」が、日本をダメにする

なれど“数学バカ”が国難を救うか

髙橋洋一

B-274

「文系バカ」にならず「数学バカ」になるには?先ず、「新聞・テレビ」に不要に接しないこと!そして、この本に書かれている「AI型知的生活」を実践しよう。

本体価格九二〇円

馬渕睦夫が読み解く2019年世界の真実

いま世界の秩序が大変動する

馬渕睦夫

B-277

米朝会談後の世界はこうなる! 金正恩は屈服した。そして、グローバリズムから新しいナショナリズムの時代がやってくる。操られたフェイクニュースに騙されるな!

本体価格九二〇円

http://web-wac.co.jp/